A E
&I

La librera y el ladrón

Autores Españoles e Iberoamericanos

Oliver Espinosa

La librera y el ladrón

Planeta

Av. Diagonal, 662-664, 08034 Barcelona
www.editorial.planeta.es
www.planetadelibros.com

Diseño de la colección: © Compañía

Primera edición: julio de 2020
Segunda impresión: julio de 2020
Depósito legal: B. 7.279-2020
ISBN: 978-84-08-22784-7
Composición: Realizacón Planeta
Impresión y encuadernación: Unigraf
Printed in Spain - Impreso en España

El papel utilizado para la impresión de este libro está calificado como **papel ecológico** y procede de bosques gestionados de manera **sostenible**

A las personas que de un modo
u otro han hecho posible este libro, gracias

INTRODUCCIÓN

—

LA BANDA DE LA ALCANTARILLA

Lee.

Primera exhortación de Alá a Mahoma
incitándolo a pronunciar
en voz alta la revelación del Corán

Madrid, 27 de julio de 2009

¿Que cuántos libros había robado? ¿Qué clase de pregunta era esa? Sobre todo después de tanto tiempo sin verse. Allí estaba ella soltándole la bomba frente al desayuno, casi sin un «buenos días» previo. Le pareció tan atractiva como siempre. No, mucho más. Notó que se había arreglado para el reencuentro, que intentaba causarle una buena impresión. Él había hecho otro tanto y, a su manera, se había puesto guapo. También había elegido un buen sitio, cierto célebre hotel situado en plena Gran Vía y a pesar de todo extrañamente tranquilo a esas horas de la mañana. Un sitio caro además: quería celebrar la nueva dirección que tomaba su vida, otro cambio de rumbo después de tanto ir y venir, de tanta incertidumbre. Esta vez era la definitiva. Siempre lo es, ¿no?

¿Cuántos libros había robado? Pol no sabía qué contestar a eso y dejó que Laura se quedara con la duda. Había robado bastantes, pero nunca había llevado la cuenta. Ningún ladrón en su sano juicio hace un inventario de lo que roba, ¿no? Y él era un buen ladrón. De los mejores. Lo había sido siempre.

Madrid, mayo de 1992

Fue buena idea robar un BMW, un coche que puede alcanzar sin despeinarse los doscientos kilómetros por hora. No es prudente si lo que quieres es llevar a tu familia al parque de atracciones, pero viene bien si lo que intentas es despistar a cinco coches de la Policía Nacional que te pisan los talones.

Pol, sentado detrás del copiloto, no hacía más que volver la cabeza. Por la luna trasera veía las luces de la policía llenando de fogonazos la oscuridad de aquella carreterucha del sur de Madrid entre descampados, vertederos y zonas industriales de mala muerte.

«¿Cómo he llegado a esto?», se preguntaba. Desde pequeño había sido un buen estudiante, lo que se dice «un chico con futuro». Bueno, también un poco pendenciero. Esa había sido su desgracia: le gustaba la bronca y se había metido en demasiados líos. Demasiados. El de esa noche podría ser el último.

—¡Conduce con más cuidado, Loco, nos vas a matar! —gritó Tony.

—¿Cómo he llegado a esto? —pensó Pol de nuevo, pero esta vez en voz alta.

—¿Qué coño dices? —le gritó Tony sin apartar los ojos, abiertos como platos, de la carretera.

En la vida no hay casualidades. Se llega a donde se llega por algo. En su caso, había llegado a ese coche porque necesitaba dinero para salir los fines de semana del reformatorio. Todo había empezado dos años antes, pero en aquel momento le parecía una eternidad. Sin dinero todas sus opciones pasaban por un sábado noche aburrido en su habitación del centro para jóvenes o el tedio de otro fin de semana en casa de sus padres. ¡Los puñeteros padres! ¿Quién dijo que había que quererlos? Prefería quedarse en su calabozo, habitación o como quisieran llamar los guardias a aquel cuartucho, antes que aguantar a esos dos santurrones obsesionados con la religión.

—¡Tira por ahí, por ahí, por el camino! —chilló Mango, que iba de copiloto y guardaba el botín de la noche entre las piernas. Unas piernas que le temblaban de miedo, aunque fuera incapaz de reconocerlo.

—¡Calla la puta boca! —le soltó Juanito el Loco aferrado al volante—. Ya sabré yo lo que tengo que hacer. No me preocupan esos mierdas con sus sirenitas.

Tras decir esto, dio un golpe al volante y sacó el coche de la carretera, exactamente por el punto que le había sugerido su compinche. Pero lo hizo porque le daba la gana, no porque se lo dijera nadie. ¿Quién tenía huevos de decirle al Loco lo que tenía que hacer? Nadie. Salvo Tony... alguna vez. El BMW se quejó con un chasquido helador. Por un momento pensaron que el chasis se había partido por la mitad. Era un coche potente, pero no un todoterreno, y no paraban de golpear los bajos con los pedruscos del camino. De seguir así mucho rato, no llegarían lejos.

¿Y qué? ¿Estaban perdidos? Claro que sí, Pol estaba seguro: esa noche se había acabado la buena suerte. Demasiado tiempo habían ido bien las cosas.

La única manera de ganar dinero rápido es robándolo. Eso lo tenía claro incluso dos años antes, cuando ingresó de la manera más tonta en la banda de Tony, por entonces apenas algo más que un grupo de adolescentes desorientados, equivocados..., lo que fueran. Un puñado de chicos entre rejas para que la sociedad hiciera de ellos «hombres de provecho». O para quitárselos de en medio. Qué diablos: en el tiempo que pasó detenido, en régimen semiabierto, Pol no aprendió más que maldades y triquiñuelas. ¿Reformatorio? Menuda reforma.

Cuando llegó a la pubertad, los padres de Pol lo habían enviado a un internado en Madrid para que continuara sus estudios. No se había adaptado bien al ambiente, en particular a los compañeros, con los que tenía peleas y discusiones constantes. Los problemas no dejaron de crecer hasta que, finalmente, Pol empezó a robar cosas. No por necesidad, sino por fastidiar, por vengarse de una situación que no le gustaba. Cuando lo pillaron, el juez no tuvo en cuenta estas consideraciones y lo puso entre rejas, a falta de mejor solución.

El reformatorio no era el ambiente ideal para motivar a un muchacho inquieto como él. No congenió con nadie y, como prefería estudiar a perder el tiempo, los otros internos no tardaron en ponerle el mote de Empollón. Un apelativo que no le gustaba, entre otras cosas porque no proporciona la mejor reputación dentro de un reformatorio. Por eso decidió que tenía que quitárselo de encima cuanto antes. Fue una tarde de finales de julio, hacía un calor de muerte y los chavales internos trataban de olvidarse del verano, de su mala suerte y de toda su maldita vida bañándose en la piscina. Pero ni el agua era capaz de refrescar los ánimos. Tony y el resto de su panda (el Pincho, Juan el Loco, Mango y Cres) se entretenían jugando a las cartas, pero cada mano era motivo de discusiones.

Pol, que solo buscaba salir del reformatorio cuanto antes y sin llamar la atención, se vio envuelto en una de esas trifulcas cuando Tony, el gigantón pelirrojo que lideraba a los demás desgraciados, decidió que estaba harto de pelearse con sus colegas y buscó una nueva víctima:

—¿Qué, Empollón, a darte un bañito? ¿Ya te has pintado las uñas?

Todos rieron. Pol siguió caminando hacia el trampolín con la toalla al hombro, como si no hubiera oído nada. Habría parecido una escena típica de piscina de no ser porque aquella estaba rodeada de una altísima alambrada de púas.

—¿Qué pasa, Empollón, estás sordo?

Tony se puso de pie y se plantó en mitad del camino de Pol. Para tener dieciséis años era muy alto. El propio Pol no era pequeño de estatura, pero el pelirrojo le sacaba una cabeza. El primer impulso del Empollón fue pasar de largo con la mirada baja, ignorando los insultos y las risas. No obstante, decidió probar otra cosa. Sin duda, no iba a ser una buena idea, pero, en fin, era un adolescente con buenas notas, no el puto Einstein.

Se detuvo delante de Tony, en bañador y con la toalla al hombro. Miró al pelirrojo y, sin mediar palabra, le soltó un puñetazo en plena barbilla. El gigantón, más sorprendido que dolorido, cayó redondo al suelo mientras Pol seguía su camino hacia el trampolín.

No pudo llegar, porque de inmediato la banda entera se lanzó sobre él y se puso a sacudirlo. Si algún guardia oyó los ruidos de la paliza no pareció importarle, porque no acudió nadie. Pol aún tuvo ocasión de meterle un puñetazo a Cres, que pagó así la imprudencia de ser el más rápido en llegar, pero los demás no dieron opciones y en cuestión de segundos Pol yacía en el suelo tratando de protegerse de la lluvia de patadas que se le venía encima.

—¿Ha sido una buena idea? —se preguntó Pol de nuevo en voz alta.

—¡Joder, Pol! ¿Qué coño murmuras? —volvió a protestar Tony girándose hacia su colega. La luz de los coches de policía le iluminaba media cara de forma intermitente, mientras la otra media quedaba en la más completa oscuridad. Pol contempló el efecto extrañado—. ¡Me *cagüen* la leche, estás flipado! ¡Loco, sácanos de esta de una puta vez!

—No te preocupes, tío. Les estamos ganando terreno.

Era verdad: la potencia del BMW marcaba la diferencia con los coches patrulla. Un poco más y estarían a salvo.

A salvo... Fue Tony el que le salvó de la paliza. El gigantón pelirrojo se levantó del suelo tocándose la barbilla dolorida. Aquel renacuajo sabelotodo había tenido los huevos de darle una hostia. Así, por las buenas. O estaba como una cabra o los tenía bien puestos. Tony podía respetar cualquiera de las dos cosas.

—¡Basta! —gritó.

—¿Qué dices? —preguntó extrañado Cres, que era el que con más saña estaba sacudiendo a Pol.

—¡Que paréis de darle, coño! Se acabó.

Luego, tendiendo la mano a Pol para que se incorporara, sellaron sin saberlo una amistad que duraría años. Una amistad accidentada pero sincera, casi una hermandad, como ocurre a veces de la forma más inesperada.

Robar dinero. Es la manera más rápida de ganarlo. No la más sencilla: este es un error común que solo comete el que nunca ha robado nada. Robar no es fácil. O mejor dicho, robar es como todo. Si lo haces mal puede ser fácil, aunque acabarás entre rejas. O muerto. Robar bien es un arte. Y a Pol le sobraba talento para ser un artista.

—Lo que necesita vuestra banda es un cerebro —le dijo Pol a Tony unos días después de lo de la piscina.

—¿De qué banda hablas, chaval? No te pases de listo, que no somos tan amigos.

—Venga ya, si todo el mundo lo sabe. No estaréis aquí por pincharle las ruedas al profe de mates, ¿no?

—Puede ser. Se me dan mal las mates —respondió Tony.

—Sí, y lo que no son las mates. Pero a mí se me dan bien. Hazme caso: si me dejas planificar los golpes, sacaremos más dinero.

Tony tuvo el impulso de decir: «¿Sacaremos? Pero ¿quién te crees que eres?». Sin embargo, otro argumento pesó más en su respuesta:

—¿Cómo sacaremos más dinero? Cuéntame qué tienes dentro de esa cabecita, Empollón.

Lo de llamarse la Banda de la Alcantarilla vino después. Muy poco después, apenas Pol se convirtió en el cerebro del grupo. Para Pol la cosa estaba clara: había que dar los palos en bares y tiendas de la periferia, ese tipo de comercio situado cerca de oficinas o de una boca de metro y que hacen buena caja. Había que dar el palo en tres locales, como máximo, cada noche, un par de veces a la semana, quizá alguna más si el botín no resultaba satisfactorio. Los negocios debían estar alejados unos de otros y había que actuar en días alternos, sin marcar un patrón. Por encima de todo, lo que más preocupaba a Pol era disponer de un buen plan de huida. Dar un golpe era sencillo, lo podría hacer cualquiera con un poco de decisión. Pero la salida debía ser limpia y rápida. Por eso diseñó una maniobra, siempre la misma, pero eficaz: un coche legal conducido por Cres y con Pincho de copiloto marcharía por delante en una ruta de fuga prefijada. Por medio de teléfonos móviles Microtac de Motorola, que entonces eran lo más de lo más, Pincho daría el aviso de si había o no pista libre. Detrás de ellos iría el resto de la banda en otro coche, robado, con el botín. Pero no usarían cualquier cacharro, sino modelos potentes, rápidos, que aseguraran la fuga en caso de que la policía tratara de interceptarlos.

En cuanto al nombre, lo de la Banda de la Alcantarilla fue cosa de la prensa. Los periodistas decidieron llamar así a un montón de pequeñas bandas que actuaban por toda España con un procedimiento peculiar: reventar los escaparates de los bares y las tiendas con una tapa de alcantarilla. Ni más ni menos. Y esto tenía su razón de ser: cuando uno tiene antecedentes no se pasea por ahí con un mazo o una palanca en la mochila. Si te detienen, ¿cómo explicas el equipaje a la policía? Pero tapas de alcantarilla hay en todas partes. Y como decía Mango:

—Esto es como una navaja suiza, colegas: vale para todo.

Era cierto, al menos si tenías la fuerza y la envergadura de Mango, que levantaba las tapas como si tal cosa y las lanzaba con una fuerza demoledora. No solo rompía escaparates y cierres, sino también los cerrojos de las tragaperras, de las máquinas de tabaco... Sí, una navaja suiza. A

Pol, siempre que lo veía actuar, le recordaba la famosa estatua del *Discóbolo*. Un discóbolo un poco gordo, pero eficaz. La Banda de la Alcantarilla... Una de tantas, casi parecía una franquicia, pero sin contratos. Así se escribe la historia.

—Venga, un poquito más, cabrones —dijo el Loco viendo por el retrovisor cómo los vehículos policiales se alejaban.

El camino no era bueno para el BMW, pero a los coches patrulla los estaba dejando K. O.

—¡Pero mira al frente, idiota! —gritó Mango.

—¡Me *cagüen* la puta! —exclamó el Loco sin dejar de pisar el acelerador.

—¡Pero frena, tío! —gritó Pol.

Frenar. Eso es lo que Pol tenía que haber hecho hacía tiempo. ¿Y cómo se frena cuando tienes una vida de mierda y solo esa aventura de pegar palos y sacar algo de pasta le da sentido a las cosas? En cierto modo, esa pandilla de descerebrados era su única familia. En un sentido muy figurado, por supuesto: Pol tenía una familia, pero era un asco. Niños de Dios. Su padre y su madre. Todo el día rezando, salvando almas... ¿Y quién lo salvaba a él? Cuando Pol entró en la banda no pensaba solo en divertirse y en ganar dinero: quería escapar de la miseria a la que había ido a parar por culpa de unos padres demasiado flipados con la vida eterna, pero poco preocupados por lo que pasaba en esta.

Aunque era posible que esos padres flipados tuvieran razón con lo de «rogar a Dios», pensó Pol mientras veía cómo se acercaban a la barrera formada por dos vehículos de la Guardia Civil cruzados en medio del paso. Alertados vía radio por sus compañeros de la Nacional, habían llegado justo a tiempo para cerrar la trampa en aquel paraje remoto del sur de Madrid. Había costado, pero la red había caído sobre esa banda de chavales que tantos problemas venía causando en los últimos meses. Daños serios, pues habían dañado incluso la imagen del ministro del Interior, al que la prensa mostraba como un incompetente incapaz de acabar con esas tropelías. Ahora la banda parecía haber llegado al final de sus aventuras... de una manera u otra.

Juanito el Loco decidió hacer honor a su nombre como nunca antes. Con las manos aferradas al volante y el pie derecho clavado en el acelerador enfiló el BMW como un kamikaze directo a la barrera.

—¡Para, Loco, que nos vamos a matar! —exclamó Tony.

Pero el Loco no le hizo ni caso. Siguió adelante, cada vez más cerca del obstáculo, como si estuviera en trance. Apenas una sonrisa demente adornaba su cara tintada de azul por las sirenas. Mango se tapó la cara con las manos porque no quería ver el rostro de la muerte. Pol observaba todo hipnotizado. Le parecía que aquellos dos vehículos de color verde y blanco se acercaban a cámara lenta. Dicen que cuando vas a morir pasa la película de tu vida delante de tus ojos, pero no era eso lo que estaba viendo. Solo se acordaba de lo que decían sus padres: «Confía en Dios. Dios es amor. Él lo puede todo».

—¿De verdad que lo puede todo? —volvió a murmurar entre dientes.

Esta vez Tony, más preocupado por lo que parecía un final inminente, no le dijo nada.

Dios no soluciona nada. Da igual lo que le pidas, cómo se lo pidas o cuántas veces se lo pidas. «Si existe, no nos escucha —pensó Pol—. Así que no le voy a pedir nada.»

Juan el Loco había soñado con ser piloto de competición. Sin embargo, pocos pilotos profesionales se habrán visto en situaciones como aquella. La adrenalina le salía a chorros. Cuando apenas faltaban unos metros para impactar contra la barrera empezó a emitir un sonido agudo por la garganta, sin darse cuenta, como una invocación a algún desconocido dios de los dementes. Exista o no, ese dios olvidado pareció escucharlo, porque un segundo antes del choque los dos coches patrulla dieron marcha atrás a toda prisa y dejaron paso al conductor suicida. Por lo que cobran al mes, ninguno de los guardias estaba dispuesto a dejarse el pellejo en aquellos descampados.

—¡No puede ser! —exclamó Pol mirando hacia atrás para comprobar cómo los patrulleros, en su intento de maniobrar para iniciar la persecución, se estorbaban el uno al otro hasta acabar chocando entre sí.

Veinte segundos más tarde solo un lejano baile de luces azules indicaba el atasco policial. Otros veinte y el BMW accedía de nuevo a una carretera principal, libre de acoso.

—¡Nos hemos salvado por los pelos! —dijo Tony, y en su tono no estaba claro si lo decía como reproche o era una expresión de alivio.

Habían vuelto a ganar la partida. Por poco, pero lo que cuenta es la victoria, no el margen. Media hora más tarde llegaban a su guarida, una vieja nave industrial abandonada a las afueras de Madrid. Allí los esperaban desde hacía un buen rato Cres y Pincho. El primero, saliendo del coche pantalla, corrió a recibir a sus colegas.

—¡Joder, creía que os habían pillado!

—Por los pelos —respondió Mango dando un abrazo a Cres.

Cres se había opuesto desde el primer día a la incorporación de Pol:

«Si metemos a otro en la banda, tocaremos a menos —argumentó en su momento—. ¿Para qué lo necesitamos?, ¿eh?».

«Para ganar más dinero», fue la respuesta de Pol.

Y así había sido. Eran más, pero también había más dinero para repartir. Y esa noche, pese al peligro, el botín había sido bastante bueno. Sin embargo, la tensión vivida no se había disipado aún. Una vez dentro de la guarida, Cres volvió a malmeter con Pol, como era su costumbre. Nunca le había perdonado el puñetazo de aquel día en la piscina.

—Si casi nos pillan ha sido por culpa de Pol, que no diseñó bien la huida. No debería tocarle parte en lo de hoy.

—Pues por mí, ¡bien! —exclamó Pol harto de todo—. ¡Paso, se acabó! Esto no es para mí. No quiero morir antes de cumplir los veinte. Me las piro. Me largo. Y me voy andando. Solo cojo pasta para el bus. Qué coño: para el taxi.

Agarró de la bolsa un billete de 5000 pesetas y, sin decir una palabra más, salió de aquel tugurio ruinoso y echó a andar por el camino que llevaba al pueblo, situado a un par de kilómetros de distancia. Lo llamaban así, «el pueblo», aunque tenía poco de eso: era más bien una urbanización enorme repleta de madrileños *exiliados,* la típica ciudad dormitorio.

Respiró el aire de la noche y se extrañó de la tranquilidad reinante. Aún tenía los oídos saturados por el ruido de la persecución, el motor rugiendo, los saltos del coche por el camino y, sobre todo, el maldito berrido de las sirenas de la poli. Ahora todo era silencio. Disfrutando de la calma repentina, se preguntó qué le esperaba ahora, qué podría hacer para ganarse la vida un joven que, saliendo de la adolescencia, no había aprendido a hacer otra cosa que robar. Quizá podría retomar los estudios. Sí, tal vez no fuera mala idea...

Un sonido a sus espaldas lo sobresaltó. De forma instintiva se ocultó tras unos matojos y atisbó en la oscuridad. La nave abandonada que servía de refugio a la banda se recortaba contra el cielo nocturno, teñido de rosa por las luces de la autopista. Se había alejado bastante, quizá algo más de medio kilómetro. Y allí, entre las sombras, veía con claridad una figura que se le acercaba.

—¡Tony! —exclamó Pol saliendo de su improvisado escondite—. Estoy aquí.

—Ah, creí que te había perdido de vista... Colega, no te vayas así. Y no hagas caso a Cres. Es un gilipollas, pero no es mal tío.

—No es mal tío... Seguramente no. Pero es un cretino y por su culpa vamos a acabar todos en la cárcel.

—Hombre...

—¿Por qué crees que ha pasado hoy lo que ha pasado? ¿Porque he trazado mal el plan de huida?

—No.

—Claro que no. Es ese imbécil engreído. Es el que menos arriesga en el coche pantalla. ¡Y encima nos pasa mal la información! ¡Ha tenido que ver de sobra a todos los coches de la pasma! Pero como es tonto del culo...

—Hombre, el que va al teléfono es Pincho...

—Otro imbécil. ¿Qué más da uno u otro? ¿Es que ninguno tiene ojos en la cara? Además... Ya lo sabes: Cres alardea de los golpes como si fuera un chulo de putas vacilando de camisa nueva. Esto no ha sido casualidad: nos estaban esperando. De seguir así, nos van a pillar antes o después y no quiero estar ahí cuando ocurra. Hoy ha salido bien, hemos nacido de nuevo, así que voy a aprovechar la oportunidad.

—Vale, te entiendo, pero...

—Sin peros... Me voy, lo dejo.

—De acuerdo, aunque... —Tony se calló de golpe.

—Yo también lo he oído —dijo Pol escondiéndose de nuevo.

Tony lo imitó.

Aunque estaban lejos, podían ver con toda claridad cómo varios coches de policía se acercaban a la nave industrial desde el otro lado del camino. No actuaban con sigilo, seguros como estaban de que su presa, desprevenida, no podría escapar esta vez.

—¡Mierda! —exclamó Tony—. Los van a pillar como si fueran conejos.

—Espero que no hagan ninguna tontería.

Vieron cómo sus compañeros, atrapados en el interior de la nave, apagaban las luces. Una precaución absurda a esas alturas. El cerco policial se completó en apenas unos instantes. Pol y Tony observaban impotentes la maniobra.

—¡Los de la nave! ¡Os habla la policía! ¡Estáis rodeados! —estalló una voz seca a través de un megáfono—. ¡Salid de uno en uno con las manos en alto y sin hacer tonterías!

Un silencio abrumador siguió a la advertencia. Debía de haber al menos una docena de polis, aunque a esa distancia no podían distinguir si eran guardias civiles o nacionales, un detalle que tampoco importaba demasiado. Sus fusiles de asalto, apuntando hacia el ruinoso edificio, despedían reflejos aterradores en medio de la oscuridad. El policía volvió a lanzar una advertencia:

—¡Haced el favor de salir de una puta vez! ¡Sabemos que estáis ahí!

Como toda respuesta se escuchó un estruendo de cristales rotos. Alguien trataba de escapar por una ventana lateral. «Tiene que ser el Loco», pensó Pol. ¿Quién si no? Luego, el ruido de unos pasos a la carrera, la ráfaga de un CETME y el sonido de un cuerpo que cae al suelo. A Pol le sorprendió que los disparos reales sonaran tan distintos a los de las películas. Una mañana te levantas comiéndote el mundo, pero es la mañana del día que vas a morir. Y ese día... «Hay uno así para cada uno de nosotros», pensó Pol casi temblando de miedo.

—¡Ya salimos, ya salimos! —gritó Cres desde el interior—. ¡No disparéis, joder!

La partida había terminado y habían perdido.

Pol agarró a Tony del brazo y le hizo un gesto instándolo a marcharse de allí ahora que todavía estaban a salvo. Tony hizo ademán de unirse a sus compañeros, pero entendió que Pol tenía razón. Había que aprovechar que estaban lejos para escabullirse por las calles del pueblo. Antes o después los polis sabrían que la banda no estaba completa y rastrearían los alrededores. Pegados al suelo, restregándose sobre un polvo pegajoso por su propio sudor, los amigos se alejaron unos cientos de metros hasta llegar a los primeros edificios de la ciudad dormitorio.

Desde la distancia aún pudieron escuchar las protestas de Cres, Mango y Pincho, que habían ido saliendo de la nave uno por uno y con las manos tocando el cielo, más o menos como les habían ordenado. Luego, las amenazas de los policías, los insultos de los tres delincuentes cagándose en los muertos de los agentes que acababan de disparar a su amigo. Pol se preguntó si lo habrían matado.

Bajo la luz de las farolas, Pol y Tony vieron que estaban hechos un asco. Se miraron el uno al otro, se sacudieron el polvo y la arena y se echaron a reír como locos, por el puro alivio de haberse salvado.

—Toma, te había traído esto —dijo Tony al cabo de

unos instantes, cuando los nervios se calmaron un poco y pudieron dejar de reír—. Es tu parte de lo de esta noche.

—Nuestra parte. Vamos a repartirlo. Te has quedado sin nada.

—Ya... ¿Y qué hacemos ahora? —preguntó el pelirrojo dividiendo el fajo de billetes en dos partes iguales.

—Nada. Ya lo he dicho. Esta vida se acabó para mí. Creo que voy a volver a estudiar. ¿Y tú? ¿Qué plan tienes?

—Y yo qué sé...

Se dieron un abrazo y cada uno tiró para un lado. Aún había peligro, y separados llamarían menos la atención. Antes de alejarse, Tony se volvió y lanzó una última pregunta a su amigo:

—Pol, ¿volveremos a vernos?

—Seguro.

Se habían salvado por los pelos. ¿Es que todo en la vida es pura suerte? Mientras caminaba por una calle anodina, vacía, parecida a tantas otras de cualquier ciudad moderna, Pol tuvo claro que a partir de esa noche haría que la suerte jugara a su favor.

Un muchacho solo y sin recursos en medio de la nada. ¿Cómo se iba a buscar la vida?

Capítulo 1

EL REENCUENTRO

> Miré y vi una puerta abierta en el cielo, y la voz que yo había oído al principio [...] me dijo: «Ven, sube y te mostraré las cosas que deben suceder».
>
> APOCALIPSIS 4, 10

Madrid, 27 de julio de 2009

—¿Que cuántos libros he robado? —Pol la miró con ojos de asombro, pero en realidad estaba aguantando la risa—. ¿Te parece una pregunta adecuada después de tanto tiempo?

—Sí, me parece adecuada. Solo te estoy preguntando por tu trabajo.

—Ah, no, no, no... Eso se ha terminado. He cambiado de vida.

—¿Otra vez? —soltó ella sin poder reprimir una sonrisa—. ¿Cuántas van ya?

—Esta es la definitiva.

A Laura se le heló la sonrisa y la embargó una profunda tristeza.

—De verdad —recalcó él.

Ella volvió a sonreír, pero en esta ocasión sin fuerzas.

Pol había cambiado de vida en muchas ocasiones, pero la existencia suele empeñarse en llevarte por donde ella quiere. Por el camino nos gusta pensar que tenemos el control, que las riendas están en nuestra mano, aunque rara vez es así. Pol miró a Laura a los ojos. Siempre le habían parecido fascinantes esos ojos claros, tenían una profundidad temible por la que creía que se podría llegar a perder, y esa premonición le hacía sentir vértigo, aunque el amor suele distorsionar nuestra imagen del mundo. ¿Cuánto hacía que se conocían? ¿Ocho, nueve años? ¿Y cuánto tiempo llevaban sin verse, cuánto había pasado desde aquel día que dejaron de...? Cuatro años. Sí, de eso Pol estaba seguro: las grandes meteduras de pata no se olvidan así como así, te quedas con la fecha, incluso con la hora. No pudo evitar una pregunta que le quemaba la lengua:

—¿Cómo te va con la librería?

A Laura se le congeló el gesto, solo por un instante, pero tan significativo como ciertos silencios. Dio un sorbo al café que estaba bebiendo. Le dejó un reguero de espuma sobre el labio superior que ella eliminó con un suave lametón. A Pol no le pasó desapercibido el gesto. Cuando la joven librera se decidió a contestar, lo hizo mostrando de nuevo su sonrisa perfecta, de anuncio:

—De maravilla —respondió irónica—. Dejando de lado algunos líos en los que me metiste y unas cuantas deudas que no sé cómo voy a pagar, Loire va genial.

—De eso te quería hablar: quizá pueda solucionar ese... problemilla que tienes con los prestamistas.

—¿Problemilla? Son mafiosos. En mala hora se me ocurrió pedirles nada.

—Lo sé, lo sé muy bien. Pero ya me entiendes. Tengo unas cosas para vender y...

—No, no... Para con eso ahora mismo. Ya me liaste lo suficiente en el pasado y ¿ahora quieres engatusarme para otro de tus negocios? ¿No habías cambiado de vida?

—Estoy en ello, poco a poco. Antes tengo que liquidar algunos asuntos.

El hotel en el que habían quedado era de los mejores de Madrid. Su cafetería restaurante, casi vacía a esas horas, se abría en un amplio ventanal a la Gran Vía. La decoración combinaba con acierto relativo las raíces Belle Époque del local original con adornos minimalistas de última moda.

—No tienes remedio, Pol. Después de tantos años, y sigues igual.

—Sí que tengo remedio, pero necesito que me ayudes. Debo pasar algunas páginas.

—Muy apropiado para un ladrón de libros...

—... y una librera.

—No estarás haciendo comparaciones entre nosotros...

—En absoluto.

—No nos parecemos en nada.

Pol miró el escote de su amiga. Vestía elegante, sin exageraciones, y, pese a todo, con un toque sexy. Al menos a él se lo parecía. Había conocido a muchas chicas en su vida, aunque nunca supo cómo catalogar a Laura. En un primer vistazo podía dar la sensación de ser una niña pija, pero algo en su apariencia lo desmentía. Alta y delgada, aunque de curvas sinuosas, vestía con frecuencia de forma desenfadada y aun así desprendía una sensación natural de elegancia. A Pol le llamaba la atención el color de su melena, un tono entre castaño y rubio que variaba según el ángulo de la luz. Y sus ojos, claros, de un tono indefinido entre el azul y el verde. Le fascinaban. ¿Era una empollona sabelotodo o una chica moderna con estilo y cultura? No sabía en qué parte de su imaginario colocarla, sobre todo porque su carácter impulsivo y pasional a menudo desmentía su apariencia de buena chica.

—¿Qué planes tienes ahora? —preguntó ella.

—¿Quieres venir a Nueva York conmigo? —le soltó él sin previo aviso.

—¿A Nueva York? —rio Laura—. ¿Para qué? —continuó tomándoselo a guasa.

—De vacaciones. Un par de días —dijo Pol como si le estuviese proponiendo ir a cenar al bar de la esquina.

—¿Solo vacaciones?

—Bueno, me gustaría... —Pol dudó un segundo—. Me gustaría que volviéramos a estar juntos. Tú y yo.

—¿Volver a...? —preguntó ella con una media sonrisa.

—Ya sabes lo que quiero decir.

Laura dio otro sorbo al café. Esta vez olvidó limpiarse la espuma blanca. Pol lo hizo por ella, con un gesto suave de la mano, y notó cómo su amiga se estremecía con el contacto.

—Siempre me lías, Pol.

—Quizá es que te gustan los líos... ¿No lo has pensado?

Ella guardó silencio y Pol no insistió. Se acarició la barba, como hacía siempre que buscaba algún argumento para convencer a Laura. O algún plan para robar. Laura conocía muy bien ese gesto, como conocía esa barba descuidada, oscura, tan oscura como el pelo corto de Pol. Un desaliño estudiado que, como la elegancia de Laura, parecía por completo natural.

—No son solo unas vacaciones —dijo entonces Pol—. Voy a vender los libros que me quedan.

—¿Otra vez con esas, Pol? —replicó ella con gesto serio—. No cuentes conmigo.

—Escucha. Son cosillas sueltas, restos de antiguos golpes, nada importante. Pero todo junto dará bastante dinero. Si me acompañas, es tuyo. Servirá para cubrir la deuda de Loire. —Apoyó los brazos sobre la mesa y cogió sus manos.

—¿Como en 2005? —protestó Laura. Miraba sus manos entrelazadas, suspicaz.

—Aquello fue una cagada, lo sé. Y no lo hice a propósito.

—Estaría bueno...

Laura miró a Pol de arriba abajo. ¿Qué tenía aquel chico que le había hecho perder los papeles tantas veces? No era más que un delincuente. Pero también era cariñoso, detallista... Y le parecía tan atractivo, tan diferente al tipo de hombres que había conocido en su ambiente profesional. Estudiantes, profesores, bibliófilos. Gente interesante, culta y... muy aburrida. Pol llevaba la aventura tatuada en la piel. ¿Por qué le costaba tanto resistirse a esa fuerza que, a lo largo de los años, le había traído más problemas que otra cosa?

—Te prometo que no habrá peligro. Sabes que los libros no llaman la atención en el control de los aeropuertos. Y una vez en Nueva York resolveré el negocio con rapidez y sin que te enteres. Será cosa de un momento. El resto del tiempo será para nosotros. Pasearemos por Central Park, daremos de comer a las ardillas, visitaremos la Estatua de la Libertad... —dijo con una media sonrisa.

Laura miró por el ventanal, el trasiego incesante de gente que subía y bajaba por la Gran Vía cargada con bolsas. El consumo de productos de dudosa calidad, el gran entretenimiento del siglo XXI. Eso y trabajar sin parar. ¿No ofrece la vida nada más?

—¿De verdad no habrá peligro? —preguntó Laura después de unos segundos de silencio.

—Te lo aseguro, es pan comido —sonrió Pol creyendo, una vez más, que la había convencido.

Sin embargo, Laura pareció contrariada con la respuesta.

—Siempre es pan comido, Pol. —Suspiró—. No me fío nada... Aunque supongo que eso es lo que siempre me ha gustado de ti.

—¿Eso significa que vendrás conmigo?

—No —dijo, aunque había sonado como un sí.

Pol la miró asombrado.

—Vamos a hacer otra cosa... —fue la respuesta de Laura mientras se levantaba—. Espérame aquí un minuto y luego... ven a buscarme.

Tras pronunciar estas palabras, Laura se levantó, se arregló la falda de piel negra que le cubría justo por encima de la rodilla y se marchó directa a los servicios.

—¿Laura? No fastidies...

Un minuto exacto después Pol se dirigió también a los baños del hotel. Tuvo que bajar una escalera de caracol que parecía sacada del castillo de la Cenicienta. Abajo, unos aseos unisex de lo más *cool*, de paredes cubiertas de espejos y mármoles. Una puerta entreabierta le indicó dónde lo esperaba Laura. El espacio era estrecho, un cubículo en el que apenas podían desenvolverse dos cuerpos. Pero lo hacían. Primero un roce, una caricia. Luego un beso, y otro, cada vez más profundos... Pol podía sentir el ligero temblor de la piel de Laura.

—¿Quieres volver conmigo? —le preguntó ella con voz entrecortada—. Pues vuelve. Ahora.

Pol nunca llegaría a entender a esa mujer de vida aparentemente tranquila que, sin embargo, se excitaba hasta perder el control en cuanto rozaba el riesgo. Aunque fuera un riesgo tan pequeño como el de verse pillados haciendo el amor en los baños de un hotel de lujo. Tal vez esa dualidad era lo que más le gustaba de ella. O lo que había en Laura que él nunca podría tener.

Mientras la besaba en el cuello, Pol se preguntó quién liaba en realidad a quién. Laura, dejándose hacer, recordó el momento en el que se conocieron y en el que su vida se convirtió en... Sí, en un montón de líos.

Capítulo 2

EL *INFERNO* LOIRE

> El libro, el más precioso y noble de los objetos creados por el hombre, tiene una historia larga y apasionante que comienza en la aurora de los tiempos.
>
> JOSÉ MARTÍNEZ DE SOUSA,
> *Pequeña historia del libro*

Madrid, 19 de agosto de 2009

El infierno debe de parecerse al verano de Madrid. La noche no trae descanso, y el sol, cuando asoma tras el horizonte de torres, bloques y árboles enfermizos, lo hace con furia, como si quisiera vengarse de algo. La ciudad se toma un descanso en esas mañanas de agosto, o eso es lo que todo el mundo dice: «Madrid se queda vacío en agosto». Pero es mentira: ¿cuánta gente se va de vacaciones en agosto? ¿Y cuánta viene a ocupar su lugar? Incluso antes de las nueve de la mañana, mientras Laura caminaba hacia Loire, miles de personas se apresuraban ya por el centro de Madrid. Algunas iban a trabajar, otras parecían supervivientes de esa juerga interminable que empezó allá por 1980 y que se resiste a terminar. Aunque la mayoría iba de compras. Comprar y comprar, a menudo sin saber por qué, pero es la suma de todas esas inercias lo que da vida a una ciudad... Sí, eran las nueve de la mañana de un día de agosto y el sol había salido con ganas de fundir el asfalto y los cerebros.

¿Se le pegarían los tacones al pavimento derretido por el calor? No, hacía ya mucho tiempo que ese tipo de cosas no pasaban. Son recuerdos de otra época, como lo era, en cierto modo, la propia librería familiar. ¿Por qué abriría su padre un negocio como Loire? La mente se satura de preguntas sin respuesta cuando las preocupaciones llenan el lugar que, en otros momentos, ocuparían los pensamientos agradables, creativos o irrelevantes.

«Un libro es como una casa —le decía su padre cuando era pequeña y le enseñaba cómo funciona una librería anticuaria—. Puede ser una chabola o un palacio, pero eso depende no tanto de la fachada, que son las cubiertas, como de lo que haya en el interior. Un libro está esperando a que entres en él y descubras sus secretos. No te fíes de las apariencias.»

Laura lo había aprendido todo de su padre. Él la había criado y le había transmitido su pasión por los libros. De su madre, Laura solo conservaba un rostro hermoso, muy parecido al de ella misma, en algunas fotos algo desvaídas por el paso del tiempo. Había muerto cuando era ella pequeña, después de una enfermedad penosa que la consumió en pocos meses. De lo que su padre le había contado de ella solo le quedaban fragmentos de una persona tan importante y lejana a la vez. Como Pol, del que no había vuelto a saber prácticamente nada durante las últimas semanas. Siempre era igual: iba y venía, se hacía presente durante una temporada y luego desaparecía sin más. Dedicado a sus... negocios, sin duda. En cualquier momento aparecería de nuevo, como un mago que arrastraba sus sentimientos arriba y abajo.

Desde el pequeño apartamento de Laura, en pleno Madrid de los Austrias y con vistas a una esquina de la calle de Segovia, solo había un corto paseo hasta Loire. Pese a la hora temprana, el calor era intenso y Laura sentía aflorar el sudor bajo su vestido veraniego. Hasta su larga melena recién lavada, que se había dejado húmeda a propósito, estaría seca antes de llegar a la librería. De forma maquinal buscó un cigarrillo en el bolso, pero no lo encontró: había dejado el vicio cuatro años antes... Sí, más o menos en la época en la que dejó de ver a Pol. Todos los días rebuscaba ese cigarrillo relajante y todos los días olvidaba el gesto inútil.

Cuando llegó, Loire ya estaba abierta y Claire hacía como que trabajaba a pesar de que no había un solo cliente a la vista, una situación habitual, por otra parte. Nada, ni siquiera uno de esos merodeadores que revuelven todo buscando Dios sabe qué y luego se marchan sin comprar. Claire y Laura, al frente de un barco que iba directo al naufragio.

O no. Ese día las dificultades de Loire podrían resolverse por fin. Solo había que negociar bien y... Laura no quiso pensar en ello, no deseaba anticipar una venta que al mismo tiempo salvaría el negocio, pero lo dejaría sin alma.

—Buenos días, Claire, ¿cómo estás?

—Buenos días, Laura —respondió la joven francesa intentando sin éxito una correcta pronunciación castellana de la erre—. Poca gente.

—Ya... Ya veo.

Claire llevaba trabajando en Loire más de dos años. Laura se había resistido a contratarla, pero tuvo que resignarse al hecho de que necesitaba ayuda para sacar adelante un negocio cada día más ruinoso. Y no, no era culpa de la eterna crisis de los libros y de todo lo demás. Laura recordaba a su padre recitando siempre la misma cantinela: «Este no es país para coleccionistas. No hay más que nuevos ricos que gastan su dinero en coches de lujo o ropa de marca». Puede que el señor Jean Loire tuviera razón en esto, aunque nadie se hace rico vendiendo libros viejos, ¿verdad? Tampoco su padre había abierto la librería por eso, sino por el puro placer de disponer de un pequeño universo a su medida, un lugar en el que encontrarse a gusto tras años de dedicarse a la docencia. Una profesión vocacional que, a la postre, lo había decepcionado bastante. «Dios no creó el mundo para nosotros, sino para Él mismo, para tener un espacio en el que moverse», le decía a veces a su hija pequeña.

Mientras se dirigía a su despacho, Laura se dio cuenta de lo consolador que resultaba echar a otros la culpa de los propios males. «La gente ya no quiere libros antiguos.» No: si Loire iba mal era responsabilidad de..., ¿de quién? Su padre había sido siempre un desastre como hombre de negocios. Era un amante de los libros en estado puro, que se enamoraba de sus adquisiciones y se resistía a venderlas. Y que a veces pagaba de más, como ocurrió con el *Inferno*: un flechazo. Un coleccionista no es el mejor vendedor posible, la verdad, y por eso Loire había funcionado siempre a medio gas. Pero funcionaba. Laura, al heredar la tienda, había intentado darle una nueva orientación y había estado a punto de conseguirlo... hasta que Pol se cruzó en su camino. Sí, le dolía pensarlo, pero Pol era el verdadero culpable desde aquel día funesto de 2005. Cuatro años de zozobra por culpa de... No, culpabilizar a otros tranquiliza, pero no altera la realidad de las cosas.

El interior del despacho permanecía oscuro a pesar del sol veraniego. La penumbra, matizada por las contraventanas de madera calada, no refrescaba el ambiente: un sinfín de líneas paralelas de luz y sombra se proyectaban sobre las estanterías repletas de libros. Allí, sentado frente al viejo escritorio de ébano, esperaba Marcos. El bueno de Marcos, con sus ojos cansados, siempre huyendo de la luz inmisericorde de Madrid.

—Hola, Marcos —saludó Laura sorprendida—. ¿Cómo se encuentra hoy?

—Buenos días, Laura —respondió él atusándose el blanco y poblado bigote—. Bien, bien. ¿Y tú?

—Bueno, ya sabe... Hoy es el día.

—Sí. El día. Por eso he venido tan temprano.

Marcos siempre acudía temprano, en eso no había ninguna novedad. Como tampoco la había en su impecable atuendo. Era un hombre elegante, a pesar de su escasez de medios económicos.

—¿Va a pedirme otra vez que no venda el *Inferno*?

—A pedírtelo no. ¡A suplicártelo! Por favor, Laura, no lo vendas. Y menos a ese monigote australiano.

—¿Y qué quiere que haga? —respondió ella con desaliento.

El *Inferno* Loire, como se conocía en el mundillo de los libreros y anticuarios, era una pequeña y rara maravilla libresca, una copia manuscrita del primero de los tres cantos de la *Divina comedia* de Dante. Infierno, Purgatorio, Paraíso. Los estudiosos habían establecido la fecha de su confección en algún momento del siglo XV, aunque el soporte sobre el que estaba escrito era más antiguo, al menos cuatro siglos. Bajo el *Inferno* había un palimpsesto, un texto trazado sobre otro anterior previamente borrado a cuchilla. Laura recordó con emoción el tacto del pergamino, que su padre le había enseñado a apreciar:

«Piel de becerro nonato, hija mía. Lo que se llama "vitela uterina", el material de mejor calidad imaginable para un libro. Suave al tacto, con una capacidad excepcional para absorber la tinta sin dejar borrones. Debía de ser un placer escribir sobre una superficie como esa.»

Y su padre también le enseñó a percibir al tacto los surcos que la escritura borrada había dejado sobre el pergamino, guiando su pequeña mano con la suya, grande y cálida. Pol, que había visto alguna vez a Laura recorriendo el manuscrito con la yema de los dedos, le había preguntado tiempo atrás si sería capaz de leerlo así. Ella le contestó que no.

—Esto está muy oscuro, Marcos, no se ve nada... Oh, perdón, no he querido mencionar...

—No te preocupes, que todavía veo —respondió el hombre con una sonrisa triste, pensando en la enfermedad que poco a poco iba minando sus ojos—. Soy viejo, pero no tanto. En estos tiempos que corren, un hombre de setenta años es casi un jovencito, ¿no?

Laura imaginó a Marcos leyendo sus amados libros con el sistema braille.

—¿Quiere un té o un café?

—Lo que quiero es que no vendas el *Inferno* —dijo levantando la voz, un tanto agitado.

—Eso está fuera de discusión.

El *Inferno* era la joya de la librería Loire y también la más preciada herencia que Laura conservaba de su padre. No era uno de esos códices maravillosos, repletos de capitulares magníficas y preciosas ilustraciones, pero su valor era innegable, entre otras cosas porque era uno de los primeros ejemplos de una nueva caligrafía (¡para su época!) que Marcos definía como «cursiva humanística».

«Una letra aparecida entre los siglos XIV y XV para aliviar los ojos de los lectores de la pesadez de los tipos góticos —explicaba Marcos—. Fueron dos florentinos, Poggio Bracciolini, un ladrón de libros, y Niccolò Niccolli, el coleccionista que lo financiaba, quienes siguiendo el consejo de Petrarca favorecieron el desarrollo de esta letra tan asequible a la vista. Un detalle que yo, personalmente, agradezco.»

El *Inferno* no llamaba la atención a simple vista y palidecía ante ejemplares como el Codice Trivulziano 1080 de la *Divina comedia* que se conservaba en la biblioteca del Archivo Histórico de Milán. Laura había contemplado aquella obra cuando era adolescente, en compañía de su padre. Las letras capitulares miniadas eran cada una de ellas una obra de arte ensalzada por el brillo del pan de oro y de unas tintas rojas y violetas que conservaban su intensidad al cabo de siglos. Obras como esa daban fe de la pasión humana por la belleza, el saber y el afán de perdurar. Y justificaban la existencia de negocios como el de Laura y su padre.

Pero nada perdura para siempre y el dinero —«El puto dinero», pensó Laura, aunque era poco dada a los exabruptos— siempre echa a perder los sueños. El infierno es salvarse vendiendo la esencia.

—Laura, el señor Bunny está a punto de llegar —avisó Claire asomándose a la puerta del despacho.

—Ya, ya lo sé —respondió—. Avísame cuando esté aquí.

—Laura, por favor —suplicó el hombre aun sabiendo que era inútil.

—¡Marcos, no insista! —gritó Laura harta de presiones—. Se lo ruego. Necesito el dinero para salvar la librería. El plazo del embargo está a punto de cumplirse. Y le recuerdo que no estaríamos así si no fuera por nuestro querido amigo Pol. —Laura pronunció «querido» con un tono que pretendía ser sarcástico, pero la traicionó la voz temblorosa, no sabía si de pena o de rabia. O de las dos cosas.

—De acuerdo —concedió Marcos—. Tienes razón: si no fuera por Pol... —concedió con tristeza.

—Bueno, si no fuera por Pol tampoco nos habríamos conocido —respondió Laura forzando una sonrisa y acercándose al viejo para darle un beso en la mejilla al percibir la amargura en el rostro de Marcos—. Algo bueno tenía que salir de todo este embrollo.

Algo bueno había, sin duda, pensó Marcos, que había encontrado primero en Pol y después en Laura una especie de familia. No está mal para un viejo solitario tener alguien en quien apoyarse, alguien que comparte tus aficiones a pesar de la diferencia de edad. Los puñeteros años te dejan hecho un asco. Solo el contacto con los jóvenes te devuelve algo de lo que has ido perdiendo.

Pol había presentado a Marcos y Laura en diciembre del año anterior, durante el Salón del Libro Antiguo. Fue un encuentro casual que sirvió para recuperar el contacto perdido por la pareja. Ambos intentaron aparentar normalidad. Pol había acabado por fin los estudios de Derecho y, antes de ponerse a trabajar, le habló de su eterno proyecto de «vender los últimos libros robados» (siempre había unos últimos libros para vender). Lo más notable de aquel día, sin embargo, fue conocer al propio Marcos. Laura había oído hablar de él a Pol muchas veces, pero había llegado a preguntarse si el cómplice de Pol existía de verdad. Con Pol nunca era fácil separar realidad y fantasía. Pero sí, Marcos existía. Y a Laura le cayó bien desde el principio. Por su cultura, por todo lo que sabía de libros, por su amabilidad. Quizá también por su aspecto de sabio despistado al estilo clásico: ancho bigote canoso, una media melena blanca siempre despeinada y gafas de culo de botella.

—Ahora que caigo... ¿Cómo conoció usted a Pol? —preguntó de pronto Laura a Marcos.

—¿Pol no te lo contó nunca? —se extrañó Marcos.

—Jamás.

—Fue hace... Madre mía, parece que ha pasado un siglo.

Y en cierto modo así había sido.

Madrid, zona del Rastro, 31 de diciembre de 1999

—¿Cien pesetas cada uno? ¿Estás loco? —preguntó un Marcos que acababa de entrar en la sesentena tuteando a su interlocutor. Siempre lo hacía así, sintiéndose autorizado por las canas a colocarse en una situación de superioridad que favoreciera el regateo.

—Sin ofender, hombre —respondió el gitano muy digno en su calidad de anticuario registrado y hombre del Rastro de toda la vida.

—Me ofendes tú a mí si piensas que soy un pardillo. Te doy trescientas pesetas por todo el lote.

—De eso nada. Ahí van lo menos cien libros. Pierdo dinero.

—¿A este precio el ejemplar pierdes dinero? No fastidies. Si los has cogido de la basura. ¡Si huelen a cáscara de plátano!

—Marcos, siempre me viene usted con las mismas.

—Pues anda que tú...

Mientras el payo y el gitano porfiaban, Pol entró en la

librería. Llevaba un buen rato callejeando por la zona del Rastro sin encontrar nada de interés. Le gustaban esas tiendas viejas sin saber bien por qué, aunque en aquella ocasión lo que buscaba era, sobre todo, guarecerse del frío.

—Buenas tardes —dijo al entrar, sin obtener respuesta.

Los dos hombres seguían enfrascados en su regateo.

—Deme usted dos mil pesetas y son todos suyos —insistió el dueño del negocio.

—Sí, hombre... Martín, que con eso me puedo ir de vacaciones a la playa.

—¿Con dos mil míseras pesetas? ¿A qué playa va a ir usted con ese dinero, *desgraciao*?

—Te doy mil.

—Que sean mil quinientas. Y lo hago por perderle a usted de vista, que es un pesado.

—Sea. Pero el que pierde dinero soy yo. Venga, que no te has visto en otra.

—¿En otra? Mi ruina va a ser la gente, que ustedes los payos sois todos unos *agarraos*.

Marcos sacó la cartera de su abrigo de lana, adornado con algunas manchas de cal regaladas por alguna pared, y extrajo tres billetes de quinientas pesetas que entregó al gitano. Pol observó la maniobra con asombro: ¿un puñado de libros viejos podía valer tanto dinero? No ya viejos, sino de aspecto asqueroso. Aunque no había llegado a tiempo de escuchar la primera parte de la transacción, el joven también llegó a la conclusión de que el gitano había sacado aquellos libros de un cubo de basura.

—¡Hasta más ver, Martín! —se despidió Marcos cargando como pudo con el lote.

—¡Vaya usted con Dios... o con el diablo! —se despidió huraño el aludido.

Pol observó la tienda, oscura y sin un solo rincón que no estuviera abarrotado de libros, y se preguntó si aquel hombre sabría algo que él no supiera. Su instinto lo avisaba de algo, aunque no era capaz de adivinar qué. El interior de la librería olía a papel rancio y hacía el mismo frío dentro que fuera, así que... Sin despedirse, Pol salió justo a tiempo para ver cómo su objetivo doblaba la esquina.

Salió tras él pensando en la manera de abordarlo. Quería saber qué valor tenían aquellos libros cuando, de repente, contempló una escena asombrosa. Apenas se había alejado unos cientos de metros de la librería, Marcos se acercó a un contenedor de basura y arrojó dentro el montón de libros. Todos menos uno, que guardó cuidadosamente en el ancho bolsillo de su abrigo.

—Pero ¿qué demonios...? —se preguntó Pol alucinado con la extraña maniobra.

Marcos, ignorante de que alguien vigilaba sus pasos, siguió su camino hasta otra tienda cercana, casi en el límite del Rastro, en lo que los castizos llaman Las Américas. A esa hora de la tarde aún había gente echando unos penúltimos tragos con los amigos antes de la cena de Nochevieja. En ese ambiente, tanto Pol como Marcos, que no tenían con quién comer las uvas, se sentían como peces fuera del agua. Sin embargo, a ninguno de los dos parecía importarle la cuestión.

Marcos entró en otra librería de viejo de apariencia más próspera (y con mejor calefacción), aunque el tufo a papel rancio era el mismo, como pudo constatar Pol al entrar unos pocos segundos después que el experto bibliófilo.

—Buenas tardes, Sebastián.

—Buenas, Marcos —respondió el encargado, un hombre tan viejo que hacía parecer joven a Marcos—. Feliz año...

—Eso mañana, amigo mío. Te he traído una cosa.

—A ver...

El librero, calvo como una bola de billar salvo por un flequillo extendido sobre la cabeza a modo de cortina, tomó entre sus manos el libro que Marcos acababa de comprar al gitano y lo examinó con atención. Tanta que Pol pensó que se lo iba a comer: el hombre acercó los ojos a la pieza hasta rozar el papel con la nariz. Se tomó su tiempo para el análisis, tras lo cual dejó el volumen sobre el mostrador con gesto displicente y lanzó a Marcos su dictamen profesional:

—No es un incunable. Es un postincunable.

¿De qué hablaba? A Pol aquello le sonó a coreano, pero Marcos sí entendía la jerga. Tanto lo que decía como lo que no decía.

—Fíjate bien en el tipo de letra. No es una gótica de andar por casa. Es una rotunda del siglo XVI, de las más elegantes que he visto. Una joya.

—Tú sí que estás hecho una joya —le respondió el librero, cuyas canas lo autorizaban a tutear a su viejo cliente y proveedor—. ¿Cuánto le pones tú?

—Doscientas mil pelas. Por lo menos.

—¿Estás loco? Esto es un misal. Un puñetero misal. No valen tanto aunque vayan llenos de antífonas.

A Pol la conversación le seguía sonando a lejana lengua oriental, pero había entendido lo suficiente: ¿doscientas mil pesetas por un libro mugriento? El librero bajó la puja:

—No vale ni ciento ochenta mil...

—Trato hecho —sonrió Marcos extendiendo la mano derecha hacia el librero.

—Espera, espera, no he dicho que...

—Nunca pensé que un libro pudiera valer tanto —intervino entonces Pol cediendo a la curiosidad.

Los dos hombres miraron al intruso de arriba abajo.

—No hay nada más valioso que un buen libro, muchacho —le respondió Marcos en tono afable. Luego, volviéndose hacia el librero, continuó—: ¿Qué, hay trato?

—Ciento setenta... Aunque me extraña que tú vendas un libro.

—Necesito el dinero. Tengo un apurillo.

—Tú sabrás. Espera un segundo.

Sebastián tomó el misal con cuidado y lo colocó entre las piezas para vender. Luego se sacó del bolsillo de la chaqueta un fajo de billetes atado con una goma y contó ciento setenta billetes de mil pesetas. Le llevó su tiempo. Marcos las contó a su vez y guardó las ganancias en su cartera.

—Un placer, como siempre —se despidió Marcos sin más ceremonias.

—Puedes venir a verme siempre que quieras —le contestó a su vez el librero mientras devolvía a su chaqueta lo que quedaba del fajo.

Pol, asombrado, tardó unos segundos en reaccionar. ¿De verdad los libros podían valer tanta pasta? Lo que acababa de ver le parecía como la famosa multiplicación de los panes y los peces. ¿De mil quinientas a ciento setenta mil pesetas en cinco minutos? Ni la Bolsa de Nueva York deja esos márgenes. La voz de Sebastián le sacó de sus cavilaciones.

—¿Busca usted algo en particular, joven?

—Eeeh... No, no. Disculpe, tengo que irme.

Pol salió de nuevo a la calle. Marcos no estaba. ¿Cómo había podido alejarse tan rápido? Se dirigió a una calle lateral y miró a un lado y a otro. Allí estaba, pero algo iba mal. El hombre se apoyaba en una farola y parecía indispuesto. Pol se acercó tan rápido como pudo.

—¿Le ocurre algo, puedo ayudarle?

Marcos levantó la vista y distinguió, como entre brumas, la figura del joven de la tienda.

—No... No te preocupes. Últimamente sufro mareos. A ratos. Creo que es algo de la vista. La vejez es una mierda, chaval. No te hagas viejo.

—Lo intentaré —sonrió Pol—. ¿Quiere un café? Le invito. Me gustaría hablar con usted.

—Pues... ¿Por qué no? Además, hace un frío del carajo.

No fue café lo que tomaron, sino un par de copas de buen vino, que calientan más. Y luego otra... y otra. Qué diablos, era Nochevieja, ¿no? Y tampoco tenían nada mejor que hacer. Del negocio de los libros antiguos pasaron a contarse sus vidas, la del viejo y solitario erudito y la más agitada del joven ladronzuelo regenerado, o que lo intenta, por los estudios de Derecho. Así se forjan las amistades.

Madrid, 19 de agosto de 2009

—¿Y qué salió de esas historias? —preguntó Laura interrumpiendo el relato de Marcos.

—Que la vida es una broma, Laura. Que queremos lo que no tenemos. Yo siempre deseé una existencia aventurera, vivir como los personajes de los libros que leía. Pero no pude. Mi esposa me abandonó dejándome al cuidado de nuestro hijo enfermo. ¿Sabes lo que es la parálisis cerebral? Es una putada como una casa. Esa ha sido mi aventura, cuidar de mi pobre hijo hasta que murió a principios de 1998. Ni siquiera vivió lo bastante como para conocer el fascinante año 2000. ¡Al menos se libró de la decepción!

—No sabía nada. Lo siento mucho.

—Bah, es la vida, que es una cabrona. Sueñas con una

cosa, pero ella te da lo que quiere. Por lo general, nada bueno. Mi único placer, aparte de los libros, ha sido el vino. Y mi única aventura..., expoliar de vez en cuando algún manuscrito.

—Vaya, qué callado se lo tenía...

—Es que no me siento muy orgulloso.

—Lo entiendo —asintió Laura sin comprender de verdad las contradicciones de Marcos. Para ella los libros eran sagrados, y expoliar, como se conocía en el mundillo el acto abominable de llevarse parte o partes de una obra, mutilándola, era todo lo contrario al amor.

—En cuanto a Pol —continuó hablando Marcos ajeno a las reflexiones de su interlocutora—, la vida lo arrastró a unas aventuras que no quería vivir. Por eso busca exactamente lo contrario que yo: un poco de calma.

—Pues sí. Queremos lo que no tenemos —sonrió Laura pensando en Pol—. ¿Y cómo acabó aquella noche?

—Como todas las Nocheviejas: un poco borrachos, un poco melancólicos.

—Aquella no fue como todas las Nocheviejas: se celebraba el cambio de siglo.

—Un error común, Laura. El siglo cambió un año más tarde, la Nochevieja de 2000. Los siglos empiezan en el año uno, no en el cero.

—¿Seguro?

—Seguro. Pero sí que ocurrió algo especial aquella noche, vieja o no: Pol y yo nos hicimos amigos. Y fue justo entonces... Bueno, a la mañana siguiente en mi piso, cuando se nos pasó la resaca, cuando Pol decidió echarme una mano con...

—Laura, el señor Bunny ya está aquí —anunció Claire entrando en el despacho.

—Vaya... Dile que voy enseguida —respondió Laura

separándose de Marcos—. Voy a sacar el manuscrito de la caja fuerte.

—De acuerdo —respondió la francesa forzando una vez más la erre.

—Laura, no le vendas el *Inferno*.

—Marcos, por favor, déjelo.

—Es un cateto australiano. ¿Qué sabe ese de libros?

Marcos se levantó y echó un vistazo al interior de la tienda desde la puerta del despacho. Jeremy Bunny, ahí estaba. O míster Bunny, como se hacía llamar para darse importancia. El viejo bibliófilo sintió una oleada de desprecio hacia aquel hombre que compartía su pasión y al que no conocía de nada. Tenía el aspecto característico del nuevo rico anglosajón, vestido con ropa cara pero sin gusto, cubierto de accesorios con los logotipos bien a la vista. «Un hortera harto de salchichas», pensó Marcos mientras lo veía moverse por Loire como en país conquistado.

Laura, mientras tanto, manipulaba la caja fuerte girando la rueda alternativamente a izquierda y derecha: tres, cinco, dos, cero... 3 de mayo del año 2000. La fecha en que ella y Pol se conocieron. Una fecha que, después de todo, pertenecía al siglo anterior. ¿Por qué esa combinación? ¿Masoquismo emocional? Puede, aunque pensándolo bien, ¿tan importantes son estos pequeños gestos?

Laura creyó que le iba a costar más trabajo liberar al *Inferno* de su pequeña prisión, pero no. Se sintió como cuando tenía que hablar en público: los momentos previos era un mar de nervios, pero una vez frente al auditorio se venía arriba. Extrajo el precioso manuscrito de la caja fuerte con manos firmes, lo llevó a la tienda y lo colocó sobre un atril de madera, el mismo en el que el *Inferno* había permanecido expuesto durante años, cuando la tienda la dirigía su padre.

«¿No deberíamos guardarlo en un lugar más seguro, papá?», le preguntaba a menudo una Laura mucho más joven.

«El lugar más seguro para un libro es entre otros libros —le respondía riendo Jean Loire, en un castellano sin rastro de su acento francés natal—. Si te quedas más tranquila, cuando cerremos ponlo de canto en cualquier estantería. Un diamante llama la atención cuando lo colocas en una bandeja de terciopelo negro, no si lo dejas sobre un montón de cristales rotos.»

Con todo, la humanidad se afana en extraer los diamantes que se esconden entre la arena de los ríos para volver a ocultarlos, casi siempre en la cámara acorazada de algún joyero de Amberes. Quizá por eso Laura decidió instalar una caja fuerte para el *Inferno* a los pocos días de morir el fundador de Loire.

Allí, sobre el atril, el antiquísimo libro resplandecía como el diamante idealizado en su bandeja de terciopelo negro. No llamaría la atención de un profano ni tampoco de uno de esos falsos coleccionistas que solo ven en un libro la belleza de sus cubiertas o, si acaso, el brillo de sus ilustraciones. De tamaño folio, disimulado con una encuadernación en piel del siglo XIX, no daba pie a sospechar que se trataba de un manuscrito tan valioso. En el interior, su caligrafía peculiar solo atraería el ojo del especialista genuino. Y eran estas letras las que le conferían buena parte de su valor.

—¡Ah, por fin, señorita! —exclamó míster Bunny en un castellano correcto aunque con algo de acento—. Ya era hora.

—Perdone la espera —contestó Laura tendiendo una mano que míster Bunny estrechó con poca convicción. Se le notaba la prisa típica del anglosajón.

—¿Podemos ver ya el manuscrito? —preguntó con sequedad.

Laura lo acompañó hasta el atril. Allí esperaba, ajena a las preocupaciones humanas, la joya de la librería Loire. Al australiano no pareció impresionarle el atril de madera tallada, sin duda despojo de la liquidación de un convento desamortizado en tiempos de Mendizábal. Tampoco la apariencia vetusta del local, cubierto de libros sin orden aparente (aunque lo había). Demasiado europeo todo para su mentalidad antípoda, habituada a la funcionalidad y la eficacia. Pero, en fin, allí estaba aquella maravilla que había venido a buscar desde el otro extremo del mundo para ampliar su colección y presumir delante de otros nuevos ricos tan incultos como él.

—¡Ya tenía ganas de verte, *my friend*! El futuro de las ventas está en Internet, señorita. Pero este tipo de cosas hay que contemplarlas cara a cara, ¿verdad? —dijo el australiano sin apartar los ojos del manuscrito.

—Supongo que tiene razón.

—En cuanto al precio —continuó míster Bunny a lo suyo, mostrando a las claras que aquello no era un diálogo—, me parece excesivo. Este libro no contiene ilustración alguna y, además..., solo es el primer canto.

—Tal y como hablamos por teléfono, señor Bunny...

—¡Llámeme Jeremy! —dijo, dejando claro que le hacía un gran favor a su interlocutora—. Ustedes, los continentales, son muy... ¿Cómo se dice?

—Formales.

—*That's it, yeah!* Formales. En fin. Este libro no tiene nada que ver con... ¿Cómo le diría? El Codice Trivulziano 1080 de la *Divina comedia*, por ejemplo. Pude verlo la semana pasada en Milán. *It's fantastic!* Esas letras tan coloridas...

—Miniadas. Sí, es una de las ediciones más famosas que existen, es difícil no conocerlo —indicó Laura, cada vez más harta de la petulancia de su cliente. Si no necesitara el dinero con tanta prisa...

—O el manuscrito de Giovanni di Paolo que tienen en Londres. Qué joya. Esas letras llenas de flores, cintas y toda clase de adornos. Debería usted verlo, señorita.

Míster Bunny se refería al célebre manuscrito ilustrado no solo por Di Paolo, sino también por Priamo della Quercia, conservado en la British Library. Esa obra impresionante destaca por sus letras capitales, primorosamente decoradas con motivos vegetales y formas geométricas que se extienden por toda la página y que representan de forma gráfica el itinerario del poeta por los diferentes círculos del infierno, el purgatorio y el paraíso.

—Lo conozco también. Los libros antiguos son mi especialidad, como sabe.

—*Of course...* Está claro que este *Inferno* no se puede comparar...

—Bueno, como también sabrá —añadió Laura sintiendo cómo se le hinchaba la vena de la frente—, el valor del manuscrito Loire no está en sus inexistentes ilustraciones. No tiene letras capitulares, ni escudos de armas, ni sellos, ni cuños ni ninguna de esas cosas que parecen interesarle, señor Bunny. Quizá quiera reconsiderar su compra si el producto no le satisface.

Míster Bunny volvió los ojos hacia Laura por primera vez. Parecía sorprendido. Laura no tenía claro si no había entendido la palabra «reconsiderar» o era que, simplemente, no estaba acostumbrado a que lo trataran así.

—Por favor, señorita, no se enfade. Solo quería valorar el producto.

—Valore lo que quiera.

Ya no estaba tan segura de asumir que ese libro, que tanto había significado para su querido padre, acabara en manos de alguien incapaz de comprender su importancia. ¿Y si lo mandaba todo a la mierda? Podía notar la mirada de Marcos a su espalda, callado aunque inquieto por la misma razón que ella.

—Señor Bunny, yo... —empezó a decir la librera, pero el presunto comprador lanzó en ese instante una pregunta inesperada:

—Señorita Laura, querría preguntarle... —Dudó un poco antes de seguir hablando—: ¿Cree usted que Dante viajó realmente al infierno, al purgatorio y al paraíso para escribir su poema?

Laura se quedó de piedra. En medio del silencio pudo escuchar una risita ahogada de Marcos, que seguía agazapado tras la puerta del despacho, y ella misma estuvo a punto de estallar en carcajadas. Lo habría hecho de no ser por un detalle que llamó su atención.

—Señor Bunny, no creo que... Un momento... Déjeme ver...

Jeremy Bunny, autoproclamado bibliófilo con conocimientos precarios, nunca se habría dado cuenta, pero Laura..., Laura era una experta de verdad. Había visto algo, apenas nada, pero... El sonido del pergamino al crujir, el brillo que emitía bajo la pálida luz de la librería. Había algo diferente, algo que no era como debía ser. Se acercó al atril y, apartando al australiano sin muchas ceremonias, echó un vistazo más cercano a la joya familiar. A medida que pasaba las páginas, su inquietud iba creciendo al constatar la veracidad de sus sospechas.

—¡Marcos, venga, por favor! —casi gritó la joven. El hombre salió de su escondrijo y se aproximó tan rápido como fue capaz—. Mire esto...

Marcos se ajustó sus gafas de grueso cristal y analizó el manuscrito. No necesitó mucho tiempo para llegar a la misma conclusión que su joven amiga: aquello no era más que una falsificación. Cuidada y de cierta calidad, pero fácil de descubrir... para cualquiera que no fuera un nuevo rico y coleccionista.

—Míster Bunny —empezó a decir Laura cada vez más nerviosa—. Lo siento, el manuscrito ya no está en venta. Haga el favor de salir.

—Pero..., pero, señorita... —protestó el aludido.

—¡Váyase de aquí! —alzó la voz Laura—. ¡Claire, por favor, acompaña al señor Bunny a la puerta y cierra la tienda!

La zozobra es siempre cuestión de pocos segundos, aunque nos preparemos para ella durante años. ¿Cómo había ocurrido? ¿Cómo habían podido dar el cambiazo de un libro guardado en una caja fuerte? ¿Desde cuándo la inútil medida de seguridad guardaría en sus tripas metálicas una copia sin valor? ¿Y quién sería el responsable?

—¿Quién? —respondió Laura furiosa a la pregunta de Claire—. ¿Quién va a ser?

—¿No estarás pensando en Pol? —se alarmó Marcos.

—¿En quién si no? —farfulló Laura comida por la rabia, con lágrimas asomando a sus hermosos ojos—. Hace semanas que no sé nada de él. La última vez que quedamos me habló de lo de siempre, de sus cambios de vida, del futuro... Y me cameló otra vez... ¡porque soy gilipollas! ¡Pero por qué me fío de él, si no ha hecho más que meterme en líos!

Laura no paraba de dar vueltas por la tienda como un león enjaulado, centrada en la catástrofe que representaba la pérdida del único activo valioso con el que contaba. Ya no le importaban el amor ni los planes de futuro. ¿Qué planes de futuro? El único futuro que aparecía en ese momento ante sus ojos era la quiebra más completa, el embargo, la ruina. Y la soledad despechada.

—No puedes asegurar que haya sido él, Laura —dijo Marcos queriendo calmarla al tiempo que procuraba defender a su amigo.

—¿Ah, no? ¿Y por qué no? En realidad, esto cierra un círculo.

—Como el universo escatológico de Dante.

—Marcos, no fastidie... No es el momento.

Pol, con su cara de buen chico, su amabilidad, sus detalles. Ya se lo había dicho su padre muchas veces: «No juzgues un libro por su cubierta». Bajo la apariencia externa de Pol no había más que un ladrón. Un simple ladrón, desde crío. Y siempre sería un ladrón, por mucho que dijera que... La gente no cambia. O, si acaso, cambia a peor.

—Quizá deberíamos avisar a la Policía —indicó Claire.

—¿A la Policía? —replicó Laura—. ¿Para qué? A estas horas Pol ya debe de haberlo vendido a algún coleccionista de Londres o de Roma. A saber cuándo se lo llevó.

—Insisto en que no deberías acusar a Pol sin pruebas, aunque...

—Aunque ¿qué?

—Que este truco del cambiazo... Ya lo utilizó una vez.

—¿Ah, sí? Entonces, ¿qué más pruebas necesitamos? —Resopló Laura—. Ni siquiera me ha podido robar de una manera original.

Durante unos segundos nadie dijo nada. Luego Laura, volviéndose hacia Marcos con los ojos entrecerrados, le soltó la pregunta:

—¿Y cómo sabe usted que ya había utilizado este truco?

—Porque... Bueno..., me lo enseñó él.

Esa noche, de vuelta en su piso, Laura trataba de relajarse sin éxito cuando sonó el timbre de la puerta. Era un mensajero, un chico bajito, moreno, con acento peruano. Sudaba la gota gorda bajo el casco y la chamarra con el logotipo de una empresa de reparto. Laura firmó un recibo y él le entregó un sobre.

De nuevo a solas, Laura lo abrió y extrajo su contenido, una breve nota con un texto enigmático escrito a máquina:

> Se ha tomado prestado el *Inferno* para cambiarlo por otra obra de mucho más valor que se encuentra en tu poder: la agenda Moleskine con el texto autógrafo de Einstein.

Laura no sabía a qué agenda podía referirse la nota. Por lo que ella recordaba, no había visto en su vida manuscrito alguno del físico alemán. Pero el texto continuaba:

> Si actúas con cautela y no enseñas esta nota a la Policía, encontrarás el camino en la pequeña biblioteca de sir Walter Scott, alto entre la numismática: 3, 9.

Esto ya era un galimatías incomprensible y, por un momento, Laura pensó que le estaban tomando el pelo. Sí, podía reconocer el humor de Pol entre aquellas letras. La nota terminaba con una frase más extraña aún si cabe:

> Recuerda que lo que dice la letra es importante, pero no lo es menos su forma.

¿Y ahora qué?

Esa noche Laura soñó que un Albert Einstein joven y vestido con bata blanca acudía a Loire. La librería parecía distinta, como suele ocurrir en los sueños, y el científico era, al mismo tiempo, Marcos y Pol. Esta confusión de identidades no producía, en el sueño, la menor extrañeza: ella lo recibía como si tal cosa y él le pedía, de manera insistente, el libro *Nuevos pasatiempos matemáticos*, del célebre divulgador Martin Gardner. No se trataba en absoluto de un libro antiguo, pero allí estaba, en una estantería cualquiera. Laura ofreció a su visitante el grueso tomo encuadernado en piel. En su interior se desplegaban filas y filas de fórmulas profusamente decoradas a la manera de los códices antiguos. Satisfecho, el Einstein onírico preguntó el precio a Laura y ella le respondió besándolo.

Laura se despertó sobresaltada y cubierta de sudor. Estaba claro que aquella no iba a ser una noche de dulces sueños.

Capítulo 3

EL CÓDIGO

> ¡Sueños de amor y felicidad! [...] ¡Entusiasmos de la juventud!
>
> ¿Dónde sois idos? ¿Dónde estáis ya? ¿Qué me resta sin vosotros?
>
> PEDRO ANTONIO DE ALARCÓN, *Novela natural*

Feria del Libro Antiguo y de Ocasión,
Madrid, mayo de 2000

—Hola, quería hablar con el dueño —preguntó Pol a una Laura que acababa de cumplir los veinticinco años. Más o menos igual que él.

—Yo soy la dueña —contestó ella.

El chico que tenía delante no se parecía a otros que preguntaban siempre «por el dueño». Había algo en su mirada, una mezcla de descaro y frescura que se alzaba sobre sus formas educadas, casi tímidas. Le pareció atractivo, impresión que se reforzó cuando el joven siguió hablando:

—Ah, pues genial. Tengo algo que podría interesarte.

—Esto... Normalmente en la Feria somos nosotros los que vendemos libros, no los que compramos.

Sin embargo, Laura se sorprendió tomando entre sus manos los cuatro viejos volúmenes que le ofrecía aquel joven. La Feria del Libro puede ser apasionante para el lector, pero tediosa para el profesional, que se pasa el día metido en un puesto tratando de vender lo suficiente para, al menos, cubrir los gastos de organización. Y aquel día, a media mañana de un martes, Laura estaba aburridísima. Y harta. Harta de los «luego me paso» con los que numerosos visitantes se despedían para siempre después de pasar media hora haciendo preguntas y manoseando los libros sin comprar ni uno.

La dueña de Loire observó con cuidado el material que le ofrecía aquel joven. Había dos ejemplares de la Biblioteca de Autores Españoles en formato cuarto. No valían gran cosa, aunque podían resultar interesantes para alguien que quisiera completar su colección. Los otros dos tomos pertenecían a *Las aventuras de Telémaco*, una curiosa continuación de la *Odisea* escrita en el siglo XVIII por François Fénelon, un autor de éxito en su época. Laura sostuvo los cuatro tomos en sus manos. Pol sonrió pensando que iba a ofrecerle el precio calculando al peso, como un trapero. Le extrañó que una mujer tan joven se dedicara a los libros. Desde que conoció a Marcos y se había *asociado* con él, el mundo de los libros le estaba dando muchas sorpresas.

—Te puedo ofrecer quinientos euros por los cuatro.

—¿Solo? —respondió él un poco decepcionado, pero sin perder la sonrisa—. Vale, está bien.

Laura, sin saber por qué, se arrepintió de inmediato.

—Bueno, quizá los dos tomos del Fénelon valgan algo más —añadió—. Pero tendría que consultarlo en la tienda.

En aquel tiempo en el que Internet era todavía un pequeño universo balbuciente, las consultas serias seguían haciéndose al viejo estilo: en enciclopedias, catálogos profesionales y, sobre todo, en el clásico *Manual del librero hispano-americano* de Antonio Palau y Dulcet, la obra de referencia. Un mundo antiguo a punto de desaparecer, aunque nadie podía imaginarlo en ese momento.

—De acuerdo —contestó Pol.

—Aquí viene la dirección —dijo Laura tendiéndole una tarjeta de Loire—. Podemos vernos mañana por la mañana, si te parece bien, y te doy un precio definitivo. ¿Te importa que me quede los libros?

El joven vaciló por un instante, para asentir casi de inmediato.

—De acuerdo —respondió tendiendo la mano a Laura—. Me llamo Pol.

—¿Paul? ¿Es un nombre inglés?

—No. Pol, con «o», como suena. En Valencia es bastante normal.

—Ah, vale. Yo soy Laura.

—Laura y Loire. ¿Elegiste el nombre de la librería a propósito?

—Es el apellido de mi familia paterna, de origen francés. Lo de Laura es por mi madre.

Tras estrecharse la mano, el joven se alejó tan rápido como había llegado. Al contemplarlo, Laura no pudo evitar un pensamiento: «No está mal». Luego, analizando el lote de libros, no pudo por menos que reprocharse haber heredado de su padre algo más que una librería: un exceso de honestidad que, a decir verdad, no facilitaba la marcha del negocio. Quinientos euros era un precio justo que podía dejarle a ella un buen margen. ¿Y ahora qué?

La tarde transcurrió con varios «luego me paso» y algunas ventas. No fue, en conjunto, un mal día. Cuando se fue a la cama, después de una cena ligera, Laura sentía en su cuerpo algo más que el ardor corriente de la primavera. Estaba deseando abrir Loire a la mañana siguiente para hablar de nuevo con ese chico. No tenía ganas de dormir. Sacó los cuatro libros de la bolsa y los estuvo ojeando un rato. Quizá podría ofrecerle un poco más, seiscientos o setecientos euros, y aún habría margen de ganancia. Podría también... Un momento... Le había parecido ver algo, casi de refilón, dentro de uno de los libros.

Recorrió despacio las páginas hasta encontrarlo. No, no lo había imaginado. Tomó los otros tres libros y en todos halló lo mismo tras un rápido análisis. ¿Sería posible? «Para que te fíes de las apariencias», pensó Laura recordando una vez más las enseñanzas de su padre. Le costó trabajo conciliar el sueño aquella noche, y ya no tanto por ese calor que sentía, sino por las ganas de vérselas con aquel caradura. Si es que se atrevía a aparecer por Loire, por supuesto.

Al despertar, pocas horas después, se notó cansada, una impresión que le devolvió sin piedad alguna el espejo del cuarto de baño.

—Vaya cara... —La imagen asintió con gesto preocupado.

Era consciente de que el encuentro en Loire iba a ser desagradable y, sin embargo, Laura se sorprendió a sí misma arreglándose con mayor esmero de lo que acostumbraba. Disimuló las ojeras, se maquilló más de lo necesario para una simple cita de negocios —o lo que fuera a ser aquello—, se puso un vestido veraniego, pero elegante, y zapatos de tacón. Cuando se contempló en el espejo grande le pareció que iba demasiado guapa, así que optó por recogerse la melena en un moño alto para darse un aire más serio. Quería establecer distancias con aquel joven antes de decirle lo que le tenía que decir.

Una vez en Loire, aún tuvo tiempo de hacer una llamada que confirmó sus sospechas. Apenas colgó el teléfono, Pol entró en la librería. Laura había temido que no apareciera, pero ahí estaba: puntual y con su mejor sonrisa.

—Buenos días, Laura.

—Hola —respondió ella mirando fijamente al joven.

—¿Qué tal? ¿Has podido consultar el precio de los libros?

—Ya lo creo... Y algo más que los precios.

—¿Qué quieres decir?

—Que estos libros que me trajiste son robados.

—No —respondió él abriendo mucho los ojos, como queriendo aparentar sorpresa.

—Llevan todos una hojita pegada con la marca de la librería de Margarita de Dios. Una gente a la que conozco bien, por cierto. Precisamente acabo de hablar con ellos por teléfono y me han confirmado que tus cuatro libros son en realidad suyos. ¡Alguien se los ha robado esta misma semana!

Pol no supo qué contestar.

—¿No vas a decir nada?

—Yo, verás. Eso no es exactamente así. Necesitaba el dinero para...

—¿Los has cogido prestados?

—No, no es eso... Es que... —Después de haberse visto en tantas situaciones apuradas, Pol se sintió pillado de la manera más tonta por una simple librera.

—¿Te los encontraste encima de una mesa? —preguntó Laura irónica.

En el fondo disfrutaba atormentando al chico. Por desgracia llevaba a cuestas una larga experiencia con los ladrones de libros que intentaban aprovechar cualquier despiste para llevarse un ejemplar bajo la camisa o dentro del bolso.

—Verás, déjame explicarte —respondió tragando saliva—. No sabía que eran robados. Me los dio mi..., mi abuelo. No querrás decirme que mi abuelo es un ladrón, ¿verdad?

Laura guardó silencio. Los ojos le brillaban con una rabia creciente. Sentía que estaba a punto de explotar. Pol, atrapado por sorpresa, solo pudo pensar que así, enfadada, aquella mujer le parecía aún más guapa. Pero no estaba la cosa para flirtear. Laura sintió que la ira subía por su esófago con la potencia de una erupción volcánica. Aquel listillo iba a pagar por todos.

—¿Tu abuelo? Pero ¿tú te crees que soy gilipollas? Es la excusa más tonta que he oído en toda mi vida.

—Hombre, yo...

—¡Tú nada, chaval! —explotó Laura. Quizá podría llegar a entender las razones de un ladrón, pero no que la tomaran por tonta—. Me has querido colocar un marrón. ¡Justo lo que necesito! ¡Más líos! ¿Tú sabes en qué situación está mi librería? —No esperó respuesta. La tensión acumulada durante el año precedente, tras la muerte de su padre, decidió salir al exterior justo en ese momento—. Este negocio no da más que problemas, ¿te enteras? Llevo un año viviendo alquilada en un cuchitril porque tuve que vender mi piso para cubrir las deudas que contraje con unos usureros que son capaces de romperme las piernas si no les devuelvo el dinero. ¡Y aun así, esto no despega! Maldita sea, si llevo un año sin comprarme ni un puto vestido. ¡Y ahora tú intentas timarme! Quise ser honesta contigo y mira qué bien me ha salido... ¿Tú sabes lo que significan para mí quinientos euros? Te iba a pagar de más para... ¡¿No ves que no habría podido vender estos libros tuyos?!

Se hizo un breve silencio. Pol intentó escapar de aquella trampa improvisando:

—Escucha, lo siento. Hablaré con mi abuelo para que me cuente qué ha pasado. Tú quédate los libros y devuélveselos a sus dueños.

—¡Por supuesto! ¿Qué te has creído? Pero no va a ser tan fácil. Voy a denunciarte —le soltó Laura cogiendo el teléfono para llamar a la Policía.

—¡Espera, por favor! —A Pol le recorrió la espalda un escalofrío al escuchar la amenaza. No, más Policía no. Ya había tenido bastante—. Mi abuelo es un hombre mayor. No sabe lo que se hace —continuó Pol pensando en qué diría Marcos si supiera que lo estaba usando como chivo expiatorio—. Te propongo una cosa para compensarte: déjame invitarte a comer.

¿Invitarla a comer? A Laura casi se le cae el teléfono de la mano. Durante la noche previa de poco dormir Laura había imaginado varios posibles desenlaces para el encuentro con Pol, pero desde luego no una invitación. O era un caradura profesional o estaba siendo sincero. A Laura no se le ocurrió pensar en ese momento que ambas cualidades no eran incompatibles.

—¿Invitarme a comer? ¿Eso es todo lo que se te ocurre? —respondió aún aturdida por la sorpresa de esa salida inesperada.

—Sí. O a merendar. O a un café por lo menos —insistió Pol—. Te juro que no soy un ladrón. Déjame demostrártelo.

—¿Y cómo vas a hacerlo?

—Pues... Bueno, podría haber salido corriendo de aquí y no lo he hecho, ¿verdad?

Eso era cierto, tuvo que admitir Laura. Y tampoco podía negar que había sentido cierto interés por ese chico desde que lo vio por primera vez en la Feria. No tanto como para hablar de un flechazo, pero sin duda había algo atractivo en su desaliño estudiado. Una mujer profesional e independiente como ella no debería experimentar aquel cosquilleo en el vientre cada vez que notaba clavada en su rostro la mirada profunda y expresiva de aquel joven. ¿O a fin de cuentas era verdad que los opuestos se atraen?

—No me vas a convencer solo con una invitación.

—Pero puedo intentarlo. Por algo se empieza. ¿Qué te parece este mediodía? ¿Te gusta la comida japonesa, peruana, de autor...?

—Vale, vale, no te lances —respondió ella cortante—. Esta tarde tengo que trabajar en el puesto, en la Feria. Podemos comer unos bocadillos antes de abrir.

—Estupendo —sonrió Pol entendiendo que, como otras veces en su vida, se había salvado de la quema por los pelos—. Llevaré una cesta de merienda y un mantel de cuadros.

—A ver, chico. No te confundas. Vas a tener que darme muchas explicaciones. Y nada de manteles. Nos comeremos un bocadillo sentados en un banco.

—Vale, vale.

Pol se despidió de Laura con su mejor sonrisa y dedicó el resto de la mañana a conseguir todo lo necesario para el pícnic. También a pensar de qué hablaría esa tarde con la librera. ¿Qué se le puede decir a una chica guapa que te ha pillado con las manos en la masa y que, además, te gusta? Bueno, ya se le ocurriría algo.

Mientras tanto, en Loire, Laura también discurría acerca de lo que iba a hablar con... el ladrón. No se había tragado lo del abuelo, probablemente ni siquiera existía, pero ese chico tenía algo, un secreto oculto tras esos ojos oscuros tan grandes y expresivos. Durante el resto de la mañana no dio una a derechas y, por una vez, pensó que era una suerte que entraran tan pocas personas a su librería.

La comida campestre en el Retiro no fue tan tranquila como esperaba Pol, ni tan formal como deseaba Laura. La tarde calurosa y soleada había sacado a medio Madrid a las calles y la gente había decidido escapar del calor guareciéndose bajo los árboles del parque.

—Al final, has venido con una cesta —observó Laura.

—Es más cómodo —fue la respuesta de Pol.

—Bueno, a ver si encontramos algún banco libre.

—No sé yo, esto está hasta arriba. Pero podríamos ir a... Ven conmigo.

Se alejaron unos metros de los parterres más visitados y, con toda naturalidad, Pol saltó la valla de alambre que protegía una zona del parque en regeneración.

—Pero ahí está prohibido —objetó Laura.

—Por eso no habrá nadie —rio Pol.

—No sé si es buena idea quedarme a solas contigo.

—No estaremos a solas. Estamos en el centro de Madrid.

Laura no sentía miedo: más bien..., excitación. Decidió seguirlo y cuando se quiso dar cuenta ya estaban sentados sobre la hierba. Nada de bancos. Pol abrió la cesta y, para sorpresa de Laura, sacó el típico mantel de cuadros. No cabía duda de que, como mínimo, era un hombre que cuidaba los detalles... y al que le gustaba hacer las cosas a su manera. No hablaron más del incidente de los libros robados y cuando, al cabo de un rato, terminaron de comer, Laura no puso inconveniente alguno a la oferta de Pol de bajar juntos hasta el paseo de Recoletos para que la ayudara a abrir el puesto.

—Quiero aprender todo lo que pueda sobre libros —le dijo él—. Mi abuelo me ha enseñado algunas cosas, pero estoy seguro de que una profesional de éxito como tú puede mostrarme más.

—Bueno, de éxito, lo que se dice de éxito —respondió ella con media sonrisa mientras levantaba el cierre del puesto—. ¿Qué es lo que quieres saber?

—De todo. Cómo se ordenan los libros, cómo se convence a un comprador, cómo se distinguen los valiosos de los que no lo son...

—En lo de convencer a compradores no sé si soy la más indicada...

—Seguro que sí.

—... pero de lo demás —continuó Laura— algo te podré contar.

Una vez dentro del puesto, Pol miró las estanterías. Era como una versión en pequeño de Loire. Algunos libros parecían bastante antiguos, otros simplemente viejos. No identificó ningún criterio de ordenación.

—Cada librero ordena los libros de una manera distinta —le dijo Laura como si adivinara sus pensamientos—. En Loire empleamos un criterio temático: libros de historia, religiosos... Pero en otros sitios es diferente: por orden alfabético de títulos, por autores, por editores, por épocas...

—Podría hacerse también por tamaños.

—Así lo hacen en la librería de Bardón padre, en la plaza de San Martín. Y en muchas librerías anticuarias. De hecho, por poderse, hasta por el color del lomo, aunque no sería muy práctico —rio Laura, y a Pol le encantó la risa de esa chica que, por lo general, mostraba sin darse cuenta un gesto preocupado. «Así que sabía bromear cuando quería...»—. También es importante distinguir entre colecciones y libros sueltos —continuó ella segura, en su elemento—. Las colecciones completas pueden dar buenos beneficios, pero es raro que estén todos los ejemplares. Mira ahí, por ejemplo: es la Biblioteca de Autores Españoles de la que tú trajiste un par de volúmenes *prestados*. Consta de setenta y un tomos, aunque aquí solo tenemos sesenta y ocho. Venderla así será complicado. Lo más probable es que, al final, haya que saldarla.

—¿Y por qué no vendes los libros sueltos?

Mientras hablaban no paraban de ir de un lado a otro de la caseta viendo libros y colecciones. El espacio disponible era tan estrecho que no podían evitar rozarse continuamente. El calor de la tarde era intenso.

—Vender una colección por ejemplares es incluso más complicado que saldar una incompleta. Los compradores quieren determinados títulos. Al final vendes cuatro, diez, con un poco de ganancia. Pero sigues teniendo una colección a la que le faltan volúmenes y que es cada vez más complicada de colocar.

—Entiendo... Tendrías que haberte dedicado a la enseñanza, se te da bien.

Laura sonrió de nuevo y pensó que tenía razón. Si al acabar la carrera hubiera seguido en la universidad, le habría ido mejor. Pero no tenía sentido pensar en eso: cada uno hace, en cada momento de la vida, lo que cree más conveniente. Y a ella le había parecido buena idea seguir adelante con la librería de su padre a pesar de que, como herencia, era más un quebradero de cabeza que otra cosa.

Laura no quiso seguir pensando en eso, demasiado le ocupaban ya los viejos fantasmas: la madre a la que no conoció, el padre fallecido, su empeño en mantener la librería a toda costa, como si así pagara alguna clase de deuda con su propio pasado. Ahora solo deseaba pasar una buena tarde. Dio media vuelta para enseñar a Pol algunos ejemplares de catálogos botánicos y libros de caza, temas de gran éxito entre los bibliófilos aficionados, y, sin querer, chocó con el pecho del muchacho. La seguía de cerca. Es verdad que el interior del puesto no era amplio, pero tampoco era necesario acercarse tanto.

Pol no se movió. Ella levantó un poco la vista y se encontró con sus ojos oscuros. Entonces, sin previo aviso y aprovechando el momento, Pol la besó con suavidad en los labios. Ella no retiró la cara. No se lo esperaba.

—Esto... —empezó a decir ella, pero Pol no la dejó continuar:

—¿Me enseñas esos libros de ahí? —dijo sonriendo como si no hubiera pasado nada.

—Claro... Claro.

El resto de la tarde transcurrió para ambos como en una nube y quedaron para verse al día siguiente, después de cerrar la Feria. Podían dar un paseo, cenar algo...

Cuando Laura llegó a casa al anochecer, aún sentía el beso de Pol en sus labios. Hacía calor, demasiado para la época. Y la noche fue larga.

Madrid, 20 de agosto de 2009

> Se ha tomado prestado el *Inferno* para cambiarlo por otra obra de mucho más valor que se encuentra en tu poder: la agenda Moleskine con el texto autógrafo de Einstein.
>
> Si actúas con cautela y no enseñas esta nota a la Policía, encontrarás el camino en la pequeña biblioteca de sir Walter Scott, alto entre la numismática: 3, 9.
>
> Recuerda que lo que dice la letra es importante, pero no lo es menos su forma.

—Esto no hay quién lo entienda, Laura —exclamó Marcos tras leer la nota por cuarta vez esa mañana—. ¿A qué diablos se puede referir?

—No lo sé. Por eso le he pedido que venga. No se ofenda, pero no tengo nadie más a quién recurrir. He dedicado demasiado tiempo a estudiar y, sobre todo, a Loire.

—No me ofendo, yo también tengo pocos amigos. Por cierto, ¿qué hay de la librería?

—Ya se ocupa Claire... De todas formas, no entra casi nadie.

—Bueno... Vayamos por partes. A ver qué es lo que tenemos. ¿No hay ningún indicio de quién la ha enviado?

—No. Llamé a la mensajería, pero el remitente resultó ser una sociedad inexistente. Es un anónimo en toda regla.

Marcos se caló las gafas de culo de botella y trató de desentrañar el misterio de la nota. O los misterios, porque allí no parecía haber solo uno.

—Por un lado, el ladrón propone un intercambio —empezó Marcos el análisis.

—Sí, pero yo no tengo ninguna Moleskine de Einstein. Lo que me parece raro en esa parte es el uso del impersonal: «Se ha tomado prestado». Me pregunto si significa algo.

—Desde luego, es extraño. Ya lo veremos. A continuación está la referencia a la biblioteca de Walter Scott. ¿Querrá decir que la Moleskine se encuentra en Abbotsford House, en Borders, Escocia? Estuve una vez. Debe de guardar al menos nueve mil libros.

—Yo también la conozco. Pero si el ladrón sabe que la agenda está allí, ¿para qué proponer el cambio? No tendría más que ir y cogerla.

—Tal vez no quiera arriesgarse.

—Y por eso me encarga la misión a mí, una librera inexperta. Un tío que ha dado el cambiazo del *Inferno* abriendo sin el menor problema la caja fuerte... No, debe de querer decir otra cosa. A fin de cuentas, habla de «encontrar el camino», no de que la agenda esté allí físicamente.

—Eso tiene lógica, desde luego —admitió Marcos—. Y... No sé, pero... ¿y si esto es alguna clase de trampa? ¿No tienes algún enemigo que quiera fastidiarte?

—Tengo tantos enemigos como amigos. Pocos, por no decir ninguno. Al menos, que yo sepa. En todo caso, no tengo mucho dinero para hacer turismo en Escocia. Vamos a valorar otras cuestiones, al menos de momento.

—Vale. Por último hace una alusión a... ¿la letra y su forma? ¿Qué quiere decir con eso?

—Tal vez... Mi padre siempre decía que no hay que juzgar los libros por su apariencia.

—Ni los libros ni nada, querida.

Marcos no se sentía capaz de mostrar seguridad. Le parecía lo más adecuado en aquellas circunstancias para no aumentar las inquietudes de Laura, pero lo cierto es que no atinaba con la clave de aquel jeroglífico. No sabía a qué carta quedarse. Había en todo aquel embrollo demasiadas cosas que le recordaban a Pol, aunque, por otra parte, ¿qué sentido tenían el robo del *Inferno* y esa nota incomprensible?

—Independientemente de lo que sea la pequeña biblioteca de Walter Scott —dijo Laura sacando de su ensimismamiento a su amigo—, los números 3, 9 pueden ser una signatura.

—Es posible —respondió Marcos indeciso—. O puede ser otra cosa... —Pareció sumirse un instante en sus pensamientos—. Hace unos años, en 2005, Pol y yo estuvimos a punto de dar un golpe magnífico en la exposición sobre Einstein que se celebró en la Residencia de Estudiantes. Conmemoraba la visita que el científico hizo a España en

1923. Varios museos e instituciones de todo el mundo prestaron fondos, incluso el Gobierno de Israel. Había de todo: fotos, objetos personales, ejemplares del *Annalen der Physik* de 1905, donde se publicó su famoso artículo sobre la relatividad especial... Y, por supuesto, libros. Ese era nuestro objetivo: libros que habían pertenecido al genio y que contenían textos autógrafos.

—¿En serio?

—Sí, pero no te emociones: no recuerdo que hubiera ninguna Moleskine. Y además..., no dimos ese golpe. No, no me mires así. No es que nos echáramos atrás: es que alguien se nos adelantó. ¿Seguro que no recuerdas la noticia? Fue algo muy sonado en su día. Bueno, relativamente sonado...

—Pues no, no lo recuerdo. Aunque podemos buscar artículos de prensa en Internet. A falta de datos, cualquier información nos puede servir. Ojalá Pol me hubiera contado algo de todo esto.

—¿No lo hizo?

—No, no me lo contaba todo. De hecho, ni siquiera me habló mucho de usted hasta que nos presentó hace unos meses.

—Pol actúa a veces de formas difíciles de entender —admitió Marcos.

—Sí, lo hace.

Laura recordó aquel primer beso en la Feria y notó cómo se le erizaba la piel.

Madrid, mayo de 2000

Al día siguiente del beso Pol se presentó en la caseta de Loire cinco minutos antes de la hora de cierre. Llevaba un ramo de flores. Laura le agradeció el detalle. El calor había bajado un poco y la tarde era espléndida.

—¿Dónde vamos? —preguntó ella tras cerrar el puesto.

—Dentro de un rato a cenar algo, pero antes podemos dar una vuelta.

—De acuerdo.

Caminaron sin rumbo hasta Tirso de Molina y, con la excusa de tomar alguna ración en los bares del Rastro, se perdieron por las callejas que rodean la célebre plaza de Cascorro. Entraron en una tienda de antigüedades, uno de tantos locales diminutos, abarrotados de cosas, que aún resisten frente a la invasión de ropa china, zapatillas baratas y artículos de decoración de dudoso gusto que han invadido buena parte del tradicional mercado madrileño. Laura se detuvo a observar una vitrina con cajitas de plata labrada. Eran muy antiguas y algunas eran en verdad preciosas.

Pol miraba a su alrededor sin entender del todo la pasión que los trastos viejos (así los consideraba) despertaban en algunas personas. Es cierto que muchas de aquellas cosas eran bonitas, pero la mayor parte eran apenas algo más que cacharros inútiles. Junto a los camafeos tallados en marfil había cabezas arrancadas de muñecas; y al lado de los viejos aparatos de precisión fundidos en bronce, engranajes sueltos de relojes olvidados.

Laura se fijó con particular atención en una cajita cuya tapa venía adornada con el retrato de una mujer de pelo claro, vestida y peinada a la moda del siglo XIX.

—Me recuerda un poco a mi madre.

—¿En serio? —preguntó Pol.

—Bueno, solo un poco.

Laura siguió curioseando unas telas bordadas de gusto exquisito mientras Pol, siempre tras ella, echó un vistazo al precio de la cajita. Trescientos euros. ¿Cómo podía valer tanto un objeto tan pequeño? Era antiguo, y de factura muy delicada. La mujer del retrato... sí que se parecía un poco a Laura.

El dueño de la tienda dormitaba en un rincón con un ejemplar del diario *As* entre las piernas.

—Tengo hambre —dijo entonces Laura—. Vamos a tomar algo. Además, no tengo dinero para comprar nada. ¡Y todo me gusta! Es de masoquistas seguir aquí.

—De acuerdo. Vamos a Cascorro, a ver si encontramos alguna mesa libre.

No tuvieron problemas, no había demasiada gente a esas horas, a pesar de lo céntrico del lugar y de la invasión de los turistas. Durante la cena Pol confirmó la impresión que Laura ya tenía de él: era un excelente conversador. Podía hablar de cualquier cosa, pero, sobre todo, sabía escuchar con atención cuando no dominaba un tema. Parecía ansioso por aprender. Iban a pedir el preceptivo café final cuando Pol sacó un objeto de su mochila.

—Toma. No puedo esperar más a dártelo.

Laura tomó el objeto que le tendía Pol. Le sorprendió ver que era la cajita que tanto le había gustado.

—Pero ¿cómo...?

—Pensé que te gustaría tenerla. No será tu madre, pero se parece a ti.

—Sí, pero... No, no, es demasiado. Apenas nos conocemos. No puedo aceptar un regalo así. Te lo agradezco, pero mañana vas a la tienda y la devuelves.

—No puedo.

—¿Cómo que no puedes?

—Es que... no tengo el *ticket.*

A Laura la asaltó un temor repentino.

—¿La has robado?

—¡No! Tienes muy mala imagen de mí... —dijo haciéndose el ofendido.

—¿Y cuándo lo has comprado? No has tenido tiempo.

—Sí lo he tenido: estabas embobada mirando unas telas. Aproveché para comprarla con disimulo. Quería darte una sorpresa.

—Y me la has dado. —Laura contempló la caja. Era preciosa—. Está bien... Voy a otorgarte el beneficio de la duda.

Laura guardó la cajita en su bolso pagando a Pol con una sonrisa deslumbrante. Pero no la había engañado. ¿Que había perdido el *ticket*? ¿En qué almoneda del Rastro te dan un *ticket* con las compras? Así que, después de todo, sí que era un ladrón.

Dos días más tarde Pol llamó a Laura para quedar. No salieron. Aquella noche transcurrió en el piso de ella. Hablaron mucho, porque cuando una mujer y un hombre se empiezan a conocer cualquier tema es apasionante. Conversaciones intensas que no dejan nada en el recuerdo porque todo lo ocupa lo que viene después.

Hacía mucho tiempo que Laura dormía sola. Ya era hora de cambiar eso.

Madrid, 20 de agosto de 2009

—«Recuerda que lo que dice la letra es importante, pero no lo es menos su forma.» —La voz profunda de Marcos devolvió a Laura al presente—. Esto tal vez significa que la nota nos quiere contar algo más de lo que parece.

—O que hay algo escrito con tinta invisible.

—Podemos probar. ¿Tienes fuego?

Laura siempre llevaba un encendedor en el bolso, recuerdo de sus tiempos de fumadora, como un talismán. Se lo tendió a Marcos y este pasó la llama suavemente por el papel de la nota.

—Cuidado, no la quemes.

—Tranquila.

No apareció nada.

—En fin, habría sido demasiado peliculero —sentenció Marcos dejando nota y encendedor sobre la mesa.

—Quizá solo quiere decir que no hay que juzgar un libro por su apariencia —respondió Laura antes de cambiar de tema—: ¿Sabes que Pol me dijo, cuando nos conocimos, que eras su abuelo?

—¿En serio? —rio de una manera estruendosa—. Bueno, supongo que es lo más parecido a un nieto que tengo.

—Y te acusó de haber robado unos libros.

—Vaya... Todos tenemos nuestros secretos.

—Puede ser. De todas maneras, esta situación me supera. Y no tenemos tiempo que perder.

La ejecución del embargo de Loire estaba prevista para el 15 de septiembre, apenas quedaba un mes. Laura recordó a su padre comprando libros más con ansias de coleccionista que de librero. Y eso parecían, entonces, problemas. Cuando piensas que has tocado fondo, siempre puedes bajar un poco más. Sobre todo si alguien te da un empujón. Alguien como Pol, por ejemplo. Aquellos en los que confías pueden ser los más peligrosos. Laura hizo un esfuerzo para abandonar aquella línea de pensamiento tan pesimista. Buscar culpables, darle vueltas a todo... Eso no arreglaba nada.

El calor era agobiante a las cuatro de la tarde. Laura preparó una ensalada y un par de vasos de vino muy frío. Siempre había escuchado decir a los entendidos que el vino hay que servirlo a temperatura ambiente, pero ¿quién quiere trasegar una copa a cuarenta grados centígrados? Tras preparar el refrigerio, breve pero suficiente, Laura se sentó junto a Marcos en el sofá. Mientras comían en silencio, Laura notó una presión en el estómago, como una vaga angustia. Le había pasado antes, y no era raro teniendo en cuenta cómo le iban las cosas. Sin embargo, esta vez la sensación era más intensa, como el anticipo de una amenaza oculta. Evitó pensar en ello y el malestar se disipó al cabo de unos minutos.

Marcos se había quedado dormido sin apenas probar bocado. Laura lo miró con ternura. Le recordaba a su padre. No en la apariencia física, pero sí en algunos detalles. De no hacer tanto calor, lo habría cubierto con una manta. En lugar de eso, ella misma se quedó dormida.

Cuando el timbre del teléfono la despertó, Laura creyó que solo llevaba durmiendo unos minutos. «Maldita sea», pensó mientras se levantaba de mala gana para contestar. Se dio cuenta entonces de que algo no encajaba: estaba anocheciendo. ¿Tan cansados estaban ella y Marcos que la siesta había durado horas? Tal vez solo había sido efecto del sopor característico de las tardes de verano. En el momento de levantar el auricular, Laura volvió a notar el nudo en el estómago, sin saber por qué.

—¿Diga?

Se quedó callada escuchando como si las palabras de su interlocutor vinieran desde una lejana dimensión. Marcos, que acababa de despertarse, contempló a su joven amiga desde el sofá aún a medio camino entre el sueño y la vigilia. Pudo ver cómo el rostro de Laura atravesaba una serie de fases: sorpresa, incredulidad, miedo... Todo sin pronunciar una palabra, hasta que colgó el teléfono:

—Es Tony. Llama desde el aeropuerto. —Laura permaneció callada un instante, mirando a su alrededor como si estuviera en un escenario desconocido, como si aquella realidad, de pronto, no formara parte de ella. Sostenía el teléfono en su mano, lejos ya de su oreja—. Ha habido un accidente aéreo... Pol ha muerto.

Capítulo 4

LUNA DE HIEL

> Todos tenemos memoria fotográfica, pero nos pasamos la vida entera aprendiendo a olvidar cosas que en realidad están dentro.
>
> RAY BRADBURY, *Farenheit 451*

21 de agosto de 2009

—Hoy hay mucho follón, pero venid mañana a primera hora y hablamos en persona.

Con estas palabras había terminado Tony la conversación telefónica de la noche anterior. «Venid mañana.» Palabras que solo había oído Marcos tras tomar el teléfono de las manos heladas de Laura, incapaz de continuar escuchando.

«Venid mañana.» El tiempo se hace eterno en ocasiones así, pero, a la vez, pasa rápido. Para Laura, que se negó a acostarse pese a las protestas de Marcos, fue una noche de incredulidad, de rabia, de impotencia... Para Marcos la sensación dominante fue de pérdida. Una vieja amiga. La había conocido cuando lo dejó su esposa. Y luego cuando murió su hijo enfermo, al que había cuidado tantos años.

Pol había aparecido en su vida en el momento justo, como una segunda oportunidad. ¿Y ahora se iba él también? ¿Cómo podía estar muerto?

Marcos cayó rendido de sueño poco antes del amanecer. Laura, solícita, lo tapó con una sábana, pese al calor. Luego se quedó mirando a Marcos como hipnotizada, sin pegar ojo hasta que llegó la hora de acudir a Barajas. El tiempo se alarga en los malos tragos, sí, pero no deja de correr. Y cuando llega el momento de la verdad parece que ha volado. Algo así sentían, cada uno a su manera, Marcos y Laura en el taxi que los conduciría al aeropuerto.

—Llévenos a Barajas, terminal 3, por favor —solicitó Marcos al conductor, pues Laura apenas había vuelto a pronunciar palabra desde la noche anterior.

—No sé cómo estará la cosa —respondió el taxista—. Una avioneta privada se estrelló ayer. Debe de haber bastante lío.

Lo que menos necesitaban Marcos y Laura era un taxista charlatán. Por suerte, el hombre decidió no insistir y prefirió concentrarse en la animada tertulia mañanera de la radio, donde los expertos habituales hacían gala de conocimientos enciclopédicos sobre todo tipo de temas, navegación aérea incluida.

Marcos había conocido a Tony unos años antes, tras un exitoso robo de libros que Pol tenía que llevar a un comprador en Austria. Por entonces, el corpulento pelirrojo ya trabajaba en el aeropuerto y, en cierto modo, había conseguido ese empleo gracias a su viejo amigo de la Banda de la Alcantarilla. Sí, había sido Pol quien, haciendo uso de los conocimientos adquiridos mientras estudiaba Derecho, logró limpiar el historial de Tony. Al menos lo suficiente para que encontrara trabajo en una empresa de seguridad privada.

La vida de Tony, como la de Marcos, no había sido un camino de rosas. Para las gentes de bien resulta fácil criticar a los que pierden el camino, pero hay que estar en la piel del otro para comprender sus decisiones. Tras escapar milagrosamente de la detención en aquel descampado del sur de la capital, Tony se buscó la vida de mil maneras: poniendo ladrillos en las periferias de Madrid y Barcelona, de camarero en las playas de Valencia, de gorila de discoteca... Trabajos de poca monta, con poco sueldo y horario largo. Durante varios años Tony no supo nada de Pol, hasta que un día se reencontraron por casualidad. Y Pol, el Empollón, fue quien le dio la clave de su futuro:

«¿Por qué no te metes en la seguridad privada?»

«Hombre, no sé... Con mis antecedentes...»

«De eso me ocupo yo.»

Así fue. Pol logró arreglar lo suficiente el historial de Tony. Este pasó las pruebas y se mudó a Madrid definitivamente, cerca de su viejo amigo. Tras algunos pequeños trucos legales y algún que otro soborno, el pelirrojo empezó su carrera como guardia de seguridad. Al principio cosas de poca monta: vigilante de un supermercado, en el metro... No era demasiado emocionante, pero el sueldo estaba bien y había oportunidades de promoción para los espabilados. Tony era uno de estos y poco a poco fue subiendo hasta alcanzar un puesto destacado en la seguridad del aeropuerto. Un resultado que Pol no había previsto, pero que le sería de utilidad para pasar libros robados en su equipaje. «Será el karma, que me devuelve algo», se dijo Pol cuando Tony le informó de su nuevo cargo.

«No me puedo creer que haya gente con antecedentes policiales en un trabajo así», le dijo Marcos a Pol después de conocer a Tony.

«Marcos, amigo, no te imaginas qué clase de gente trabaja en el entorno de la seguridad», fue la respuesta de Pol.

El taxista pegó un frenazo brusco en el desvío de las terminales. Un camión había cambiado de carril sin avisar.

—¡Idiota! —gritó el taxista al tiempo que tocaba la bocina—. Hay que ver... Le dan el carné de conducir a cualquiera.

Luego miró por el retrovisor interior hacia sus pasajeros buscando complicidad, pero no la encontró. Marcos seguía con la mirada perdida en el monótono paisaje de la periferia. Y Laura... Laura, con los ojos cubiertos por unas enormes gafas de sol, miraba sin ver el asiento que tenía delante.

Estaba pensando en Tony. Lo había conocido hacía poco tiempo, en esa misma terminal, durante un viaje a Nueva York con Pol. Después de tantos años con él, no conocía a sus padres y apenas sabía nada de su pasado. Las ideas se le agolpaban en la cabeza y le costaba trabajo centrarse. Había amado a un desconocido. Amaba a un desconocido.

El taxista detuvo su vehículo frente al acceso de la terminal 3. A Laura le sorprendió la aparente normalidad: taxis, coches particulares, viajeros con sus maletas... El mundo no se detiene por las catástrofes.

Allí, en la misma entrada de la vetusta terminal de aire setentero, los esperaba Tony enfundado en un uniforme inspirado en el de los SWAT, pero lleno de adornos, cordones y dorados, como si fuera un mariscal de campo. Solo la descomunal apariencia del pelirrojo compensaba la sensación de ridículo que transmitía un traje que, por lo demás, se ceñía en exceso a la corpulencia del antiguo jefe de una banda de ladrones.

—Bienvenidos —saludó Tony a los recién llegados. Se arrepintió de inmediato de saludar así—. Bueno, perdonad... Ya me entendéis.

—No te preocupes, Tony —le contestó Laura alzándose sobre las puntas de los zapatos para dar dos besos al gigantón.

Tras estrechar la mano de Marcos, Tony condujo a ambos al interior, hasta un pasillo lateral que terminaba en una puerta con una única indicación: «Solo personal autorizado». Tony tecleó una clave en un panel numérico y la puerta se abrió con un clic. No debía de tener las bisagras bien engrasadas, pues al propio Tony le costó trabajo abrirla del todo empujándola con el hombro.

—Aquí no se gastan nada en mantenimiento —anunció a sus acompañantes con una media sonrisa—. Pasad, por favor.

La puerta daba acceso a lo que parecía una sala de control sin ventanas. Había algunos ordenadores encendidos, pero nadie se ocupaba de ellos.

—Aquí podremos hablar con tranquilidad. Aunque no tenga demasiado tiempo, os informaré de todo lo que queráis saber.

—¿Qué ha pasado? —preguntó Laura lacónica.

—Bueno, no conozco bien todos los detalles. Pol había contratado, junto a otras personas, un servicio de aerotaxi para venir desde Valencia a Madrid.

—¿Quiénes eran los otros? —preguntó Marcos.

—Que yo sepa, no tenían nada que ver con él. Estos servicios se contratan a veces en grupo para ahorrar dinero. Cuando iba a aterrizar, el piloto hizo una maniobra extraña y tocó la pista con el borde del ala derecha. Se especula con un golpe de viento o tal vez un fallo del motor. El caso es que perdió el control y el aparato impactó contra el asfalto. Todos los ocupantes, cuatro más el piloto, murieron en el acto.

—¿Por qué, Tony? —preguntó Laura.

—¿Qué quieres decir? —respondió él un poco aturdido.

Ella respiró de manera profunda.

—Que por qué iba Pol en ese avión.

—Eso... no lo sé. No me lo dijo. Desde luego, no iría a ver a sus padres. Que yo sepa, hace años que no tiene contacto con ellos... Ni con ningún otro familiar. Por qué se subió a ese avión. Ni idea. Yo mismo me sorprendí al ver su nombre en la lista de pasajeros. Por eso os llamé.

—Esto no tiene sentido.

No, no lo tenía. Nada lo tenía. Pero la realidad impone siempre sus condiciones. El funeral se celebraría al cabo de unos días. Los cuerpos habían quedado destrozados, reducidos a una masa carbonizada, mezclados unos con otros, por lo que no habría entierro propiamente dicho. Aun así, había que hacer los trámites pertinentes. Tony se había puesto en contacto con los padres de su amigo.

—Os mantendré al corriente de todo —les dijo despidiéndose, pues debía regresar a su trabajo.

Laura y Marcos se dirigieron a la cafetería más cercana. Desde las cristaleras se podía ver una buena panorámica de las pistas, así como del entorno aeroportuario. Sentados uno frente al otro en una mesa pequeña, Laura prefirió ponerse de espaldas a los ventanales. Marcos, por su parte, no pudo evitar echar un vistazo al exterior, como si aún pudiera verse la humareda del accidente. No hubo tiempo de pedir nada.

—Vámonos, Marcos —soltó Laura de repente—. Vamos al piso de Pol.

Marcos miró asombrado a su amiga.

—¿Lo dices en serio? Yo creo que debería ser su familia la que...

—Nosotros somos su familia. Pol no tragaba a sus padres. Tenemos que ver sus cosas antes de que lleguen ellos. Tal vez encontremos alguna clave. O incluso mi *Inferno.* —Se le encogió el corazón al decir esto, se sentía mal por estar pensando en sus propios problemas en aquellas circunstancias, pero no mostró signo externo de arrepentimiento.

A Marcos le dolía que Laura diera por sentada la culpabilidad de Pol. Miró los ojos de su amiga, enrojecidos por el llanto nocturno, pero aun así hermosos, y vio en ellos tanta determinación como incertidumbre. Para ella la cosa estaba siendo peor que para nadie. Sin más, se levantaron de la mesa, dejando con la palabra en la boca al camarero que se había acercado para tomar nota de un pedido que no llegó a hacerse realidad.

Al salir de la terminal en dirección a la parada de taxis, Laura chocó con un hombre, un tipo de unos cuarenta y tantos años, corpulento y con la cabeza afeitada por completo. No le pareció un encontronazo casual, sintió como si intentara meter la mano en su bolso. ¿Un carterista? Abundan en los espacios públicos, pero aquel hombre llamaba demasiado la atención para dedicarse a un oficio que requiere, sobre todo, pasar desapercibido. Además, iba bien vestido y olía bien. El hombre se disculpó en un castellano algo forzado y se alejó sin prisa.

El viaje hasta el piso de Pol no les llevó demasiado: en los últimos tiempos había alquilado un apartamento en el mismo pueblo de Barajas. La primera vez que Laura visitó a Pol en una de sus casas se extrañó de que eligiera siempre lugares tan periféricos. Pol le explicó que, por comodidad, prefería vivir cerca del aeropuerto, ya que su trabajo le exigía viajar a menudo.

«¿Qué trabajo? ¿El de ladrón de libros?», le preguntó entonces sin el menor reparo.

«Joder, Laura...»

A Pol le gustaba el descaro de la chica, aunque a veces lo descolocaba un poco. Y a ella le encantaba recordarle que nunca iba a cambiar. Como nunca cambiaba la singular atracción que sentían el uno por el otro desde que se conocieron, a pesar de ser dos personas tan diferentes. Sería por eso que las visitas a los apartamentos de Pol pasaran siempre del recibidor al dormitorio sin paradas intermedias.

Ahora, por desgracia, Laura iba a tener más tiempo para recorrer la vivienda. Piso sexto, letra P. Tras el portal, de arquitectura pretenciosa, se desplegaba un larguísimo pasillo flanqueado de puertas, todas iguales. Subieron al sexto piso en un ascensor tan estrecho que a Laura le dio la sensación de estar encerrada en un sarcófago de aluminio. Una vez llegados a su destino, se encontraron en un corredor idéntico al de la planta baja. De no ser porque la tarima era de color cerezo en lugar de pino, Laura y Marcos habrían creído que el ascensor no se había desplazado.

Buscaron la letra P, Marcos sacó las llaves —que siempre llevaba encima por si acaso— y abrió la puerta. Si esperaban una ráfaga de aire frío, como en las películas, no ocurrió tal cosa. El interior permanecía tal y como lo recordaban ambos. Desprovisto de adornos innecesarios, la vivienda despedía cierta sensación de provisionalidad. El escaso mobiliario, práctico y sencillo, encajaba con la forma de ser de Pol, una persona acostumbrada a vivir de paso, que nunca paraba largo tiempo en ninguna parte.

—Cómo cambia todo la muerte, ¿verdad? —dijo Marcos por romper el silencio que los envolvía.

—¿El qué cambia? —preguntó ella abstraída.

—Bueno... Ayer solo nos preocupaba resolver el enigma de la nota, encontrar el *Inferno*. Y hoy...

—Hoy lo hemos encontrado —dijo Laura sonriendo tristemente al equiparar la muerte de Pol con el averno.

Se dio cuenta de que él tenía razón. Algunas personas saben más por viejos que por diablos, ¿no dice algo así el refrán? Sí... Ayer odiaba a Pol y hoy... Hoy todo era añoranza. De sus besos, de sus caricias, de sus bromas. Hasta de sus robos. Sin embargo, no estaba dispuesta a rendirse así como así.

—La muerte no cambia nada, Marcos. El *Inferno* es mi única esperanza de salvar la librería. La muerte de Pol no hará aparecer el manuscrito de la nada ni evitará el embargo de Loire.

—Entonces, es que la vida sigue —sentenció el viejo—. Lamentarse no sirve, pues. Vamos a ver qué encontramos por aquí. Tal vez demos con alguna clave de lo que llevaba Pol entre manos.

—¿No le había contado nada?

—No. Nuestra vieja sociedad llevaba tiempo disuelta. Además, con estos ojos... Apenas puedo distinguir un incunable de las instrucciones de la lavadora.

Laura sonrió. La cercanía de Marcos, con su ironía, era reconfortante. Más aún en el trance tan difícil de tener que revisar las cosas de Pol. Podía sentir su presencia. Todo en aquel lugar despedía un aroma peculiar: el olor del hombre al que amaba, un poco a su pesar.

La revisión del piso llevó pocos minutos. Marcos echó un vistazo a la cocina americana sin encontrar nada, mientras Laura se dirigió al dormitorio. La fuerza de la costumbre. Había varias docenas de libros antiguos en las estanterías. Miró los títulos. Ninguna joya individual, pero en conjunto valían un buen dinero. Restos de los golpes de Pol que incluían títulos como la *Biografía espiritual del rey Carlos I de Inglaterra,* obra de Eikon Basilike publicada en 1649, o el curioso *Sermón anticatólico instando a Inglaterra a ir a la guerra contra España,* un auténtico panfleto de 1623. Le llamó la atención ver en el montón un ejemplar de la obra de Vinti Calabi, *Derelicorum ab Homero libri quatuordecim,* una continuación de la historia de la guerra de Troya publicada en 1654.

Laura calculó que el precio de cada uno de esos tomos debía de rondar los mil euros, aunque más por sus lujosas cubiertas que por la calidad de los textos o su rareza. Identificó al menos en uno de estos libros una valiosa encuadernación tipo *pointillé,* del siglo XVII, con el escudo de la casa real francesa. Laura sonrió al observar, en varios libros, un detalle que solo podía ser obra de Pol: había arrancado los exlibris que indican la propiedad nominal del libro, sin darse cuenta de que son las tapas en sí mismas las que identifican el origen de piezas como las que estaba contemplando. En todo caso, Laura se preguntó si se los había quedado por nostalgia de los buenos tiempos. Buenos ¿para quién?

De vuelta al cuarto de estar, se encontró con Marcos, quien, desalentado, afirmó no haber hecho ningún descubrimiento relevante. Laura miró a su alrededor. Un cuarto de estar de catálogo: un sofá, una mesa baja con el tablero de cristal, más estanterías y más libros antiguos y un pequeño aparador con cacharritos. En él había una foto enmarcada de los dos, de cuando estuvieron en Londres unos años antes. Se los veía sonrientes delante de una gran biblioteca donde Pol... hizo de las suyas. Laura miró en los cajones de la parte baja del mueble, procurando que su amigo no le viera las lágrimas. En uno de ellos encontró algo inesperado.

—¿Y esto? —preguntó a Marcos mostrándole un pergamino enmarcado.

—Ah, sí, eso...

Era una hoja manuscrita de la que quedaba a la vista el recto del folio, el lado frontal de la página. Laura no podía creer lo que estaba viendo. El aspecto del pergamino, esa caligrafía... Parecía sacado del *Inferno*. De su *Inferno* robado. Por un instante creyó tener la confirmación de que Pol había sido el ladrón, pero pronto se dio cuenta de que no era así: el texto del pergamino pertenecía a la *Divina commedia*, sí, pero se trataba de los versos finales del *Paradiso*, el cierre de la obra. Los leyó en voz alta:

> Ma no eran da ciò le proprie penne:
> Se non che la mia mente fu percossa
> Da un fulgore in che sua voglia venne.
> A l'alta fantasia qui mancò possa;
> Ma già volgeva il mio disio e 'l vele,
> Sì come rota ch'igualmente è mossa,
> L'amor che move il sole e l'altre stelle.

Marcos respondió con la traducción:

> Pero mis alas no eran para ello:
> si en mi mente no hubiera golpeado
> un fulgor que sus ansias satisfizo.
> Faltan fuerzas a la alta fantasía;
> mas ya mi voluntad y mi deseo
> giraban como ruedas que impulsaba
> Aquel que mueve el sol y las estrellas.

—¡Qué rapidez de traducción, Marcos! —exclamó realmente sorprendida Laura.

—Como sabes, hablo bien varios idiomas, el italiano, entre ellos. Pero estos versos me los sé de memoria.

Laura siguió examinando con sorpresa el pergamino. No, no era un trocito del *Inferno* desaparecido, pero se parecía mucho. Sin duda formaba parte del *Paradiso* propiedad de Giacomo Pazzi, un adinerado coleccionista italiano que en varias ocasiones había tratado de adquirir el *Inferno* Loire. Pero ¿cómo había llegado esa página suelta a estar en poder de Pol? Un detalle llamó su atención: en la parte inferior del folio destacaba uno de los dos escudos atribuidos a la familia Alighieri, un ala dorada de águila sobre campo azul.

—Semivuelo de oro en campo de azur —murmuró Laura recordando la jerga típica de la heráldica para describir este célebre escudo de armas.

Y continuó su análisis bajo la atenta mirada de Marcos. En el margen derecho se veía claramente la rectitud de un corte a cuchilla. La forma característica de expoliar de sus mejores páginas una obra guardada en una biblioteca consistía en algo tan simple como cortarla, sin más.

—El que cortó la página tenía experiencia —indicó Laura—. Fíjese qué firme es el corte. Sin embargo, esto no me parece propio de Pol. Él es..., era un ladrón, no un coleccionista ni un bibliófilo.

—No, no es obra de Pol —asintió Marcos.

Durante unos segundos ambos permanecieron en silencio. Luego Laura formuló una pregunta de la que adivinaba la respuesta:

—¿Qué quiere decir?

—Que esto es cosa mía. Yo lo robé.

Laura lo miró asombrada. A pesar de las revelaciones

de los últimos tiempos aún le costaba imaginarse a aquel amable vejete como un expoliador de libros antiguos.

—Como te dije, en otro tiempo... En fin, no es algo de lo que enorgullecerse, pero el pasado es el que es.

—¿Y se lo regaló usted a Pol?

—Así es. De un amigo a otro amigo.

—Es bonito. ¿Por qué lo tenía guardado en un cajón? —preguntó ella.

—No lo sé. Una superstición de Pol. O quizá lo apreciaba tanto que no quería exponerlo demasiado. Quién sabe. Pero nunca lo colgó. Como no colgó tampoco su título universitario.

Laura contempló el manuscrito disfrutando con esa letra peculiar, idéntica a la del *Inferno.* Marcos, bibliófilo y expoliador. En los momentos de tensión el cerebro funciona con rapidez y, a veces, nos sorprende. Contemplando el limpio corte de la cuchilla, un trabajo *profesional*, cuidado, le vino a la cabeza una idea terrible. ¿Y si hubiera sido Marcos el ladrón? Su ladrón.

Miró al hombre con los ojos enrojecidos por la mala noche y el llanto. ¿Por qué no? Ya había robado libros antes. Se había asociado con Pol para vaciar bibliotecas en media Europa. ¿Por qué no un golpe más? A fin de cuentas, lo conocía desde hacía poco tiempo y... ¿cuántas veces los que parecen amigos traicionan nuestra confianza? La idea le pareció tan horrible que casi se le cae el cuadro de las manos. No, no podía ser... Entonces reparó en otro detalle.

—Hay una anotación en la parte de abajo, al lado del escudo —dijo Laura—. La letra es distinta.

—Sí.

—Cuesta trabajo leerla.

—¡Claro! Es la letra normal de un hombre del Renacimiento —explicó Marcos—, la cursiva mayúscula romana. La utilizaban para tomar apuntes, no es como la caligrafía cuidada del escriba profesional. Pensaban que los romanos escribían así porque en el Renacimiento no se conocían más que algunas inscripciones antiguas.

Laura asintió antes de leer el texto en voz alta:

—*Per... mio frutto.*

—«Para... mi fruto» —siguió traduciendo Marcos—. Es una dedicatoria, pero falta el nombre.

—Ajá... Luego sigue... Esto no tiene sentido: «O-T-I-N-I-F-A-L-L-E-T-S-E-O-T-A-M-A». Pero luego viene otra frase en italiano: *Mentre la malattia mi finisce.*

—«Mientras la enfermedad me acaba.»

—Y termina con otra ristra de letras sin ton ni son: «E-R-B-O-T-T-O-S-U-D-I-A-N-E-V-A-R-I-X-X-C». Lo del final podría ser un número romano, pero está al revés...

Marcos sonrió y Laura entendió de inmediato la clave. Por supuesto.

—Claro que es un número romano al revés —exclamó ella—. ¡Como que está escrito en bustrófedon!

—Así es. Las líneas van cambiando de sentido. Si lo piensas con lógica, es la forma más cómoda y natural de escribir.

—Pero poco corriente. Según esto, el texto completo es: *Per ... mio frutto, amato estella. Finito, mentre la malattia mi finisce. CXXI, Ravena, idus ottobre.* «Para... mi fruto, amado y estrella. Acabado, mientras la enfermedad me consume. Rávena, idus de octubre de 121.» El año debe de estar mal escrito. O le falta alguna cifra.

—Es interesante... y triste —concluyó Laura algo abrumada.

Contempló de nuevo el pergamino y sintió una punzada de nostalgia al ver el extraordinario parecido con su *Inferno*. El *Inferno* de su padre, ese manuscrito tan amado cuyo elevado precio había sido la raíz de los eternos problemas económicos de Loire. Su padre había sido más bibliófilo que comerciante. Y si amas lo que pretendes vender..., no hay negocio.

—Me pregunto por qué Pol no me lo enseñó nunca.

—No sabría decirte, Laura, pero Pol tenía muchos secretos. Ni a ti ni a mí nos lo contaba todo. Supongo que era reservado por naturaleza. Una infancia difícil, una adolescencia aún más complicada. Le costaba sincerarse, abrirse. Tengo la sensación de que, aunque le gustaba presumir de malote contigo, en el fondo se avergonzaba. Un poco.

—Un poco.

Marcos tenía razón. Y hundirse en la nostalgia no servía de nada en esas circunstancias. El pasado no cambia. Echó otro vistazo al legajo, suspiró y, sin pensarlo, lo extrajo del marco y se lo entregó a su compañero.

—Ahora vuelve a ser suyo.

—Pero... la familia de Pol...

—No tiene sentido dejar este manuscrito a alguien que no apreciará su valor. Usted es el mejor depositario.

—Tal vez podrías venderlo. Para aliviar la deuda de Loire.

—Me temo que esto no bastará. Pero le agradezco el detalle.

Marcos tomó en sus manos el pergamino y sintió como si una llama se encendiera en su interior. Todo lo que había sentido por su amigo Pol quedaba reducido a un simple trozo de pergamino. Por un momento Laura creyó ver cómo las lágrimas asomaban a los cansados ojos del hombre y de pronto se dio cuenta de la cantidad de horas que llevaban juntos. En todo ese tiempo Marcos había sido su único apoyo, imperturbable frente al desaliento. Ella había perdido a su amor. Un hombre tal vez inadecuado, un delincuente, un buscalíos, pero... ¿Qué había perdido Marcos? Al amigo, al hijo, al aprendiz. Todo en uno. Se arrepintió de haber sospechado de él.

Laura lo dejó desahogarse solo y continuó la búsqueda, aunque no estaba segura de que quedara algo por encontrar. ¿O se equivocaba? Siguió explorando los cajones del mueble del cuarto de estar. Nada de particular, el mismo caos organizado de cualquier mueble en cualquier casa cuando, de pronto, en un cajón vio cuatro libretas tipo Moleskine. Por un momento creyó haber hecho el hallazgo que le permitiría salvar Loire, pero enseguida constató que eran de otra marca: Papyre. Pese a todo, las revisó con nerviosismo, buscando en su interior las misteriosas anotaciones de Einstein que podrían ser su salvación. Nada. Apuntes de trabajo, notas banales, algún dibujo trazado de forma descuidada... Pero nada que tuviera que ver con el físico alemán. «¿Qué esperabas encontrar? —pensó Laura—. ¿La famosa fórmula $e = mc^2$?»

Desalentada, volvió a dejar las libretas en su cajón cuando de una de ellas cayó una tarjeta de visita: «Natalie Nachtkäfer. Abogada. Nueva York». En el reverso, una fecha: «Julio de 2009». A Laura le vino a la cabeza su agitado viaje a la Gran Manzana junto a Pol hacía solo unas semanas, ese viaje al que ella se había negado en principio, pero que al final terminó haciendo. Un viaje corto, precipitado, lleno de incidentes y, sobre todo, enigmático. Y ahora aparecía allí otra pieza del puzle. ¿Quién era esa abogada? ¿Cuándo, durante la poco grata estancia de ambos en la ciudad, la había visitado Pol? Laura iba a preguntar a Marcos si sabía algo de ese asunto cuando el sonido inconfundible del tintineo de unas llaves y la inmediata manipulación de la cerradura hizo que ambos se volvieran hacia la puerta del apartamento como si los impulsara un resorte.

—¿Quién puede ser? —preguntó Laura en voz baja—. ¿Los padres de Pol?

—Imposible. Incluso si supieran... No habrían tenido tiempo de llegar.

Laura, instintivamente, agarró con fuerza la mano de Marcos, quien le devolvió el apretón tan intrigado como ella. Y quizá algo asustado. La puerta se abrió al fin y tras ella apareció, para sorpresa de ambos, una mujer. Una mujer joven, de pelo rubio, maquillada y perfectamente peinada, arrastrando una maleta con ruedas de la que aún colgaba una etiqueta de la facturación aérea. Ni Marcos ni Laura la conocían de nada, pero, si ellos estaban extrañados de la visita, la recién llegada no pudo disimular un gesto de asombro e incluso de miedo.

—¿Qué hacen ustedes aquí? —preguntó ella alarmada, con un español correcto pero algo duro, marcado por el acento característico de un país del este europeo.

—Somos amigos de Pol —contestó Laura—. ¿Y usted quién es?

—Soy su esposa —respondió ella sonriendo con extrañeza—. ¿Dónde está Pol?

Capítulo 5

REGALOS ENVENENADOS

> La línea consta de un número infinito de puntos; el plano, de un número infinito de líneas; el volumen, de un número infinito de planos; el hipervolumen, de un número infinito de volúmenes.
>
> JORGE LUIS BORGES, *El libro de arena*

Cuando Pol abandonó la banda de Tony, estuvo dando tumbos durante mucho tiempo. ¿A qué podía dedicarse? Su todavía breve existencia estaba llena de malas experiencias, empezando por unos padres tan obsesionados por los ritos de su secta, su Ley del Amor, su Revolución Espiritual, que luego no supieron ocuparse de su hijo. Esto había cargado al jovencísimo Pol de una agresividad que acabó con su ingreso en el reformatorio, una vez en Madrid. Lo de llamarlo «reformatorio» siempre le pareció una broma, porque durante su estancia en el centro solo había aprendido malas artes, a robar, a engañar... La banda había sido la gota que colmó el vaso de ese aprendizaje peculiar, una escuela que acabó con la muerte a tiros del Loco. A Pol nunca le cayó bien, pero tampoco merecía acabar así. Aquella redada mortal, de la que él y Tony se salvaron por los pelos, le convenció de la necesidad de cambiar de rumbo, de encontrar un medio de ganarse la vida menos arriesgado.

¿Qué opciones ofrece la sociedad a un chaval desorientado que solo ha aprendido a robar y a desconfiar? Tuvo tiempo para pensarlo: ocho años, los que transcurrieron entre la milagrosa huida de 1992 y la feliz Nochevieja de 1999 en que conoció a Marcos.

Entre medias, trabajos de temporada, cola del paro, cursos... Pero no era suficiente para vivir. Muy a su pesar, tuvo que complementar el *sueldo* con pequeños hurtos y trapicheos de vía estrecha. Nada espectacular, lo justo para pagar las facturas, darse algún capricho y... seguir estudiando. Como podía, por la noche, en ratos libres, a distancia. Sabía que sin estudios no tendría más futuro que ir siempre a caballo entre el trabajo precario y la delincuencia mínima. Sabía por experiencia que el desenlace de una historia así no suele ser bueno.

Había que estudiar. Qué diablos: sacar una carrera. Eligió Derecho porque pensó que su experiencia personal le sería útil en ese campo. También pensó que la abogacía podría servirle para ayudar a chavales como él a salir del pozo, pero ¿quién sabe? Puede que se le pasara por la cabeza la posibilidad de ayudarse a sí mismo si se metía en líos. Y se metía, desde luego.

El mundo no está concebido para ayudar a desgraciados como aquel joven Pol, un chico solo, sin apoyo alguno, sin apenas medios, siempre sintiéndose perseguido por la ley... O más bien por su pasado. Un pasado breve y, no obstante, muy lleno de problemas. Quería estudiar para prosperar, para ser alguien y dejar de estar siempre al margen del reparto del pastel.

Pero, si no te dejan, te tienes que llevar las migajas como puedas. El día que conoció a Marcos fue para Pol como una epifanía. A la pregunta «¿Qué puedo hacer para terminar los estudios sin atarme a trabajos precarios ni a robos de poca monta?», el bibliófilo le dio indirectamente la respuesta: «Puedo robar libros. Libros antiguos». Así de fácil.

Madrid, 21 de agosto de 2009

Laura había oído muchas veces la expresión, pero nunca pensó que la sangre pudiera de verdad helarse dentro de las venas. De sus venas. ¿Pol estaba casado? ¿Desde cuándo? ¿A qué clase de juego había jugado con ella? Por un instante, mientras miraba los ojos de aquella mujer, se sintió vacía. No pudo reprimir la dureza de su respuesta:

—Pol ha muerto. Ayer. En un accidente aéreo.

Quería herir a aquella mujer. La veía como una usurpadora de su puesto en el corazón de Pol. Apenas pronunció las palabras, Laura se arrepintió. Al escuchar la noticia la mujer mostró su incredulidad con un gesto que, de pronto, derivó en un plañido desolador pronunciado en un idioma incomprensible. Se llevó las manos a la cara y, apoyando la espalda contra la pared, se dejó caer poco a poco al suelo hasta quedar en cuclillas sollozando. Laura permaneció quieta, sin saber qué hacer, mientras Marcos ayudaba a la mujer a incorporarse y la invitaba a tomar asiento en el sofá. Al cabo de unos minutos pareció recobrar la compostura.

—Pero ¿cómo puede ser? —preguntó la recién llegada—. Él dijo otro día, antes salir de Vilna, que nos veríamos aquí, en esta dirección.

¿Pol había estado en Lituania unos días antes? ¿Qué más secretos le había ocultado? Laura se sintió como una estúpida frente a aquella mujer llorosa. ¿Había estado compartiendo a Pol con una extraña? La miró sin saber cuáles eran sus sentimientos. ¿Celos? ¿Rabia? Tardó unos segundos en darse cuenta de que no tenía sentido cebarse con ella: esa mujer no tenía la culpa de nada. Todo era un lío más de Pol, el experto en complicarse la vida y complicársela a los demás. Sin pronunciar palabra, Laura se dirigió a la cocina y preparó una taza de té. Le resultaba raro hacer de anfitriona para una mujer que, en cierto sentido, tenía más derecho que ella a estar allí. Pero ¿es que acaso quedaba algo normal en ese mundo que había decidido venírsele encima todo al mismo tiempo?

—Toma, te sentará bien —dijo Laura intentando sonreír sin conseguirlo.

—Gracias —respondió ella con sus enormes ojos azules humedecidos.

El maquillaje se le había descompuesto un poco y a Laura le dio la sensación de que aquella mujer —le costaba pensar en ella como la esposa de Pol— estaba sobreactuando. Se sintió mal por pensar así, pero no pudo evitarlo. Pol la había engañado ocultando su matrimonio para volver a seducirla tras tanto tiempo desaparecido. Y ahora este encuentro tan inesperado... Si en algún momento pensó que odiar a Pol por sus mentiras y su infidelidad la ayudaría a superar el dolor de la pérdida, no fue así.

Cuando la mujer, más calmada, pudo hablar, su información no aclaró demasiado las cosas. Se llamaba Tatiana y había nacido y pasado toda su vida en Vilna. Allí conoció a Pol en octubre de 2005 y, tras un breve idilio, decidieron casarse. Siempre según la versión de Tatiana, habían acordado vivir juntos en Madrid solo un par de semanas antes, mientras ella arreglaba el papeleo para venir a España.

—Pol, al principio, no quiere que venga —explicó Tatiana con un uso peculiar de los tiempos verbales—. Me dice que no hay prisa, que está ocupado en unos asuntos...

Laura no dejó de reconocer a Pol en esas dilaciones. Incluso no le habría sorprendido escuchar alguna referencia a un último golpe.

—¿Y por qué Pol no me dijo que estaba casado? —preguntó Laura de repente, sin poder contener unas lágrimas—. ¡Me cago en la puta!

A modo de respuesta, Tatiana buscó en su bolso un sobre amarillo del que sacó tres hojas que extendió sobre la mesa baja del cuarto de estar: un certificado de boda lituano y dos copias en inglés selladas por el consulado. Laura nunca habría imaginado que pudiera haber un certificado oficial de la infidelidad, pero allí estaba, y le dolió como ninguna otra de las puñaladas que su corazón había recibido en las últimas horas.

Marcos, entendiendo que la situación no daba para más, decidió intervenir:

—Laura, creo que deberíamos irnos. Tatiana querrá descansar tras el viaje... y la mala noticia. Y nosotros también llevamos horas sin parar.

Laura asintió. Tras intercambiar números de teléfono con Tatiana, Marcos y Laura quedaron en avisarla para las gestiones funerarias y otros asuntos que, ahora, eran responsabilidad de la... viuda. Puedes amar a una persona durante años y no saber nada de ella. ¿Se pueden amar dos desconocidos? Parecía claro que sí, pero a Laura siempre le había fastidiado ese secretismo que los separaba. Ella era transparente, no le ocultaba nada. Pero él...

Intentó apartar de su cabeza estos pensamientos dolorosos, aunque no tuvo demasiado éxito, como suele ocurrir con las ideas intrusas, recurrentes: se deleitan en hacer daño.

—Joder, Marcos, ¿qué más nos falta por saber de Pol?

—No sé, Laura, no sé. Aunque esta aparición tan repentina de la viuda... —Marcos recalcó esta última palabra—. Es demasiada casualidad.

—¿Qué quiere decir?

—¿A ti no te parece que...? Perdón...

Un hombre chocó con la pareja al doblar una esquina. Uno de esos encuentros casuales que no llaman la atención. Una disculpa apenas murmurada y cada uno sigue a lo suyo sin intercambiar siquiera una mirada. Pero aquella vez fue distinto. Laura estaba segura de que el hombre se les había echado encima a propósito, como si los estuviera esperando. Y, al mirarlo con más atención, se dio cuenta de que era el mismo con el que se había topado en el aeropuerto. Su apariencia resultaba inconfundible: corpulento, con la cabeza afeitada, sin ni siquiera cejas o pestañas. ¿Otra casualidad? Sin duda no lo era, pues antes de que la asustada librera pudiera reaccionar, el individuo se abalanzó sobre ella y la agarró por el cuello. Marcos intentó defender a su amiga, pero el bibliófilo no era rival para aquella mole. Un simple golpe con la mano libre hizo rodar por el suelo al viejo erudito mientras el matón hablaba a Laura muy cerca de su cara, apretando el cuello, haciéndole daño.

—Queremos la Moleskine de Einstein —exigió en un tono serio que contrastaba con su sonrisa torcida—. ¿Me entiendes, rubia?

—¡No tengo ninguna Moleskine! —protestó a duras penas Laura intentando zafarse de la manaza que le oprimía el cuello.

—No vamos a esperar eternamente. Estás avisada. Y no hagas tonterías como llamar a la Policía.

En ese momento apareció un grupo de adolescentes.

Tenían cara de ir de fiesta. Al verlos, y sin más palabras, el tipo la soltó con brusquedad y la empujó sobre el cuerpo aún tendido de Marcos. Sin preocuparse del estado de sus víctimas, el matón se alejó de allí tan tranquilo. Laura se tocó el cuello. ¿Cómo puede alguien apretar con tanta fuerza con una sola mano? Muy nerviosa, ayudó a Marcos a incorporarse.

—¿Está usted bien?

—Dolorido, nada más. ¿Y tú?

—Dolorida... y cabreada. —Laura se sintió sin fuerzas—. ¿De qué va esto, Marcos, qué está pasando?

No hubo respuesta. No la tenía.

Madrid, verano de 2001

—Ha habido cuatro formatos de libros a lo largo de la historia. —Marcos aprovechaba cualquier momento para aleccionar a su joven aprendiz—. El rollo, hecho de papiro, pergamino o papel. También tenemos las tablillas, que pueden ser de madera, barro cocido o incluso metálicas. Si se agrupan en colecciones forman dípticos, trípticos, etcétera, según el número de hojas. Luego está el códice, el volumen encuadernado que nos es familiar, pero manuscrito. Los hay de papel y pergamino fundamentalmente. Y por último, el libro impreso.

—Y el libro electrónico, ¿no? —preguntó Pol sin el menor asomo de ironía.

—Ah, sí... Eso.

A lo largo de 2001, primer año del milenio, la sociedad de Pol y Marcos se había consolidado. No había tardado mucho la peculiar pareja en definir sus papeles: Marcos, el cerebro; Pol, la mano ejecutora.

Uno de sus robos de aquel año tuvo lugar en la Biblioteca Nacional, que por entonces era un chollo para los ladrones. Las medidas de seguridad eran poco menos que inexistentes. Y las que se empezaban a aplicar, poco eficaces.

Pol quería aprender todo lo posible sobre libros antiguos. O más bien..., valiosos. Marcos disfrutaba enseñándole, y aunque pronto se dio cuenta de que el joven nunca sería un auténtico bibliófilo, se sorprendía de su capacidad para absorber conocimientos. No solo eso. Para un hombre que había reprimido durante toda la vida su sed natural de aventuras, Pol representaba una suma de cualidades que le resultaban admirables: inventiva, habilidad, descaro, atrevimiento.

Por aquellos días Marcos había localizado en la Biblioteca un objetivo interesante: la *Introducción a la astronomía* de Albumasar en su edición príncipes. Todo un *best seller* en la Edad Media. «Ya que te arriesgas, hay que apuntar alto», le dijo Marcos a Pol, pero a este el riesgo le daba igual. Una de las características que más maravillaban a Marcos era la sencillez aparente de los planes que diseñaba su compañero. Para ese robo en concreto se hizo con una tarjeta de investigador presentando una identidad falsa. Llegado el día D, acudieron a la Biblioteca Nacional cada uno por su lado, como si no se conocieran. Marcos se sentó en un pupitre a ojear unos textos históricos mientras Pol solicitaba varios volúmenes, entre ellos el de Albumasar, alegando que estaba documentando una tesis. Pol hizo el paripé durante un rato para no llamar la atención, tomando notas, mirando un libro y luego otro... Analizó el volumen que le interesaba en busca de posibles sistemas de protección. No tenía ninguno.

Una vez comprobado que el libro no escondía ninguna trampa, hizo una señal a Marcos para salir. Ambos se levantaron y se acercaron como si tal cosa al mostrador para devolver el montón de libros. Marcos observó alucinado que el de Albumasar ya no estaba. Sin duda, Pol debía de llevarlo bajo la ropa, pero ¿cuándo había hecho la maniobra? Marcos no le había quitado ojo de encima y, sin embargo, no había conseguido ver nada. Aquel chico tenía artes de prestidigitador. El bibliotecario tomó el pesado montón de volúmenes con desgana y lo dejó a un lado para recolocar los libros en su lugar más tarde.

El papel de Marcos en aquel robo comenzaba justo en el momento de salir. Unas horas antes Pol había roto unas gafas viejas de Marcos a la altura del puente y las había pegado de forma somera. La misión del bibliófilo consistía en montar el número en el control de salida. Su papel era fácil, aunque vital para el éxito de la misión. Debía aparentar que tropezaba, simular que las gafas se le rompían y gritar muy alto: «¡No veo nada!». Nunca le darían un Óscar por esta representación, pero lo cierto es que la bordó. La imagen del hombre doliente formó un gran revuelo. Los guardias de seguridad se apresuraron a ayudarlo y también un joven que pasaba por allí, el propio Pol, por supuesto, que bajo la mirada complaciente del público se ofreció para acompañar al hombre a una óptica para que le arreglaran las gafas. En un abrir y cerrar de ojos, y sin que nadie se diera cuenta del robo, ambos, el viejo y el joven, estaban en la calle, dueños de un libro que valía una pequeña fortuna.

Para Marcos, la genialidad de Pol era hacer estas cosas a la vista de todos. Pol conseguía que las cosas difíciles parecieran fáciles. Para Pol, sin embargo, no había mayor misterio.

—Hay que hacer como los magos: por lo general, casi

todos los trucos se basan en desviar la atención del espectador para que no vea lo obvio. Al cerebro le cuesta atender a varias cosas a la vez. Si los vigilantes de una biblioteca están pendientes de un señor que se ha caído..., se olvidan de todo lo demás.

Pol también lograba que algo tan despreciable como el robo de un libro tomara un tinte épico que, por primera vez en su larga vida, satisfacía las ansias de aventura de Marcos. ¿Cómo no iba a querer a aquel muchacho? Era el hermano que le habría gustado para su propio hijo.

Por el incunable recibieron, en el mercado negro, algo más de cuatro millones de pesetas, unos veinticuatro mil euros. Pol regaló unas gafas de repuesto a su amigo pocos días después. El chico era detallista, siempre lo fue con la gente a la que quería. Quizá era esta cualidad la que más apreciaba Laura. Sí, podía desaparecer durante semanas sin dejar rastro, pero al volver no olvidaba traerle algún regalo: una joya, una antigüedad, unas flores... A veces un libro que, por supuesto, era fruto de algún golpe, casi siempre ese último golpe proverbial de Pol al que indudablemente seguía otro. Y otro. Genio y figura.

Madrid, 21 de agosto de 2009

Marcos se empeñó en acompañar a Laura a su piso. Pese a que había quedado claro que como guardaespaldas no valía un pimiento, no le parecía de recibo dejarla sola en esas circunstancias.

—El golpe no me ha sentado nada bien. Lo veo todo borroso —dijo Marcos mientras Laura buscaba las llaves.

—Quizá sea hora de hacerse unas gafas nuevas.

—Tal y como va mi enfermedad..., unas gafas oscuras.

Laura se estremeció al escucharlo.

—Marcos, no diga esas cosas.

—Laura, hay que asumir las desgracias con entereza. Lo de mis ojos no se va a arreglar con unas gafas nuevas.

Laura asintió intentando sonreír mientras empujaba la puerta para entrar al piso.

—¿Qué ha pasado aquí? —exclamó alarmada.

Marcos ya sabía que, en lo que respecta a la casa, Laura no era la mujer más ordenada del mundo. Pero el espectáculo que encontraron iba más allá de la habitual falta de tiempo para ocuparse de la gestión doméstica. Estaba claro que alguien había entrado durante su ausencia y lo había revuelto todo.

—¿Será posible, Laura? ¿Ladrones también?

—¡Qué ladrones! Esto no han sido unos rateros. Ate cabos. Han entrado a buscar la maldita Moleskine.

No había un solo cajón en su sitio. Incluso los de la cocina estaban por el suelo, flotando en un extraño mar de cubiertos derramados sobre el terrazo. En el dormitorio, la ropa de Laura estaba desparramada por todas partes, la cama dada la vuelta. Incluso habían rajado el colchón.

—Esta gente no se anda con tonterías, Laura.

—Ya, ya lo veo —contestó ella analizando el desastre—. A primera vista, no falta nada. No eran ladrones, Marcos. Está claro que no van a parar hasta dar con la puñetera agenda. Ojalá la tuviera, se la tiraría a la cara.

—Laura, si han estado aquí, tal vez hayan pasado también por Loire.

—¡Mierda! ¡Claire!

Laura sacó su teléfono móvil y llamó de inmediato a su empleada. Tardó algunos tonos en contestar, unos segundos que se hicieron eternos para la expectante pareja. Falsa alarma. Nadie había pasado por Loire en toda la mañana, ni para robar, ni para amenazar ni, por supuesto, para comprar. Por una vez, Laura se alegró de la soledad de su librería. Sin embargo, el peligro seguía allí, latente, a la espera. Mientras la misteriosa Moleskine no apareciera, la pesadilla no iba a cesar.

Madrid, junio de 2005

Pol y Laura volvían a reencontrarse por enésima vez. Años de una relación tan apasionada como intermitente. Pol no paraba de viajar: desde que lo conocía, había compaginado la carrera de Derecho con la de ladrón de libros. Lo suyo no era un noviazgo normal, desde luego, más bien una sucesión de estallidos pasionales seguidos de separaciones que podían durar semanas. El ladrón y la librera, dos mundos opuestos y, a la vez, muy relacionados. ¿Había algo de irónico en su mutua atracción? Laura nunca había sabido qué responder a esta pregunta.

En todo caso, a Pol le iban bien las cosas. Bastante mejor que a ella, desde luego. Su apartamento en Alcobendas, en la periferia de Madrid, era más grande, moderno y cómodo que los anteriores. Y, como de costumbre, había estanterías con libros por todas partes. En una época tan poco inclinada a la lectura como el desalentado principio del siglo XXI, resultaba chocante esa aparente afición a la lectura. Un análisis más detallado a los títulos de su biblioteca particular dejaba adivinar, no obstante, que no era el placer de leer lo que definía aquella amalgama de ejemplares raros, siempre antiguos, sobre temas de lo más variado. La falta de criterio era evidente: aquello era un aluvión de obras, no la colección de un bibliófilo.

Laura, que sí amaba los libros, observaba con delectación y dolor a partes iguales aquel saqueo, el botín de un sinfín de robos a la espera de cambiar de manos. Obras de gran importancia que deberían pertenecer a museos y bibliotecas públicas acababan, por obra y gracia de Pol, en manos de coleccionistas privados que, a menudo, ni siquiera eran conscientes del verdadero valor de sus piezas, más allá de lo pecuniario. ¿Debería haberlo denunciado? Aquel era su dilema constante, su gran lucha interior.

—Esto no está bien —le reprochaba Laura—. Deberías dejar de robar.

—¿El qué está mal? —respondía él con cara de broma—. ¿Sobrevivir en un mundo lleno de miserias? Yo soy como un arqueólogo: rescato del olvido objetos enterrados y les doy una nueva oportunidad de vivir junto a gente que los aprecia.

—No. Eres un ladrón que roba obras únicas para vendérselas a un puñado de ricachones. Estás privando a la gente del disfrute de estos libros únicos.

—A la gente estos libros le importan una mierda, Laura. Solo te importan a ti. A gente como tú. Y sois cuatro gatos.

«Quizá sea cierto», pensaba Laura.

—Si las instituciones no son capaces de mantener a salvo sus tesoros, puede que no merezcan tenerlos —argumentaba Pol—. Y a menudo los fondos de museos y bibliotecas no son sino fruto de rapiñas más antiguas. Ladrón que roba a otro ladrón...

La verdad es que, bien pensado, era así, pero este pensamiento no consolaba a Laura. Tampoco tenía ella que decirle cómo debía vivir.

—Voy a preparar algo para beber —dijo Pol separándose de ella—. ¿Te apetece un *gin-tonic*?

—No. Ponme un refresco.

—A sus órdenes.

Laura echó un vistazo a las estanterías. Había auténticas maravillas que habrían alcanzado un buen precio en su tienda... si hubiera podido venderlas sin que se le echara la Policía encima. Pero también había morralla, porque Pol trabajaba a destajo y no se preocupaba por los detalles: misales y libros religiosos tan corrientes que despiertan poco interés, aunque hay coleccionistas para todo, por supuesto. Laura recordó a una mujer que coleccionaba exclusivamente ediciones de *Caperucita Roja*, de toda época, en todo formato, en cualquier idioma... Percibió el olor característico de los libros antiguos: papel viejo, tinta, polvo, pegamento... Recordó a su padre hablándole de esos elementos y aspiró aún más fuerte, le gustaba pensar que respiraba el paso del tiempo. Jean Loire le había explicado que los componentes químicos del papel, al oxidarse, liberaban lignina y furfural, sustancias que daban aquel perfume a almendra y vainilla que Laura identificaba con el alma, la esencia de los libros, y también el color amarillento característico. Aquel aroma evocador le trajo tan fuertemente a la memoria la imagen de su padre que sentía casi su presencia, su calor, y esperaba escuchar su voz ronca en cualquier momento. Una lágrima resbaló por su mejilla. Él habría denunciado los robos de Pol sin dudarlo. Pero, en fin, ella no era su padre.

Libros y libros, la historia de su vida había pasado entre volúmenes como aquellos, perdida en ese olor peculiar. Eran el envoltorio de su existencia. Cuando Pol regresó de la cocina con las bebidas, algo llamó la atención de Laura.

—¿Qué es eso? —le preguntó señalando una caja de madera en cuyo interior había varios libros, diarios, atados de cartas y otros papeles. En un lateral de la caja Pol había escrito en mayúsculas apresuradas: «Ortega».

—¡Ah! Una cosa curiosa. La puse aparte porque pensé que te interesaría. Es una pequeña colección de objetos personales de Ortega y Gasset.

—¡¿Ortega?! ¿En serio? ¿De dónde la has sacado?

—Me la encontré por ahí.

Era la respuesta favorita de Pol para no tener que decir: «La robé por ahí». Laura se lanzó a revolver el contenido de la caja. Ortega y Gasset era uno de sus escritores favoritos y a menudo lamentaba que su figura no hubiera conseguido mayor reconocimiento internacional. En fin, España siempre va a rebufo de los demás países... Encontró varias revistas y periódicos antiguos con artículos del pensador, sobre todo de *España* (de la que fue director) y *El Sol*, además de, por supuesto, *La Revista de Occidente*. Había algunos ejemplares de sus más famosos títulos, pero las ediciones no le parecieron muy valiosas al primer vistazo.

—Están dedicadas por el propio Ortega. Es su firma lo que da algún valor a esos libros.

Laura confirmó que, en efecto, todos los volúmenes contenían la firma del ensayista madrileño. Le pareció más interesante la correspondencia, en cuyos remites encontró varios nombres ilustres de la España de principios del siglo XX: Unamuno, Maruja Mallo, Azorín, Pío Baroja, María Zambrano, Rosa Chacel... No obstante, lo que más le llamó la atención fue un objeto incongruente en medio de aquel papeleo tan cargado de historia: un cuaderno grapado, tamaño cuartilla, en cuya portada de color amarillo desvaído por el tiempo podía leerse, trazado con letra infantil, un nombre: «Soledad Ortega Spottorno».

—¿La hija de Ortega? —preguntó Laura.

—Supongo..., ni idea —respondió Pol.

Laura ojeó el cuaderno con curiosidad. Todos sabemos o creemos saber los datos esenciales sobre la vida de las grandes figuras históricas, pero ¿cómo es la existencia de los que rodean al mito? En este caso, la hija del gran Ortega y Gasset. Pues, al menos en apariencia, todo parecía muy normal. El cuaderno no contenía nada que no cupiera esperar de una niña pequeña: anotaciones diarias, anécdotas que habían llamado su atención, algún poema que le había gustado... También había dictados, ejercicios de caligrafía, apuntes de la clase de Matemáticas...

—Es muy interesante —comentó Laura.

—Sin embargo, carece de valor económico —fue la respuesta de Pol mientras echaba un trago a su copa cómodamente sentado en el sofá—. Los coleccionistas extranjeros no tienen ni idea de quién es Ortega. Y los españoles... En España no hay verdaderos coleccionistas para este tipo de cosas.

—¿Qué vas a hacer con esto?

—No tengo ni idea.

—Soledad aún vive, aunque es muy mayor. Podrías devolvérselo.

—Resultaría un poco comprometido para mí. Teniendo en cuenta cómo he conseguido el cuaderno.

—Vale, vale. ¿Y si lo vendes en un lote grande?

—El comprador se quedaría con las piezas buenas y todo lo de esa caja acabaría en la basura.

—¡No!

—Para ti entonces. Quédatelo si quieres.

—No...

—En serio. Si vendes cada cosa por separado, no llamará la atención, hay varias piezas únicas que no son ni señaladas.

Pol siempre tentándola. Laura volvió a mirar la colección de Ortega. Podría venderla a buen precio, aliviar un poco sus problemas, pero... ¿En qué la convertía aceptar el fruto de un robo para su propio beneficio? ¿Y qué sería del buen nombre de Loire? Apretando los labios, alejó de sí tanto la caja como la idea de...

—No. No quiero —zanjó la cuestión.

—Vale, pero quédate al menos el cuaderno de Soledad —insistió Pol—. Como un recuerdo. No tiene ningún valor económico, solo es una curiosidad histórica. Supongo que esto sí podrás aceptarlo, ¿verdad?

—Vale. Como un recuerdo —aceptó Laura tomando el cuaderno.

Pol se acercó a ella, la besó y ambos acabaron sobre el sofá, dos cuerpos revueltos. El cuaderno cayó de la mano de Laura al suelo y quedó abierto sobre la alfombra. Letra infantil apretada, recuerdos de una niña de otro siglo. Ni Pol ni Laura se preocuparon por ser observados por la historia.

Capítulo 6

EXPOLIOS DE GUANTE BLANCO

> Poeta que me guías, mira si mi virtud es lo bastante fuerte antes de aventurarme en tan profundo pasaje.
>
> DANTE ALIGHIERI, *Infierno*

Madrid, noche del 21 al 22 de agosto de 2009

Para Marcos y Laura acababa por fin un día extraño y doloroso. A pesar de que el recuerdo de la agresión aún le causaba escalofríos, estaba deseando quedarse sola. Sí, estaba asustada, pero al mismo tiempo el ataque había prendido en ella un empeño: resolver el enigma de la nota, recuperar su *Inferno* y salir de una vez por todas del embrollo en el que, sin pretenderlo, se veía metida. Como solía decir Pol, era hora de cambiar de vida.

Mientras se preparaba algo para cenar recapacitó sobre lo que Marcos le había contado acerca de aquella exposición de Einstein. Si las fechas eran correctas, el golpe frustrado habría tenido lugar poco tiempo antes de su última ruptura. Una crisis que, como ocurre tantas veces, había nacido de la mejor de las intenciones.

Tal vez no hubieran podido dar el golpe en la exposición del científico alemán, pero es evidente que Pol se había resarcido de ese fracaso de algún modo. Laura se enteró de la peor manera posible, cuando dos agentes de Policía se presentaron una mañana en Loire con una orden de registro. Pillada por sorpresa, no entendía nada. Los agentes revolvieron todo, mostrando un claro desinterés por un caso que para ellos no suponía demasiada aventura, y al acabar se largaron con las manos vacías. Poco después llegaba la citación para una vista previa.

El día que Laura acudió a los juzgados seguía sin entender nada de lo que estaba pasando. Se la acusaba de un delito de recepción, es decir, de vender libros *sabiendo* que eran robados, según figuraba en una extensa lista que le mostró el secretario judicial. Laura reconoció de inmediato la mano de Pol en todo aquello, pero no podía comprender la razón de que la hubiera metido en semejante lío. No encajaba con su forma de actuar el utilizar Loire como tapadera de un negocio sucio.

Cuando salió de los juzgados se puso en contacto con él. Llevaban algún tiempo sin verse, lo que en ellos no era tan extraño. Pol respondió a su llamada desde algún lugar lejano, tal vez Moscú, Nueva Delhi o Kuala Lumpur: el mercado negro del libro antiguo se extendía cada vez más al entorno de nuevos ricos que despuntaba en las economías emergentes.

La intención de Pol no había sido la de utilizar Loire como testaferro al anunciar libros robados en Internet, sino todo lo contrario: había desviado una enorme cantidad de dinero a la librería de su amiga para acabar de una vez para siempre con sus deudas. Pero lo había hecho de forma chapucera, dejando pistas por todas partes. Un error impropio de la frialdad profesional que Pol mostraba cuando el amor no andaba de por medio. La pasión es mala compañera para maniobras tan complejas, una lección que Pol aprendió de la peor manera posible. Y no porque los efectos colaterales lo salpicaran a él, ya que cuando saltaron las alarmas de la Lista de libros robados de la Liga Internacional de Libreros y se pusieron en marcha los mecanismos de la Interpol, su objetivo solo fue uno: la librería Loire y su propietaria.

Pol, sorprendido del pésimo resultado de su buena acción, se deshizo en excusas, pero ya era tarde. Tratando de salvar Loire, prácticamente la había arruinado del todo. Y su insistencia en que antes o después solucionaría el problema no fue suficiente para convencer a Laura. Ella, que durante años solo había mantenido relaciones superficiales, se lamentaba ahora de haberse dejado arrastrar a algo más profundo con un... Sí, con un ladrón.

El proceso judicial fue complicado, y solo la habilidad de un carísimo abogado pudo demostrar que Laura había sido objeto de una manipulación electrónica por parte de alguna banda internacional de delincuentes. La absolución legal no disminuyó la cuantiosa minuta (una deuda más que Laura apenas podía afrontar), ni tampoco evitó el juicio del gremio. Los jueces podían decir misa, pero Loire, para el resto de los libreros anticuarios, había cometido el peor de los pecados. No, no el de vender libros robados, sino el de dejarse pillar. La sentencia estaba emitida y la reputación de la librería madrileña ya no volvería a levantar cabeza.

Para Marcos la noche resultó mucho más agitada. El sueño, superficial y pesado, vino acompañado de extrañas imágenes. Las gafas rotas del robo en la Biblioteca Nacional servían como lupa amplificadora de la agresión recibida. El matón calvo alcanzaba, en su pesadilla, las dimensiones de un titán amenazador que se movía en un paisaje infernal. *El infierno* de El Bosco.

Se despertó empapado en sudor y ya no volvió a pegar ojo. Aunque no podía echar la culpa al calor, sino a la preocupación. No se lo había dicho a Laura, pero había reconocido el peculiar acento del agresor calvo, la forma característica en que los israelíes pronuncian el idioma español. ¿Qué pintaba un matón judío en todo eso? No le costó mucho establecer una relación entre la presunta patria del individuo y la exigencia de la Moleskine de Einstein. ¿Se trataba de un agente del Mosad? A Marcos, ávido de aventura, le pareció de inmediato una posibilidad muy atractiva aunque muy peligrosa. Luego pensó que no tenía el menor sentido y en esas pasó la noche en vela, incapaz de conciliar el sueño.

Durante todo el día había tratado de simular entereza para no asustar a Laura más de lo que ya estaba, pero incluso para él las cosas tenían un límite. ¿Cuál era el secreto oculto tras el lenguaje críptico de la nota? ¿Quién había robado el *Inferno*? Marcos se resistía a creer en la culpabilidad de Pol, aunque la limpieza del golpe llevaba su firma. ¿Y cuál era el interés de la famosa Moleskine y por qué alguien había llegado a la conclusión de que estaba en manos de Laura? Marcos desplegó las piezas del puzle en su cabeza y tuvo la impresión de que no solo no encajaban: es que parecían pertenecer a juegos diferentes.

No tenía sentido continuar dando vueltas en la cama sin pegar ojo. Se levantó y volvió a contemplar, como había hecho miles de veces, el texto final del *Paradiso*. «¿Cuál es tu maldito secreto?», le preguntó sin obtener respuesta. Y no porque no la hubiera buscado. Lo había hecho durante años, pero cada vez que creía tenerla al alcance de la mano se le desvanecía, como ocurre a veces con los sueños y con algunas palabras.

Recordó cómo su relación con Pol se había, si no deteriorado, vuelto más distante después del fallido golpe de la exposición de Einstein. Al menos, Marcos había atribuido siempre a esa causa el distanciamiento de su joven amigo, pero ahora que conocía mejor las circunstancias de Laura pensó que era muy probable que el cambio de humor que Pol experimentó en 2005 tuviera más bien otras motivaciones.

La mañana le sorprendió con la mirada perdida sobre el pergamino. Tuvo la impresión de que la vieja página podía verlo desde más allá del tiempo, como si se burlara de él. La impresión, un tanto onírica, se desvaneció al cabo de unos pocos segundos. ¿Se había quedado dormido con los ojos abiertos?

No había tiempo para más especulaciones. Si quería ayudar a Laura y salvar la memoria de su amigo muerto, debía tomar una decisión.

Italia, febrero de 2000

Hacía frío en Roma aquella mañana. El Tíber iba cargado de niebla y Marcos sintió que su humedad milenaria lo calaba hasta los huesos, aquejados de un reúma que arrastraba desde la juventud. Mientras paseaba por las ruinas del Foro recordó la anécdota atribuida al general Patton. Al parecer, cuando las tropas estadounidenses entraron en la capital italiana durante la Segunda Guerra Mundial, el carismático jefe observó el estado de las ruinas romanas y comentó: «Veo que nuestra artillería ha hecho aquí un buen trabajo». Marcos sonrió imaginando esa imposible demostración de ignorancia. «No, Patton nunca habría dicho semejante tontería», pensó. Aunque... nunca se sabe. No hay que juzgar un libro por su cubierta. Contemplando el esplendor deteriorado de la vieja Roma, Marcos pensó que el único general que gana todas las batallas es el tiempo.

La voz de Sandro Renzi, chillona y alegre como la de un adolescente a pesar de ser más viejo que Marcos, lo sacó de aquellas ensoñaciones:

—*Caro amico!* ¿Cómo estás?

—¡Sandro, dichosos los ojos!

—Tú siempre tan aficionado a las puestas en escena. ¿Qué trabajo habría costado quedar en un buen café y no en esta escombrera helada?

—Tienes razón. Pero me gusta este lugar.

—¡Ruinas, ruinas! Lo que importa son los libros, *caro.*

Sandro Renzi, bibliófilo empedernido como Marcos, había ganado cierta fama como sumo sacerdote de una sociedad secreta nada secreta: el Circolo de Dante Inmortale. Un grupo de auténticos fans de Dante dedicados a estudiar la obra, la vida y los misterios del escritor italiano. Fans en el más puro sentido del término, aunque otros tal vez dirían simplemente que se trataba de una banda de frikis un poco entrados en años.

Sandro era un hombre peculiar hasta en los menores detalles. Anciano de edad indefinida, la flexibilidad de sus movimientos y la agudeza de su mirada contrastaban con su apariencia venerable. ¿Sería más joven de lo que parecía? Marcos nunca lo tuvo claro. Espigado, con melena canosa y una larga barba también blanca, siempre vestido con ropa de calidad pero de colores llamativos, Sandro pretendía ofrecer la imagen de excéntrico que convenía a las actividades de su círculo y, también, a sus negocios.

—¿Qué has venido a hacer a Roma, viejo loco español?

—Estoy en Roma de paso, solo para verte. Mañana iré a Florencia. Quiero consultar unos manuscritos en la biblioteca Medicea Laurenziana.

—¡Vaya, nada menos! —exclamó Sandro al tiempo que aplaudía regocijado—. ¿Y has afilado ya tu cuchilla?

Marcos palideció ante la alusión nada indirecta a sus expolios. No era un secreto para su antiguo amigo, conocedor del conflicto que le provocaba al español el ansia por lograr una buena pieza seguida de la mala conciencia una vez terminado el destrozo.

—Vamos, vamos, yo a tu lado soy un aficionado —contraatacó Marcos.

—¡Tocado, amigo mío! Pero tú te arriesgas por minucias. Lo mío es un trabajo profesional. Que me permite vivir muy bien, por cierto. No puedo decir lo mismo de ti, Marquitos. Ese traje que llevas está pasado de moda y, me temo, algo gastado.

Marcos no pudo objetar nada a esa observación. Él no expoliaba por dinero, sino por amor a los libros. Un amor paradójico que lo llevaba a mutilarlos de sus mejores páginas. Como criminal dejaba mucho que desear. Y como bibliófilo más todavía. A veces pensaba que lo definiría mejor una palabra inexistente: «bibliópata». Por supuesto, llevaba consigo la cuchilla. Bien afilada.

—Yo acabo de dar un golpe maestro —prosiguió Sandro ajeno a los pensamientos del español—. Un ricachón de buena familia... Es increíble con qué facilidad pican los incautos. Basta con vestirse de modo estrafalario y hablar con palabras largas, mezclando aquí y allá algún anglicismo. El mundo es para los vivos, Marcos.

Sandro y su Circolo de Dante Inmortale no iban a pasar a la historia como una organización cultural al uso, desde luego. El Circolo propiamente dicho lo formaba él como dictador incontestable que gobernaba sobre un pequeño equipo de ayudantes. «Ganchos» era la palabra que prefería Marcos para definir a esos acólitos que, llegado el caso, interpretaban el papel que les exigiera su jefe. Hablando en plata, Sandro era un timador muy culto, un estafador de altura que vendía humo dantesco a millonarios de todo el mundo interesados en el esoterismo, la numerología y otras zarandajas. Con esta excusa y una labia proverbial iba tirando, «recuperando la plusvalía», como decía de vez en cuando para amortizar su pasado como estudioso del marxismo.

—Me alegro de que te sigan yendo bien los negocios, Sandro.

—Y yo solo espero tu prosperidad. ¿Por qué no trabajas para mí? Me vendría bien un experto de tu categoría. Y a ti también te vendría bien, aunque me temo que hablarte de negocios es predicar en el desierto. ¿Qué se te ha perdido en Florencia?

—Un trabajo de encargo. El Consejo Superior de Investigaciones Científicas me ha pedido investigar un Deuteronomio impreso en arameo. Forma parte de un volumen facticio que guarda la Medicea.

—¡Magnífico, qué interesante! ¡Tú y tus lenguas muertas! Estoy seguro de que te vas a divertir mucho.

Comieron juntos y pasaron la tarde hablando de mil cosas. Sobre todo, de viejas historias de juventud. Marcos se dio cuenta de este detalle y pensó que si cada vez hablaba más del pasado es porque se estaba haciendo mayor. Una vida llena de estudio, de libros, de viajes... Pero de viajes eruditos para estudiar libros. Todo en su vida estaba relacionado con un mismo tema. «¿Y por qué no?», pensó. Era un especialista y no hay nada de malo en tener una pasión, aunque a veces resulte absorbente. O quizá hay que tener pasiones precisamente por eso.

Cuando la conversación languidecía, decidieron separarse, pero antes de despedirse Sandro le entregó su tarjeta.

—Toma, amigo. Otra para tu colección.

Sandro siempre le daba una tarjeta nueva, distinta a las anteriores. Sus reprochables actividades lo obligaban a cambiar la dirección de su sede social cada cierto tiempo. Esta vez venía impresa en cartulina amarilla adornada con el escudo de los Alighieri, el ala de oro sobre fondo azul. Debajo, un texto: «Sandro Renzi. Circolo Dante Inmortale». Y algo más que, supuso Marcos, serían números de teléfono. Apenas podía ver las letras debido a su pequeñez y al raro contraste que hacían con el fondo amarillo. «No envejezcas nunca.» Es un buen consejo... si se pudiera cumplir.

Una vez en Florencia, Marcos se sorprendió, una vez más, de la magnificencia de la ciudad. Qué momentos de esplendor ocurren a veces en la historia para que tantas maravillas puedan reunirse en un espacio tan pequeño. El día soleado aumentó la impresión favorable a medida que recorría las viejas calles salpicadas de monumentos como el Palazzo Vecchio, a la vez museo y ayuntamiento; o esa fortaleza que es el Bargello, cuya planta militar no permite adivinar la fascinante colección de esculturas que protegen sus almenas. Aquel día, sin embargo, Marcos solo tenía un objetivo.

La biblioteca Medicea lo maravilló como siempre, sabedor de los tesoros que guardaba y también por la parsimonia de sus encargados. El amor a los libros antiguos viene a veces acompañado de rutinas tediosas aunque inevitables. Tras pasar el control de entrada y presentar sus credenciales como investigador a sueldo de una institución científica española, solicitó el libro deseado. Un volumen facticio en el que el dueño de una biblioteca decide encuadernar obras sueltas, de diferentes épocas y autores, por considerarlas de poco valor cada una o por evitar que se descabalen.

Al cabo de un rato de espera, el bibliotecario le trajo el grueso volumen, que depositó sobre un ligero almohadón en la mesa de estudio. Antes de irse, dejó a Marcos el peso, una especie de rosario de cuentas de plomo forradas en plástico que se usa para evitar que los viejos libros se cierren sobre sí mismos. Marcos sopesó el objeto en su mano y pensó que, si fuera un rosario de verdad, no le vendría mal rezar pidiendo un milagro. Estaba harto de este tipo de trabajos aburridos y mal pagados. Cuando años atrás decidió especializarse en lenguas bíblicas, pensó que entraba en un mundo apasionante, pero no fue así.

La primera página de la colección contenía un índice escrito con una cursi tipografía inglesa del siglo XIX. Los primeros títulos señalados eran los cinco libros del Pentateuco: Génesis, Éxodo, Levítico, Números y Deuteronomio, cada uno procedente de una edición distinta. Luego seguían otras obras de interés aún menor. Marcos pensó que su vida tenía algo de libro facticio. Volvió a cerrar el volumen y lo sopesó. Era un auténtico mamotreto. Miró el canto de las hojas para distinguir por las diferencias de tono del papel las distintas obras que contenía y buscó directamente el quinto cambio de color. Pensó que, cuanto antes empezara, antes acabaría.

Para su sorpresa, el texto con el que se encontró no estaba escrito en arameo, sino en toscano. Y no era una impresión en papel: se trataba de un manuscrito trazado sobre pergamino de excelente calidad. Pasó unas páginas hacia atrás, pero no encontró el Deuteronomio que buscaba, tan solo las interminables relaciones de los Números. ¿Cuál sería ese quinto libro intruso?

Se ajustó las gafas y revisó la primera página con mucha curiosidad, olvidado ya el propósito científico que lo había llevado hasta allí. En la cabecera aparecía el título «Paradiso», bastante ilustrativo de por sí. La lectura de los primeros versos no le dejó duda alguna:

> La gloria di colui che tutto move
> per l'universo penetra, e risplende
> in una parte più en meno altrove.

—«La gloria de aquel que todo lo mueve, el universo penetra donde esplende, en una parte más y en otras leve» —tradujo Marcos buscando la rima—. El *Paraíso* de Dante —susurró—. ¿Y qué haces tú aquí, amigo mío, dentro de esta colección?

Marcos quedó deslumbrado. La caligrafía mostraba una factura excelente, una preciosa cursiva humanística que resultaba deliciosa para sus cansados ojos. No, no era una pieza para estar incluida en ese volumen, lo que le hizo pensar que el tipo que la encuadernó, quién sabe cuándo, lo hizo de manera descuidada. Tan descuidada como el propio índice, que no consignaba esa maravilla, muy superior al resto de los contenidos.

Siguió pasando hojas con mucho cuidado, comprobando en una atenta lectura que el manuscrito se encontraba completo. Poco a poco fue llegando a los últimos versos y lo hizo con cierto temor reverencial, porque en la última página suelen figurar los datos del copista.

¿Quién sería el autor de la pequeña joya que tenía entre las manos?

En la última página no había dato alguno, pero, en cierto modo, descubrió algo más interesante que le hizo estremecerse como si estuviese viendo a un fantasma. Tragó saliva. Allí estaba delante de él el escudo de los Alighieri, como una firma. Y al lado, una dedicatoria en bustrófedon escrita en una elegante letra romana. ¿Sería posible que...? No quiso formular el pensamiento en voz alta, pero ya había sentido aquello otras veces a lo largo de su vida. ¿Sería posible que dentro de aquella colección anodina se encontrara una joya única firmada por el propio Dante? Sería un descubrimiento de valor incalculable, pues no existía manuscrito alguno de Dante, al menos conocido. Pensó en la fama que un hallazgo así le traería, al menos dentro del mundillo de los libros. Aunque antes habría que asegurarse de...

Dejó el peso sobre sus rodillas y pasó otra página. El último pergamino estaba en blanco y, a continuación, comenzaba el Deuteronomio en arameo que había ido a consultar. Ya no le preocupaba lo más mínimo: había encontrado algo potencialmente importante, tal vez único. El trabajo de encargo pasaba a segundo plano.

Miró a un lado y a otro. La sala de lectura estaba medio vacía y, en todo caso, cada cual permanecía concentrado en sus propios asuntos. Nadie va a las bibliotecas a cotillear. Un bibliotecario dormitaba en una mesa al otro extremo, cansado de ojear la *Gazzeta dello Sport*. Notó la mezcla de excitación y miedo que lo embargaba cada vez que se preparaba para cometer un expolio.

Con disimulo, colocó el peso sobre la página con el escudo de los Alighieri mientras con la mano libre extraía de su llavero, en forma de placa publicitaria, una diminuta cuchilla. Colocó el artilugio bajo la palma de la mano, con la seguridad que dan años de experiencia, y haciendo como que leía con atención empezó a cortar el pergamino muy despacio para evitar el sonido delator de la hoja rasgándose. En el silencio de las bibliotecas cualquier ruido suena como un cañonazo.

No contento con llevarse la página final, la que contenía el escudo y la dedicatoria, expolió también la inicial, con el título y los versos introductorios. No habría doble castigo por la doble falta. El tiempo se le hizo eterno, pero de hecho no tardó ni un minuto en ejecutar el doble expolio. Al acabar, volvió a mirar a su alrededor para asegurarse de que nadie lo había visto. Un hombre mayor de aspecto muy pulcro levantó la mirada al sentirse observado, pero regresó de inmediato a sus lecturas.

Marcos, con todo el disimulo del que fue capaz, guardó los dos pergaminos en su pequeña carpeta de plástico llena de apuntes y se levantó en dirección al baño. Una vez en los servicios se encerró en uno de los reservados con retrete y ocultó los dos pergaminos robados bajo la ropa, a la espalda, entre la camisa y la camiseta interior. En los últimos tiempos, y ante la proliferación de robos, la dirección de ciertas bibliotecas había decidido registrar las carpetas de los visitantes. Sin embargo, estaba seguro de que en ningún caso se procedía a registros en profundidad y, además, nadie le había visto cometer el expolio.

Regresó a su puesto, devolvió el mamotreto y, levemente aterrorizado al principio, pasó el control de salida sin mayores problemas. Una vez fuera respiró aliviado y recordó que no había examinado ni una sola palabra del Deuteronomio en arameo.

Alcanzar la calle, como la «casa» de los juegos infantiles, libra de todo mal. ¿O no es así? Cuando ya se creía a salvo, Marcos sintió de improviso una mano firme sobre su hombro. Con el pulso acelerado, se dio media vuelta esperando encontrarse frente a uno de los vigilantes de la Medicea. En su lugar apareció el hombre mayor que lo había mirado en la sala de lectura.

—Buenos días. Me encantaría echar un vistazo a eso que acaba de sustraer —dijo en un claro italiano florentino.

—Yo... No le entiendo —respondió Marcos en español, azorado como siempre que lo pillaban en un renuncio.

—Vamos, amigo... Le he visto hablando en muy buen italiano con el personal de la biblioteca.

—¿Qué quiere de mí? —le respondió en un impecable italiano.

—Ya se lo he dicho: ver esas páginas que ha sustraído con tanta elegancia.

—Pero... ¿Aquí?

—No, por favor... No sería muy prudente, ¿verdad? Venga conmigo.

El hombre, tomando del brazo a Marcos con toda naturalidad, lo encaminó hacia una calleja no demasiado lejos de la biblioteca. Un lugar discreto, sin turistas ni paseantes. El temor de Marcos se disipó un poco ante las buenas maneras de su interlocutor. Se veía en su ropa, de muy buena calidad, que era una persona de posibles, el típico burgués italiano. Una vez en el callejón, el desconocido quedó a la espera. Marcos no sabía qué hacer.

—Vamos, amigo, no me haga esperar —insistió.

Con manos temblorosas, Marcos tanteó bajo su camisa y extrajo uno de los dos pergaminos que había cortado. Era el inicial, el que contenía el título y los primeros versos del *Paradiso*. Se lo tendió al extraño.

Este estuvo un tiempo sin decir palabra, maravillado ante lo que tenía frente a sus ojos.

—Fantástico, increíble —exclamó tartamudeando por la emoción al tenerlo entre sus manos—. Es un hallazgo sensacional.

Marcos estaba de acuerdo, aunque probablemente no por la misma razón que su entusiasmado acompañante.

—Debe venir conmigo a mi casa. Le enseñaré algo que le gustará.

Marcos dudó un segundo. Sentía en su espalda la otra página del pergamino robado quemándole la piel.

—¡Oh, por supuesto! ¡Qué mala educación la mía! Permítame que me presente. Me llamo Giacomo Pazzi y soy, como usted, un amante de los libros antiguos. Estoy seguro de que le encantará ver mi colección.

Marcos no las tenía todas consigo, pero se sentía atrapado. Ajeno a las preocupaciones del español, Pazzi hizo una llamada y en cuestión de un minuto se detuvo junto a la pareja un Jaguar Sovereign conducido por un chófer con uniforme y gorra. La intuición de Marcos había sido la correcta, impresión que se confirmó cuando, al cabo de un rato, llegaron a la casa de Pazzi, un *palazzo* de piedra con torre adosada situado en el pueblecito de Borgo alla Collina. Una recia construcción del siglo XIV, tal vez levantada sobre un castillo más antiguo, y con un bonito jardín algo descuidado, con un aire al que describiera Mujica Lainez en su inmortal *Bomarzo*, pensó Marcos. Intuyó que el descuido era solo aparente, una forma de escenografía de la decadencia para dar mayor encanto al lugar. Sobre la fachada principal, una batería de macetas de terracota con flores de todos los tipos le recordó los patios cordobeses. Casi podía sentir el olor del Mediterráneo.

Lo que percibió al entrar fue el aroma a lignina, el inconfundible perfume de los libros antiguos. El señor Pazzi llevó a su invitado directamente a la biblioteca de la casa, un salón de baile transformado en escenario de la impresionante colección de aquel hombre. Marcos se sintió abrumado y, por un instante, olvidó el miedo que sentía.

—Es... Es fantástico —dijo Marcos observando los anaqueles de madera noble, sin saber dónde detener sus ojos.

Allí había de todo. A diferencia de las colecciones privadas que había conocido a lo largo de su vida, en esta no identificó un patrón claro. En cuanto a épocas, había encuadernaciones desde antes de la imprenta hasta mediados del siglo XIX. Y en lo que se refiere a su origen geográfico, tanto por los títulos de algunos lomos como por el tipo de encuadernación, vio compartir estantería a obras alemanas, holandesas, francesas, españolas e italianas. La falta de correlación entre valor y temática era absoluta. Una insignificante historia de Ricardo III se apoyaba en un libro de Georgius Agricola. Varios volúmenes de vitela lo devoraron de curiosidad. ¿Serían tratados de albeitería (el antiguo nombre de la ciencia veterinaria) o atlas de medicina medieval?, ¿obras de cetrería o sesudas discusiones teológicas sobre la naturaleza divina o humana de Jesús? Leyó títulos como *Las lamentaciones de Cataluña* y el *Viaje a Tierra Santa* de Roberts mientras una tortuosa tipografía difuminada le permitió distinguir las palabras «Australia» y «Pacífico» en un alto y delgado libro que le hizo intuir en su interior mapas con los errores propios de la cartografía de hacía trescientos años. Aquel lugar era el sueño de un bibliófilo. Sin duda, los Pazzi eran gente no solo de fortuna, sino de gusto.

—Ahora que caigo... —Marcos volvió de golpe a la realidad—. ¿Pazzi? ¿Los Pazzi de la *Commedia*?

El millonario italiano soltó una breve carcajada antes de responder.

—Me temo que sí, *amico.* Los mismos Pazzi que conspiraron en 1478 para acabar con Giuliano de Médici.

—Pero no los mismos que Dante describe en el infierno...

—Por supuesto, dado que nuestro querido poeta escribió su maravillosa obra dos siglos antes de la conspiración contra los Médici.

—Pero ya los coloca en el círculo de los traidores.

—Considérelo una tradición familiar.

Una sorpresa detrás de otra, tantas que aún transcurrieron algunos minutos en medio de tan fantástica acumulación de tesoros antes de que Marcos se diera cuenta de que otros ojos lo observaban. Sentado en un sillón frente a una chimenea apagada (no se encendía nunca para evitar el deterioro de los libros), un hombre algo mayor que Pazzi contemplaba a los recién llegados.

—Oh, perdón. No le había visto —exclamó Marcos tras casi tropezar con el silencioso tercer hombre.

—Robert —intervino el señor Pazzi—, te presento a Marcos Vera, un apasionado de los libros, como nosotros. Marcos, él es mi muy querido amigo Robert di Modica. Uno de los más importantes libreros anticuarios de Nueva York. Es decir, del mundo. Somos como hermanos.

El aludido se levantó con dificultad debido al sobrepeso y a la edad. Dio un abrazo a Pazzi y, a continuación, estrechó la mano de Marcos, quien por supuesto había oído hablar en más de una ocasión de la famosísima librería neoyorquina Di Modica.

—Un coleccionista y un librero están hechos el uno para el otro —comentó Robert con una sonrisa irónica—, como el marchante y el coleccionista de arte.

—Es la forma más perfecta de amor que existe —añadió Pazzi, quien encontraba muy divertido el azoramiento de Marcos.

—¿Y de dónde sale usted, señor Vera?

—Yo...

—Nos hemos conocido hace un rato en la Medicea —interrumpió Pazzi—. Nuestro amigo es un artista... del expolio.

—Hombre... —quiso protestar Marcos.

—No, no. Insisto. Hay que reconocer el mérito del que sabe hacer las cosas. Usted me ha asombrado. Yo no sería capaz de hacer algo así. Pero no por escrúpulos, sino por miedo. Es usted un valiente. Le admiro, de verdad.

Marcos estaba sudando, a pesar del frescor que reinaba en aquella sala sombría, hasta el punto de temer que su transpiración echara a perder la segunda página escondida. ¿Qué quería aquel hombre de él?

—Mira lo que ha encontrado —continuó Pazzi su soliloquio mostrando a su amigo Di Modica el pergamino cortado—. Fíjate bien.

—A ver... ¡No! No puede ser —exclamó el hombre mirando con ojos expertos aquella hoja en la que, de inmediato, reconoció una escritura familiar—. Esta caligrafía... ¿Será posible?

—Lo es, lo es —respondió Pazzi cada vez más contento—. ¿No te parece milagroso? Si no es por este hombre... Ha sido un genuino golpe de suerte, de esos que ocurren una vez en la vida.

—¿Cuál es el milagro? —preguntó de repente una voz femenina.

Una mujer de unos treinta y cinco años, atractiva y elegante, bajaba por la gran escalera labrada que conducía a la primera planta.

—Carla, hija mía, ven aquí —dijo Pazzi—. Tienes que ver esto. Oh, pero antes... Señor Vera, le presento a mi hija Carla, también amante de los libros y, debo decir, sin orgullo de padre, una auténtica experta.

—Papá...

—Yo... Es un placer conocerla, señorita —saludó Marcos tendiendo una mano que la mujer recibió con cierta frialdad.

—Robert, enséñale a Carla el pergamino.

Carla tomó la pieza y le bastó un instante para unirse al asombro entusiasmado de su padre. Sí, a ella también le pareció francamente milagroso el hallazgo, y había una buena razón para ello. Una razón que Marcos no iba a tardar en averiguar.

—Querido Marcos, me imagino que está usted haciéndose muchas preguntas —intervino Pazzi—. No alargaré más su suspense. Cuando vea lo que le voy a mostrar entenderá por qué considero tan feliz nuestro encuentro de hoy.

No era «feliz» la palabra que habría utilizado Marcos, quien a continuación fue invitado a pasar a una sala contigua, más pequeña y también cubierta de estanterías con libros. Varias escaleras de caracol labradas en roble y ébano daban acceso a las más altas. Su forma circular señaló a Marcos que se encontraban en el interior de la torre adosada. A Marcos le recordó a la biblioteca de Babel descrita por Borges.

—Este es nuestro santuario —indicó Pazzi—, el lugar donde se guardan los libros que más valoramos de nuestra colección. Todos hablan de descensos a los infiernos y algunos, los más amados, también del luminoso camino de vuelta. Y entre todos ellos destaca uno.

Pazzi acompañó a Marcos hasta un atril muy antiguo

que presidía la estancia. Sobre su tablero descansaba un grueso volumen encuadernado en piel y en cuya cubierta podía leerse, en letras de pan de oro, un título: *Purgatorio*. Marcos, ante la invitación de Pazzi, lo abrió por una página al azar. Sabía lo que iba a encontrar. No había duda. El mismo tipo de pergamino de gran calidad, la misma caligrafía. El *Paradiso* de la Medicea y este *Purgatorio* habían salido de una misma mano.

—Ahora entiendo su asombro y su interés —exclamó Marcos, olvidado su miedo ante la contemplación de aquella preciosa obra—. Pero... ¿me ha traído hasta aquí solo para mostrarme este libro?

—Amigo mío, es usted un hombre inteligente —rio Pazzi—. Y también un gran pecador. Pero el que peca debe purgar sus pecados si quiere evitar el infierno y alcanzar el paraíso. No sé si me entiende.

—Capto el juego de palabras, pero no sé a dónde quiere ir a parar.

Pazzi se le acercó despacio, le puso la mano en el hombro y dijo:

—Quiero el resto del *Paradiso*, por supuesto.

Marcos entendió las implicaciones de la petición, pero se negaba a admitirlas.

—Mientras veníamos le conté todo lo que sé —protestó Marcos—. Ya sabe usted dónde está, dentro de la colección fáctica perteneciente a la Medicea. ¿Qué quiere que haga yo?

—Quiero que robe el libro para mí.

—¿Está usted mal de la cabeza? Yo no soy un ladrón —dijo indignado y cansado de todo aquello.

—Yo le he visto muy suelto en la tarea. Se nota que está acostumbrado. Yo, como le dije, sería incapaz de hacer algo así.

—Pero, pero... Una cosa es expoliar un folio y otra sacar un volumen entero de una biblioteca. ¿Cómo lo hago?

—Eso es cosa suya, mi querido amigo español. Pero no voy a admitir un no por respuesta. Este pergamino que usted tan amablemente me ha cedido es una prueba en su contra. Si no accede a mis deseos, siempre puedo denunciarlo a la Policía.

—Vamos, Giacomo —intervino Di Modica—. Pobre hombre. Creo que estás exagerando.

—En absoluto. Nuestro invitado, bajo su apariencia modesta, es un ladrón de guante blanco. Para alguien como yo, admirador de la justicia divina, creo que es un deber que el señor Vera pague por sus faltas.

—¿Faltas, justicia divina? —objetó Marcos—. ¿Habla en serio? ¿Y qué pasa con usted y sus propias faltas?

—La justicia de Dios es, como sus caminos, inescrutable... A veces. En su caso es clarísima: no se encuentra usted en posición de negociar —replicó con ironía—. Volviendo al tema, creo que el pago consiste en que me consiga ese libro maravilloso cuyo lugar no es un miserable volumen facticio de la Medicea, sino esta noble torre. Además..., recibirá alguna remuneración por su trabajo, no lo dude.

A Marcos le dio la impresión de que Pazzi era un chiflado, pero él estaba en sus manos. ¿Qué podía hacer para escapar del embrollo en el que se había metido?

—Estoy de acuerdo contigo, papá —terció entonces Carla—. Sin embargo, creo que te equivocas con las habilidades de tu nuevo amigo. No creo que sea capaz de robar nada.

—Al contrario, pienso que muy pronto me va a dar una alegría.

—Te apuesto quinientos dólares a que no.

—Pongamos la apuesta en mil, hija mía. Que no piense Marcos que no valoramos su esfuerzo.

—De acuerdo. ¿No quiere participar, Robert?

—No —fue la respuesta de Di Modica—. No me siento cómodo con esta situación.

—Como quiera. Papá, ¿qué plazo fijamos?

—Ah, sí, Carla, por supuesto. ¿Será Marcos capaz de conseguir el libro en, digamos, tres meses?

¿Tres meses? A Marcos le entraron ganas de soltar una carcajada. No se veía capaz de hacerlo ni en tres siglos, pero ya puestos pidió un año, alegando ciertas dificultades técnicas, y le fue concedido. Sintió que solo había aplazado su sentencia de muerte, pero, en fin, algo era algo.

Pazzi, entusiasmado, abrió una botella de chianti de sus propios viñedos, como no se olvidó de señalar con un orgullo que a Marcos le pareció un poco de nuevo rico. Sirvió cuatro copas y brindaron por el éxito de la operación.

—No veo el momento de tener los tres libros en ese atril —comentó Pazzi tras apurar su copa de un trago—, tres hermanos de nuevo reunidos al cabo de los siglos.

—¿Tres libros? —preguntó Marcos sorprendido—. ¿No me diga que también posee el *Inferno*?

—No, mi amigo... Todavía no. El *Inferno* está en una librería de Madrid, propiedad de un librero recalcitrante. Tal vez la conozca: Loire.

Madrid, 23 de agosto de 2009

Laura llevaba horas cotejando facturas. Un esfuerzo ímprobo y tal vez inútil. Por muchas vueltas que le diera, las cuentas no iban a cuadrar, salvo que se produjera un milagro. Loire estaba en la ruina. Era un hecho. Agotada, dejó caer la cabeza sobre el montón de papeles.

—Laura, ya es la hora —dijo Claire rompiendo el silencio excesivo de la librería.

—¿Eh? —Laura sentía como si despertara de un sueño—. Claro, claro. Vete, ya cierro yo.

Cuando se quedó sola, sonó el teléfono. Era Marcos. Se habían vuelto casi inseparables, amigos de infortunio. Aunque por un momento había agradecido estar sola, le alegró escuchar la voz del bibliófilo al otro lado del auricular. No tenía buenas noticias, pero tampoco nuevas desgracias: solo las habituales, las que se habían instalado en su vida, algunas tan de repente, otras viejas compañeras.

—He hablado con Tony —Laura ya sabía el motivo de esa llamada incluso antes de que Marcos dijera nada—. El funeral se celebrará mañana. Los padres de Pol están avisados. Supongo que vendrán, aunque cualquiera sabe... También hablé con Tatiana.

Al escuchar ese nombre, Laura sintió un pinchazo en la nuca. ¿Celos? ¿Sería posible, dadas las circunstancias? No quiso abundar en ello, pero le dio rabia que, incluso en las situaciones más agotadoras y apuradas, los instintos más oscuros no dejaran de acosarla.

Madrid, mayo de 2000

Marcos había sido durante años un hombre metódico. No era un rasgo de su carácter, pero la obligación de cuidar a su hijo minusválido adormeció su tendencia aventurera. Para calmar esa sed se sumió en la dulce alienación de la ficción, para sentirse otro por unos instantes a través de la palabra impresa. Las pocas personas que lo trataban, casi siempre por cuestiones profesionales, lo tenían por el típico ratón de biblioteca. Y lo era. Un ratón que, si acaso, añadía a sus costumbres rutinarias algo de adrenalina con sus pequeños expolios. Para él la espada del aventurero tenía forma de cuchilla de afeitar. Y el tesoro, de pergamino iluminado.

El chantaje al que se veía sometido por Giacomo Pazzi había roto en mil pedazos su tranquilo mundo. Le quedaban nueve meses para robar el *Paradiso* de la biblioteca florentina, pero al cabo de tres meses de entrenamiento no había conseguido avanzar demasiado. Pensó que para llevarse el libro de marras debía, en primer lugar, acostumbrarse al acto del robo en sí. No al expolio silencioso de una página, sino al levantamiento de volúmenes enteros. Había trazado estrategias tras estudiar algunos de los grandes golpes de la historia, pero, en definitiva, le faltaba el arrojo imprescindible. En más de una ocasión había estado a punto de decidirse, pero en el último segundo se sentía incapaz. Ni en bibliotecas, ni en librerías ni en museos... Por muy descuidado que estuviera el material, el temor a ser descubierto era excesivo para un hombre que aborrecía las situaciones conflictivas.

Pero aquel era el día.

Escogió un local alejado de sus círculos habituales, una librería de viejo de la zona norte cuyo dueño, un cincuentón malhumorado, siempre le había caído mal. Creyó que así sería más fácil, menos problemático desde un punto de vista... ¿moral? Marcos no estaba seguro de que robar a alguien que no te agrada fuera menos reprochable.

Tras dar varias vueltas por la tienda, mirando aquí y allá con falso interés, acabó solicitando un libro: *Historia de París y sus monumentos*, publicado en 1846 y escrito por un tal Dulaure, un ricachón de la época, con cara de despistado, cuya efigie figuraba al principio del volumen. El librero miró hacia arriba con cara de fastidio. El ejemplar en cuestión estaba en lo más alto de la estantería menos accesible. Ahí estaba la gracia del plan de Marcos: mientras el librero realizaba su particular ascensión, él aprovecharía para llevarse su verdadero objetivo: un bonito libro lleno de grabados de plantas, en blanco y negro, que le pareció fácil de ocultar bajo su chaqueta.

Un plan redondo. No como para hacer una película, pero bien planteado: una operación de despiste y un rápido juego de manos. La mano es más rápida que la vista, suelen decir los magos profesionales. El problema es que Marcos no era, ciertamente, un prestidigitador.

—¡Eh! ¿Qué está haciendo? —gritó el librero desde su atalaya, proyectando de nuevo al interior de su estantería la *Historia de París* y bajando como un rayo—. ¡Le he visto! ¿Qué intenta ocultar?

Marcos, desconcertado, se dirigió hacia la salida aferrando el libro bajo su chaqueta como si tal cosa, pensando que el mero hecho de irse constituía prueba de inocencia.

—Adiós, adiós —dijo azorado, como si no fuera con él—. Luego vengo.

—¡Será jeta! —chilló el librero corriendo detrás de Marcos.

Lo alcanzó justo antes de la puerta. El librero lo agarró por las solapas, lo zarandeó como si fuera un árbol cargado de fruta madura y, en efecto, algo cayó al suelo.

—¿Quería robarme un libro, sinvergüenza?

—No, no, verá... —intentó excusarse Marcos, pero el librero no le dio tiempo.

La mano, a veces, sí que es más rápida que la vista. O el puño. Al librero, de por sí huraño, le ofendió no tanto el robo, sino que aquel viejo lo tomara por idiota. Enajenado, le dio un puñetazo en plena cara a Marcos y lo dejó fuera de combate. Al furioso librero no le pareció suficiente con este K. O. en un solo golpe y, de no ser porque otros clientes lo evitaron, habría pateado al caído.

—¡Maldito viejo! ¡Encima se piensa que soy tonto! ¡Robarme a mí!

Marcos, aturdido, sintió que la cabeza le daba vueltas. Un joven lo ayudó a levantarse, pero, al ponerse en pie, se tambaleó y cayó de nuevo.

—¡No veo! —gritó asustado—. ¡No veo nada!

Un par de horas después, en el box número 3 de Urgencias del hospital Ramón y Cajal, un preocupado Pol preguntaba por Marcos Vera.

—Ah, sí, el anciano agredido esta mañana... ¿Es usted familiar suyo?

—No. Somos amigos. Pero me han llamado ustedes.

—Ah, sí, sí, ya veo... Fue él quien nos dio su número. Al parecer, no tiene familia.

—¿Cómo está? ¿Qué le pasa?

—Se lo puede contar él mismo —respondió la enfermera sin mirarlo a los ojos, concentrada en sus tareas—. Tenga este pase y entre por ahí.

Pol cruzó el torniquete que daba acceso a la sala de curas y, tras recorrer un pasillo algo descuidado, llegó al box. Habría allí unas quince o dieciséis camas; cada una, albergue de una tragedia particular. El personal de enfermería iba de una a otra proporcionando ayuda y, a veces, el simple consuelo de la compañía. No le hizo falta preguntar nada: Marcos ocupaba la primera cama. No tenía mal aspecto, aparte del aparatoso vendaje que le cubría el ojo izquierdo.

—Marcos, ¿cómo se encuentra?

—¡Pol! Por fin... Este sitio es un aburrimiento.

—Bueno, sí. Es lo que tienen los hospitales. Pero me han dicho que se va a poner bien. Y que el agresor tendrá que pagarle una indemnización.

—¿Y qué? No veo, Pol. El golpe me ha hecho perder la vista. Del todo. Sabía que iba a ocurrir antes o después, pero no tan rápido. No tan de repente.

—¿Lo sabía?

—Degeneración macular, Pol. Un trastorno degenerativo. Actúa poco a poco, pero es irreversible. Presenta ataques ocasionales de ceguera en medio de un deterioro progresivo de la visión. Uno de esos ataques es el definitivo. Y, hoy por hoy, no hay cura. Voy a acabar como Borges.

Pol contempló a su amigo con pesadumbre.

—¡No me mires así, chaval! Te veo, aunque no te vea —exclamó Marcos intentando bromear.

—Bueno, supongo que habrá que esperar a ver lo que dicen los médicos.

—La típica frase de consuelo. Mira, siempre se ha dicho que los ciegos desarrollan más los otros sentidos. Supongo que, como todos esos tópicos, es una chorrada. Pero la verdad es que desde que has entrado te noto algo... No sé cómo decirlo. Tendrá que ver con la primavera, pero me da la sensación de que hay algo en tu voz... Como si estuvieras contento por algo. —Pol no contestó nada y Marcos solo tuvo que reflexionar un segundo—. Tú has ligado, chaval.

—Hombre...

—No, ligado no. Es algo más. Tú estás enamorado.

—Vamos, Marcos, no me fast...

—¿Qué hay, Marcos, cómo se encuentra? —saludó el médico de servicio que empezaba su ronda de la mañana.

Pol agradeció la interrupción.

—¿A usted qué le parece, doctor? Más ciego que un gato de escayola, como se solía decir cuando era pequeño.

—Vamos, vamos... No hay para tanto —continuó el médico examinando el vendaje de su paciente—. No se va a quedar ciego. El *shock* del golpe le ha producido una ceguera temporal, pero se recuperará en unas horas.

—¿En serio? —preguntó Pol—. ¿No va a...?

—¿Es usted familiar suyo?

—Sí. Soy su nieto —mintió.

—Ah, excelente. Pues lo que le digo: se recuperará pronto. Eso sí, tiene que seguir el tratamiento: reposo absoluto, buena alimentación y unas gotas que le voy a recetar. ¿Se las administrará usted?

—Pues... claro —respondió Pol. Notó cómo Marcos le apretaba la mano con fuerza.

—Estupendo. De momento va a permanecer en observación el resto del día. Si todo va bien, le daré el alta por la tarde y se lo podrá llevar a casa. Ahora pueden hablar un poco, pero no se quede mucho rato. No es hora de visitas.

—Gracias, doctor —dijeron a un tiempo Pol y Marcos.

El médico sonrió profesionalmente y continuó su ronda.

—Esto no cambia las cosas, Pol. No será hoy, pero acabaré quedándome ciego. Estoy hecho a la idea.

—Sin embargo, estoy seguro de que hay algo más que le preocupa. No me diga que no. Se lo noto. No necesito estar ciego.

—Te gusta devolverlas, ¿eh? Pero sé que estás enamorado. Y sí, estoy preocupado por algo más.

—Estoy deseando oírlo.

—No es nada importante.

—No me lo trago. No le dan a uno una paliza porque

sí —mintió Pol. Sabía que sí había gente que disfrutaba con la agresión. Pero estaba seguro de que este no había sido el caso.

—Bueno..., digamos que quería ensayar..., ¿cómo decirlo?

—Inténtelo.

—Ya sabes. Ser un poco como tú. Quería aprender a...

—A robar. Dígalo, no me ofendo. No tiene usted madera. O puede que le haga falta mucha práctica. Pero no me lo trago.

—¿El qué?

—Que estuviera robando en una librería de mala muerte solo por practicar. Hay sitios mejores y menos peligrosos.

Marcos se sintió atrapado. Deseaba que se lo tragara la tierra, o que aquel joven tan insistente se largara de una vez. Maldita sea, con lo bien que se está solo... ¿O no? Tragó saliva antes de confesar:

—La verdad es que no lo hacía solo por... ¿Por deporte? ¿Por diversión? Es que necesito aprender. —Marcos recalcó su necesidad.

—Hay algo más, ¿verdad?

Por supuesto que lo había. Y Marcos, como el creyente que encuentra alivio en la confesión, echó abajo la última barrera y le contó a Pol todo lo sucedido en Florencia: el chantaje de Pazzi y cómo la presión del italiano le había convencido de que entrenarse como ladrón de libros era una buena idea.

—Podía habérmelo dicho antes.

—No me atreví... El miedo al ridículo es un veneno.

Pol no pudo evitar una sonrisa ante la inocencia de su amigo.

—En fin, algo podrá hacerse.

—Algo... —Marcos tragó saliva sin atreverse a continuar.

Pol miró al viejo con una sonrisa. Sabía muy bien lo que quería pedirle.

—Sí, viejo expoliador: le ayudaré. Robaré el libro por usted.

Capítulo 7

PARADISO

... en la buena ventura y en la desventura acontece así: a veces es hallada y buscada, y a veces es hallada y no buscada.

DON JUAN MANUEL, cuento XLVI, *El conde Lucanor, El filósofo que entró en la calle de las malas mujeres*

Madrid, entre junio y septiembre de 2000

—Necesito un modelo, una maqueta del libro que vamos a robar —dijo Pol muy serio—. No hace falta que sea perfecta, pero tiene que dar el pego. Y que no contenga el manuscrito del *Paradiso.*

—¿En serio? —le preguntó Marcos poco convencido del plan de Pol.

—Totalmente en serio.

Marcos había guardado, tras terminar su trabajo para el CSIC, una copia del índice de la colección facticia y copias de los textos. Restos de su labor que ahora permitirían reproducir, al menos con cierto grado de exactitud, tanto el contenido como la apariencia del libro. Para las cubiertas no habría problema, ya que se trataba de una encuadernación decimonónica corriente, con los cantos superiores morados y las guardas jaspeadas. En Madrid había suficientes tiendas especializadas en papeles singulares, así como algunos de los mejores encuadernadores del país. Ni siquiera haría falta explicarles el verdadero destino de su trabajo. Eso sí, una falsificación en condiciones cuesta dinero: unas 100.000 pesetas. Una ganga, en realidad. Aparte de esto, solo faltaba el tejuelo, el pequeño cuadrado de papel con la signatura, pero este no lo añadirían hasta cotejar el original. En conjunto, la maqueta pedida por Pol para dar el cambiazo podría pasar desapercibida si los bibliotecarios no la sometían a un análisis detallado.

—¿Y por qué iban a hacerlo? —preguntó Pol ante las dudas de su amigo y cómplice—. Seré un estudioso más que devuelve un ejemplar de poca importancia y muy manoseado.

—Eso espero, muchacho.

Tras recuperar plenamente la visión, Marcos se había puesto en manos de su nuevo amigo para ejecutar lo que, de manera un tanto teatral, denominaron «el golpe». Pol no había perdido sus viejas habilidades como cerebro para planificar este tipo de acciones. Por eso, antes de robar el original tenía previsto visitar varias veces la Medicea, estudiar sus medidas de seguridad y, por supuesto, tener entre sus manos el volumen facticio para asegurarse de la idoneidad de la réplica. Mientras llegaba el momento, Marcos debía reunir copias de los contenidos de ese ejemplar tan parecidos al original como fuera posible. Era la única forma de crear una réplica aceptable. Lo ideal habría sido solicitar una microfilmación a la Medicea, pero eso habría llamado la atención. Tampoco era necesario.

A lo largo de las últimas semanas Marcos y Pol se habían convertido en algo más que amigos. Eran algo así como mentor y aprendiz, aunque en un sentido recíproco. A Marcos le gustaba sentirse como si fuera Sherwood Anderson respecto a Hemingway, Faulkner y Scott Fitzgerald, el gran maestro. Pero lo cierto es que eran más como don Quijote y Sancho, aprendiendo el uno del otro. Su relación, vista desde fuera, habría resultado difícil de entender. Quizá Marcos fuera el padre dedicado que nunca había tenido Pol. Y para Marcos aquel joven sorprendente fuera el hijo pródigo que regresaba al hogar cargado de historias que contar y de promesas de futuro.

Pol deseaba aprender sobre libros, y Marcos, aunque arrepentido de su incontrolable tendencia al expolio de esas obras que amaba, no dejaba de envidiar la capacidad de aventura de su joven compañero. Cada uno enseñaba al otro lo que sabía, pero en esto Pol llevaba ventaja: era como una esponja absorbiendo conocimientos.

—Mira este libro, Pol —le indicaba Marcos en una de sus lecciones—. ¿Tiene algo de particular?

Pol analizaba el libro con toda la atención de la que era capaz y extraía sus conclusiones:

—Es una primera edición de *Cien años de soledad*, de Gabriel García Márquez.

—Obvio, pero no es eso lo que le da valor.

—¿Ah, no? ¿Y entonces?

—Mira la primera portadilla.

Pol abrió el libro y echó un vistazo a la primera página impresa, en la que se dejaba constancia del título. Una frase escrita a mano. ¿Qué interés podía tener?

—Es una dedicatoria manuscrita del autor. Eso aumenta el valor del libro, más allá de su antigüedad o del hecho de que sea una primera edición.

—¿Cuánto lo aumenta? ¿Lo dobla, lo triplica?

—Eso depende. No hay una regla fija. Pero lo que más pesa es, por supuesto, el interés del comprador. Eso es lo que tienes que aprender a analizar, en sus gestos, en su ansiedad... Las personas son como los libros: mira siempre entre las páginas, porque a veces hay sorpresas.

Pol tomaba nota mentalmente y no olvidaba detalle.

Otro día Marcos le enseñaba un montón de hojas sueltas con textos impresos y llenas de garabatos.

—¿Esto qué es? —preguntaba el joven.

—Un juego de pruebas de cierto libro que no conocerás: *Los cuatro jinetes del Apocalipsis.* —A Marcos, de vez en cuando, le gustaba darse aires delante de su aprendiz, más que nada por compensar el sentimiento de inferioridad que lo embargaba a veces frente a la capacidad del joven o para hacerle entender que le quedaba mucho por aprender.

—¿Y qué es un juego de pruebas? Venga, dígamelo, no se haga de rogar —bromeaba Pol.

—Es una primera impresión de un libro sobre la cual se realizan diversas correcciones: erratas, fallos... Muchas cosas. La peculiaridad es que este juego de pruebas fue revisado por el propio autor del libro. Que era de tu tierra, por cierto: Vicente Blasco Ibáñez. De ahí su valor.

—Interesante.

A Pol no siempre le parecía todo tan interesante, pero no por eso dejaba de aprender. Marcos estaba convencido de que Pol nunca sería un auténtico bibliófilo, ya que para el muchacho la parte pecuniaria era la única importante. Sin embargo, con el conocimiento que iba acumulando podía pasar un primer examen, por así decirlo.

Pol, por su parte, también estaba seguro de que Marcos nunca sería un buen ladrón. Demasiado nervioso y demasiado amante de los libros. Sus expolios eran una forma de cleptomanía que lo llevaba invariablemente a estados de arrepentimiento incompatibles con una delincuencia... ¿natural? No sabía cómo definir la cuestión. En cierto modo, Marcos era un criminal deleznable, uno que destroza aquello que ama para luego arrepentirse y, a continuación, reincidir una y otra vez sin poder escapar de un círculo vicioso.

Por eso decidió que de la parte de la acción se encargaría él mismo. Si tras el golpe en la Medicea su sociedad se consolidaba para futuros robos —y esperaba que así fuera—, dejaría que Marcos se limitara a señalar el blanco.

Mientras tanto, preparaba el terreno. Una tarde Marcos llegó a casa y se encontró sobre la mesa de la cocina un DNI y un carné de investigador a nombre de un tal Augusto Méndez. La foto que aparecía en ambos documentos era la de Pol. Marcos no quiso preguntar cómo los había conseguido.

—No te preocupes —comentó Pol adivinando los pensamientos de su amigo—. No son de primera calidad, pero para un bibliotecario italiano darán el pego. A un policía español no le engañaría, pero no habrá ninguno allí.

A finales del mes de septiembre, Pol consideró que había llegado el momento de partir a Florencia y llevar a cabo *in situ* los últimos preparativos antes de la acción final. Esto incluía comprar algo de ropa de calidad para dar buena impresión. Y, para la estancia en Florencia, eligieron un buen hotel. Por suerte, el señor Pazzi corría con los gastos.

—Nadie sospecha del que se aloja en un cinco estrellas —dijo un Pol muy sonriente mientras accedían al avión que los llevaría a Italia—. ¡Paga Pazzi!

Pol, que en su vida había conocido sobre todo miserias, estaba encantado con la perspectiva de un viaje a todo tren. Marcos, sin embargo, no se sentía tan seguro de sí mismo.

Florencia, 3 de octubre de 2000

Durante varios días Pol había representado su papel como estudioso visitante de la biblioteca Medicea. Le fascinaba el soberbio edificio con su enorme cúpula y la espléndida escalera diseñada por Miguel Ángel, así como el tranquilo claustro de la basílica de San Lorenzo. Pero aún más le entusiasmaba la colección de miles de valiosísimos libros que empezó a reunir el primer protector de la institución, el papa Clemente VII, cuyo nombre real era Julio de Médici, miembro destacado de una de las familias más influyentes de todo el Renacimiento.

Ligeramente disfrazado tras unas gafas sin graduación, hizo el trabajo de reconocimiento. Como esperaba, los sistemas de seguridad eran bastante precarios, muy convencionales. Arcos de seguridad, alguna cámara no siempre bien situada, alguna rota, sin el testigo rojo de encendido, guardias aburridos de su labor... No costaría trabajo burlar semejantes defensas.

Más importante era el análisis directo del libro facticio. Tras el ritual de la solicitud, la entrega del peso y demás cuestiones, se dedicó a estudiar cada detalle para asegurarse de que la réplica cumplía las condiciones necesarias. Marcos había hecho un buen trabajo en ese sentido y no serían precisos muchos cambios, salvo añadir algún deterioro en los cantos y, por supuesto, el tejuelo con la signatura correcta. Aparte de esto, Pol analizó cada milímetro del original para asegurarse de algo muy importante: que no escondiera pequeñas piezas de metal o bandas magnéticas ocultas en la encuadernación que podrían hacer saltar las alarmas.

Cuando Marcos veía a Pol seccionando cuidadosamente el papel para extraer esos señuelos, el erudito sudaba tinta, carcomido por una mezcla extraña de emociones: miedo sobre todo, pero también una sobrecarga de adrenalina que no dejaba de resultarle placentera. ¿Cómo podía actuar con tanta calma ese muchacho, si a él le estaban temblando las manos a pesar de ser un mero espectador? ¡Y nadie se daba cuenta! Pol sabía mucho mejor que su amigo que la gente, en general, solo está pendiente de sí misma.

Cuando terminaba la tarea, Pol se deshacía de los restos del sistema de alarma tirándolos en algún retrete. Cuando volvía, agitando en el aire las manos recién lavadas, Marcos lo miraba como si regresara de otro planeta.

—Todo esto es necesario. No quisiera que, justo en la puerta, los arcos de seguridad se pusieran a cantar a mi paso —le comentó a Marcos, quien se sentía extrañado por la lenta preparación del golpe que estaba llevando a cabo su joven amigo.

Pero esa lentitud era necesaria. Durante varios días Pol acudió a la biblioteca no solo para justificar su presencia como investigador, sino para que el personal se acostumbrara a verlo. También tomaba notas, y de detalles muy importantes. Por ejemplo, los movimientos de los bibliotecarios y los guardias, los cambios de turno, con qué celo se respetaban los horarios y los protocolos. Quizá Pol no fuera un estudioso en el sentido estricto del término, pero desde luego procuraba no dejar detalles al azar. Su pequeña libreta de notas era, en cierto modo, el corazón de todo el plan.

Marcos, ignorante de muchas sutilezas de la tarea del

buen ladrón, pensaba que Pol estaba disfrutando de lo lindo con el viaje y que quizá lo estaba alargando a propósito. Desde su punto de vista, el joven ladrón podía ser un aventurero, pero en algunos aspectos le faltaba mucho mundo. Por ejemplo, nunca se había alojado en un hotel de cinco estrellas. Y le estaba gustando. Uno se acostumbra con rapidez al lujo. Como le estaba maravillando también el esplendor de Florencia, una ciudad que le pareció de ensueño, sobre todo si la comparaba con el entorno de suburbios y barrios de la periferia en los que había transcurrido la mayor parte de su vida. El Ponte Vecchio parecía salido de un cuento de hadas. Nunca había imaginado que pudiera haber casas construidas sobre un puente. No le interesó tanto el arte, el famosísimo David y tantas otras maravillas, como la animación de las calles, el atractivo de los cafés de la ciudad, la singular Piazza della Signoria... Además, el hecho de que pagara Pazzi añadía un plus de satisfacción a la estancia, como una pequeña venganza. Pol tenía muy grabado el código ético de los fuera de la ley y por eso le parecía intolerable el chantaje que el ricachón italiano estaba haciendo a Marcos. Hacerle gastar algo más de dinero era una flaca revancha, pero... menos da una piedra.

Durante los días de preparación, Pol y Marcos visitaron en varias ocasiones el *palazzo* de Giacomo Pazzi. Si a Pol le había parecido lujoso el hotel, le decepcionó un poco el aspecto vetusto del edificio, el olor polvoriento de los libros y, por qué no mencionarlo, la frialdad con la que fueron recibidos por Carla. Sin duda, le cayó mucho mejor el amigo americano, Robert di Modica, quien pese a tener su residencia habitual en Nueva York acudía a Italia tan a menudo que parecía un mueble más en la casa de Pazzi. Marcos le había hablado bien de él: al menos, había tratado de defenderlo unos meses antes, cuando se vio sometido al chantaje del coleccionista italiano y a la humillante apuesta.

—Permitid que os invite a un whisky —dijo Pazzi en un buen castellano—. Robert ha acabado contagiándonos sus absurdas costumbres americanas.

Pazzi sirvió los whiskies con parsimonia, colocando una servilleta de tela debajo de cada vaso antes de depositarlos sobre la mesa de mármol que presidía un ángulo del gran salón. Pol no había probado en su vida un whisky como aquel. No le agradó el sabor, aunque también es cierto que nunca le había gustado el alcohol de mucha graduación. Marcos, más aficionado a la bebida en general, lo paladeó con evidente delectación.

—Bueno, amigos míos —sonrió Pazzi tras mojarse apenas los labios con el dorado licor—. ¿Cómo van nuestros negocios?

—Bastante bien —respondió Pol—. De hecho, mañana daremos el golpe.

—¿Mañana? —preguntó Marcos sorprendido y casi atragantándose con el último sorbo.

—Sí. Todo el trabajo previo está ya hecho. No falta más que la... ejecución.

—Excelente, amigos —aplaudió Pazzi—. Carla, hija mía, creo que vas a perder tu apuesta.

Como única respuesta, Carla salió de la estancia sin decir una palabra. Pol no pudo evitar sorprenderse por la mezcla de atractivo y repulsión que le generaba aquella mujer cuya edad no fue capaz de calcular. ¿Alrededor de la treintena? En todo caso, ella estaba fuera de su alcance... O tal vez no. No era asunto que le preocupara en ese instante.

Florencia, 4 de octubre de 2000

Marcos permaneció en el hotel a petición expresa de Pol:

—Me basto solo, de verdad.

—Pero podría ayudarte, Pol. Hacer un despiste... Esas cosas.

A Pol le parecía hasta tierno que Marcos intentara participar.

—Ya me ha ayudado. Para la parte final usted no me servirá de ayuda. Más bien sería un estorbo —dijo, y enseguida se arrepintió. Podría haber herido a su amigo—. Permita que se lo diga con franqueza. No tiene usted madera de ladrón. —Decidió que lo mejor era ser directo.

Marcos no supo cómo tomárselo. Pero le hizo caso y se quedó en la habitación del hotel examinando por enésima vez la última hoja del *Paradiso* que logró mantener escondida en la espalda sin que Pazzi se diese cuenta, aquella cuya existencia nadie conocía y de la que no se separaba ni a sol ni a sombra. Quizá, pensaba, sería la única persona que la hubiera visto en siglos. Lo había obsesionado durante meses, desde que percibió, al mirar con mayor detenimiento, algo extraño sobre la superficie del pergamino. Sí, no le cabía la menor duda.

Allí había un palimpsesto o, por decirlo en términos más modernos, la versión medieval del reciclaje. Sobre aquel pergamino alguien había borrado pacientemente, a golpe de cuchilla, un escrito más antiguo para trazar encima los versos de Dante. Una costumbre muy común en otra época y que había permitido recuperar algunos textos de gran valor. Con el escaso material disponible, Marcos había llegado a la conclusión de que el texto original estaba escrito en griego y se trataba, casi seguro, de una versión de la vida de Cristo. Sin embargo, su instinto le decía que aquellas letras casi invisibles, poco más que una impronta marcada sobre la vieja piel, ocultaban otro secreto menos evidente.

¿Cuál podía ser? Una simple página no era suficiente. La había recorrido con ojos y manos un millón de veces. Tanto que empezaba a tener miedo de desgastarla. Había dudado mucho al respecto, pero no tenía demasiadas opciones: pediría permiso a Pazzi para estudiar su *Purgatorio* y, si todo salía bien, también el *Paradiso* que Pol estaba a punto de robar. Sin embargo, le fastidiaba poner sobre aviso al chantajista italiano acerca de algo que podría incrementar el valor de sus mal adquiridas piezas porque a saber cómo se habría hecho con el *Purgatorio.*

En el fondo, tan solo procuraba mantener la mente ocupada para no pensar en los riesgos que estaba corriendo Pol en ese mismo instante.

Riesgos que a Pol le producían una sensación muy diferente. La catedral de Santa Maria del Fiore le había impresionado desde el primer día, no tanto por su tamaño y por el esplendor de sus mármoles como por la manera súbita que tenía de aparecer ante los ojos cuando, tras doblar cierta esquina, se mostraba en toda su espectacularidad. Pol estaba seguro de que el arquitecto había tenido en cuenta el aspecto escenográfico para levantar semejante iglesia, tan diferente a las de su país.

Esa mañana amaneció bastante fría. Siguiendo una rutina diaria, acudió a la Medicea bajando a pie por la Via de' Ginori y, tras pasar el control de entrada, solicitó una vez más el volumen facticio. Esta vez, sin embargo, las cosas eran diferentes, aunque no lo pareciera: había introducido, oculta bajo la ropa, la réplica que constituía el eje maestro sobre el que pivotaba todo el plan. No resultó muy complicado. Los guardias solo habrían podido encontrarla sometiéndole a un cacheo, cosa que no parecían muy dispuestos a hacer, y menos con un tipo que, a fuerza de verlo un día tras otro, ya se les había hecho familiar. Esto era algo imprescindible en el plan.

Una vez en el atril jugueteó con el peso en la mano. Le extrañó esa costumbre. Como le ocurría con tantas otras cosas relacionadas con los libros antiguos, le parecía sorprendente un procedimiento tan elemental para mantener un libro abierto. «En fin, donde fueres, haz lo que vieres», pensó.

No se demoró mucho. Abrió el libro y contempló de nuevo las páginas del *Paradiso*. No despertaban en él el mismo tipo de emoción que en Marcos. Para él solo se trataba de sacar a su amigo del lío en el que estaba metido y, ya de paso, ganar algo de pasta. En cierto modo, experimentaba sensaciones parecidas a las de los tiempos de la banda, solo que sin carreras ni tiroteos. Era el tipo de robo hecho a su medida: silencioso, hasta cierto punto seguro y, sobre todo, potencialmente muy beneficioso. Pol no olvidaba que Pazzi, para complementar la generosidad con la que había estado financiando el golpe, había prometido, una vez que el libro estuviera en sus manos, un premio de diez mil dólares para los dos españoles. Un precio de ganga para una obra de tales características, desde luego, pero que no les vendría mal a Marcos y a Pol para poner en marcha, por fin en serio, su nueva sociedad.

Tras comprobar una vez más que no había metales ocultos ni bandas magnéticas, Pol se aseguró de que nadie miraba en su dirección y ejecutó una coreografía que había practicado cien veces en el hotel. Con un gesto rápido extrajo la réplica de debajo de su ropa y la colocó sobre la mesa. Otro movimiento de prestidigitador y el original quedó oculto bajo su camisa. Visto y no visto, no había tardado ni cuatro segundos. Volvió a mirar alrededor con disimulo. Nadie había visto el juego de manos. En ese momento se levantó, fue al servicio y se dispuso a acomodar mejor el ejemplar. Ya había comprobado en los días previos que resultaba demasiado voluminoso para transportarlo de cualquier manera bajo la camisa. Acabaría desplazándose de forma comprometedora. Por eso había preparado algo especial: una bolsa de tela fina sujeta con unas cintas, de forma parecida a una mochila, para colgársela por delante. Guardaría el libro en su interior de modo que no se moviera accidentalmente. Esto le permitiría superar los primeros controles e incluso podría pasar un cacheo, siempre que no fuera demasiado diligente. Y, sin embargo, no pensaba sacar así el libro de la biblioteca. Su obsesión por minimizar los riesgos y la cuidadosa observación de las rutinas del personal le habían dado una idea. Pero para eso aún quedaba un rato. De momento, se miró en el espejo. Su aspecto era satisfactorio, dado que al llevar el bulto pegado al torso no se notaba nada. Volvió a su puesto de lectura y ojeó durante un buen rato las páginas de la réplica para hacer tiempo.

«¿Qué clase de placer encuentra esta gente en estos libros?», se preguntó mirando aquellas páginas escritas en idiomas que ya nadie hablaba. No obtuvo respuesta, ni en realidad la buscó. Para él aquello solo representaba dinero. Después de todo, era un ladrón, ¿no? Y uno bueno.

Miró su reloj. El cambio de turno era inminente. Pol se levantó de su asiento y devolvió la falsificación al bibliotecario. Este observó el volumen con una atención que produjo un encogimiento en el estómago de Pol. ¿Se habría dado cuenta del cambiazo? Durante unos segundos pensó que su carrera como ladrón de libros antiguos había acabado antes de empezar. Al cabo de unos segundos interminables, el bibliotecario depositó el volumen en un carrito, anotó la devolución y, sin mayores ceremonias, continuó con su trabajo. Pol, aliviado, se despidió con un *Arrivederci* y se encaminó hacia la salida. No había andado ni dos pasos cuando una voz queda lo detuvo:

—*Signore!*

Pol sintió un breve escalofrío, pero mantuvo la calma. Miró hacia atrás y vio que el bibliotecario señalaba hacia la mesa que había estado ocupando: había olvidado su jersey sobre el respaldo de la silla, eso era todo. Pol lo recogió, agradeció el aviso con una inclinación de cabeza y reanudó su camino.

La última parte del plan había sido resultado de la observación. En principio, la idea de Pol consistía en salir con el original oculto, igual que había entrado con la copia. Sin embargo, había observado que una de las limpiadoras sacaba los cubos de basura exactamente a la misma hora todos los días. Esa tarea rutinaria ofreció a Pol una salida menos arriesgada.

No tuvo que esperar: como cada día, la mujer hizo su aparición con la puntualidad mítica que se atribuye a los trenes en Alemania. Allí estaba, empujando con gesto cansino un carro con dos cubos de basura que vaciaría en los contenedores situados en el exterior. Cuando la limpiadora pasó a su lado, poco antes del control de salida, Pol dejó caer su jersey al suelo. La mujer se apresuró a recogerlo y él, aprovechando ese movimiento, dejó que el volumen facticio se deslizara desde su escondite al interior de uno de los cubos. La bolsa del pecho permitía hacer el movimiento con cierta facilidad, aunque no dejaba de ser el momento más arriesgado de toda la operación. A pesar de haber practicado el movimiento docenas de veces, y aunque sabía de sobra que actuar con naturalidad y rapidez son cuestiones clave, nunca existe la seguridad de que nadie esté mirando. Hubo suerte. Culminada la operación en un segundo, agradeció la devolución del jersey y se dispuso a pasar el último control de salida.

Dos guardias de una compañía privada italiana comprobaban la identidad de todas las personas que salían al tiempo que se aseguraban de que no se llevaran nada «por descuido». Pol aguardó su turno paciente mientras preparaba el documento de identidad falso. Ya frente a los guardias, dejó que revisaran sus pertenencias y les mostró el documento con su mejor sonrisa. Todo iba viento en popa.

—Oye, qué DNI más curioso tienes —dijo de pronto una voz femenina.

Era una mujer joven que hacía cola junto a él. Tenía pinta de estudiante y, por su acento, debía de ser andaluza. Miraba con curiosidad el documento de identidad de Pol. Su aspecto, diferente al usual, le había llamado la atención. Con toda la inocencia del mundo le pidió que se lo enseñara.

—Nunca he visto uno igual. ¿Me dejas verlo?

Pol se quedó sin respuesta por un segundo, sin saber muy bien qué hacer. El guardia entendía el idioma español lo suficiente para saber lo que estaban diciendo. Iba a devolver el DNI a Pol cuando decidió retenerlo para echarle un vistazo más atento. Pol casi podía escuchar los engranajes del cerebro del segurata cavilando sobre si había o no algo raro en ese documento español. Maldijo a la muchacha, que se había convertido, sin pretenderlo, en ese factor de azar que a veces estropea el mejor de los planes.

Es posible que el vigilante solo tuviera el DNI entre sus manos durante unos pocos segundos, pero a Pol le estaban pareciendo horas. Pol pensó que los ojos de aquel tipo se movían como si fueran el lector de un escáner capaz de dilucidar si había o no algún problema. Miró hacia la calle valorando la posibilidad de escapar corriendo. No era muy buen plan. No, desde luego, uno digno de él. Recuperando la compostura, se volvió hacia la chica.

—Es un carné de expatriado —mintió con aplomo—. He vivido muchos años fuera de España y en esos casos te expiden un DNI especial. Especial porque no es el que lleva todo el mundo —se apresuró a añadir, hablando alto y claro para que el guardia pudiera entenderlo—. Pero es muy normal entre la gente como yo.

La chica asintió con una sonrisa deslumbrante. Pol se preguntó si toda la tontería del DNI no habría sido simplemente para ligar con él. Maldita sea, podía haber esperado a estar fuera. Al cabo de unos segundos eternos el guardia devolvió a Pol el documento y este se lo enseñó a la chica como si tal cosa. No quería dejarla sin satisfacer su inoportuna curiosidad.

Dos segundos después estaba en la calle.

Observó desde cierta distancia cómo la limpiadora rodeaba el edificio y vaciaba los cubos en los contenedores situados en un lateral de la biblioteca. Lo hacía sin prestar atención, con la mecánica ausente del que realiza todos los días el mismo movimiento. Luego regresó al interior de la Medicea a continuar su interminable tarea de Sísifo.

Ahora Pol solo tenía que acercarse y recoger, de entre el montón de desperdicios, el libro facticio. Pero el incidente de la puerta le había puesto nervioso. Lo notaba. No era una sensación habitual en él. Tuvo la impresión de que, de pronto, todo el mundo lo miraba. Pero... ¿quién? No había nadie en aquel callejón. Y las cámaras de seguridad de la biblioteca no apuntaban en la dirección de los contenedores.

Se acercó simulando decisión, aunque no dejaba de mirar a un lado y a otro. Se le ocurrió de pronto que quizá lo de la limpiadora no había sido tan buena idea. Podían haberlo pillado al meter el libro robado en el cubo. O la mujer podía haber descubierto el volumen si hubiera realizado su labor de un modo más diligente. Y ahora, ¿qué pensaría cualquier transeúnte si viera a un joven bien vestido, como él, rebuscando en la basura? «Maldita sea», pensó: su ansia por impresionar a Marcos le había hecho cometer errores de valoración. Y eso no era propio de él.

Llegó hasta el contenedor. Dudó si abrirlo. Quizá debería esperar un poco. Pero no quería arriesgarse. ¿Y si los basureros llegaban de improviso? Tampoco podía quedarse allí parado eternamente, eso sí resultaría sospechoso. Miró a un lado. Nadie. Volvió la cabeza al otro extremo de la calle y, a unos cien metros, en la misma acera, le pareció ver de nuevo a la chica. Entornó los ojos para distinguirla mejor. ¿Estaba perdiendo vista? No. Veía perfectamente. Era ella, sí, caminando calle adelante hacia su destino, el que fuera. Y él estaba haciendo lo mismo. Respiró hondo, alejó de su mente el extraño nerviosismo que le había asaltado de improviso y abrió el contenedor. Allí estaba el volumen, bajo un montón de desperdicios. Lo tomó bajo el brazo y se alejó de allí con determinación pero sin prisa. Ni siquiera se molestó en ocultarlo, ya no hacía falta.

Giacomo Pazzi estaría satisfecho.

—Lo estoy, amigos —exclamó el coleccionista un par de horas después—. Más que satisfecho. Debo decir que estaba seguro, querido Marcos, de que tendría usted éxito.

—Bueno... El éxito ha sido cosa de Pol —señaló el aludido—. Yo no habría podido nunca...

—¡Ustedes los españoles siempre tan modestos! Vamos, no se quite mérito. Hacen ustedes una buena pareja. No me importaría contar de nuevo con sus servicios. Hay muchos libros por ahí esperando a alguien que los ame de verdad.

—Señor Pazzi, nosotros hemos cumplido —cortó Marcos incómodo—. No creo que...

—Lo que quiere decir mi amigo —intervino Pol— es que ha sido un placer trabajar para usted y que solo nos falta recibir nuestros... honorarios. —Ya no veía con tan malos ojos el tener un mecenas, algo por otra parte muy característico de aquellas tierras.

—Ah, por supuesto —rio Pazzi—. El dinero... Lo que me recuerda una cosa. Carla, querida. Creo que es hora de que me pagues la apuesta perdida.

Carla, que permanecía sentada junto a Robert di Modica apurando una copa de vino, hizo un mohín de disgusto, como si hablar de dinero fuera cosa de plebeyos. Sin cambiar el gesto, firmó un cheque por mil dólares y se lo tendió a su padre.

—Ahí lo tienes, papá —añadió displicente.

En ese momento Pol alargó la mano y arrebató el cheque a la italiana ante la mirada sorprendida de todos.

—Me lo quedo como un extra por las molestias sufridas —dijo al tiempo que entregaba el cheque a Marcos. Lo consideraba no tanto un extra como una compensación por la humillación que había sufrido su amigo.

Marcos tomó el cheque y se quedó mirando a Giacomo Pazzi, sin saber muy bien qué hacer. El silencio se mantuvo durante varios segundos mientras Pol, divertido, sostenía la mirada rabiosa de Carla clavada en sus ojos. Al fin, Giacomo zanjó la cuestión:

—¡Ja ja! ¡Está bien, quédense el dinero! Su excelente labor lo merece.

—No puedo negar que estoy sorprendida, Marcos —intervino entonces Carla—. Sinceramente, no pienso que tenga usted verdadero talento para robar. Solo es un expoliador de tres al cuarto.

—En eso estamos de acuerdo, señora —aceptó Marcos sin querer entrar en polémicas.

Percibió que a Carla no le gustó que la llamara así, «señora». «Teme el paso del tiempo —pensó Marcos—. Como todos.»

—En todo caso, no cabe duda de que sabe usted buscar buenos ayudantes —zanjó Carla la cuestión mientras miraba a Pol de arriba abajo con un gesto que podría considerarse de admiración, aunque también de repugnancia. Bajo la máscara de maquillaje resultaba difícil interpretar el sentido de sus expresiones.

—En fin, señores. Brindemos por este feliz acontecimiento —intervino Giacomo llenando de vino cinco copas—. Cuando este *Paradiso* haya sido restaurado y ocupe su lugar de honor junto a mi viejo *Purgatorio,* solo esa pequeña librería de Madrid se interpondrá en mi deseo de juntar de nuevo a estos tres hermanos que han pasado demasiado tiempo separados. No se imagina cómo agradezco la casualidad... ¡No! La mano de la Providencia, que hizo que usted encontrara el *Paradiso* perdido, permítame la broma, y que yo lo encontrara a usted, Marcos.

Cinco copas brindaron sin demasiada convicción: cada cual estaba ocupado en sus propios pensamientos. Para Marcos solo había uno.

Los versos del palimpsesto estudiados de manera obsesiva durante los meses previos le estaban gritando algo. Necesitaba ver el resto y nunca tendría una ocasión igual para ello. Pese a su naturaleza apocada, y al hecho de que el señor Pazzi le hacía sentir invariablemente incómodo, reunió el suficiente valor para hacerle una petición.

—Señor Pazzi.

—Dígame, amigo mío.

—Querría... Verá, he observado que el pergamino del *Paradiso* esconde bajo los versos de Dante un... —Marcos dudó un segundo debatiéndose entre su ansiedad como investigador y el deseo de evitar que Pazzi se creyera en posesión de un tesoro mayor del que ya tenía.

—Un palimpsesto —dijo con media sonrisa el italiano.

—Sí, eso es... ¿Cómo lo sabe?

—No lo sabía, aunque lo esperaba. Mi *Purgatorio* guarda en todas sus páginas la impronta de un viejo manuscrito en griego. No es ningún secreto. Puedo incluso prestarle la transcripción realizada hace años por un especialista. Se trata de una *Pasión*, una vida de Jesucristo. Nada valioso. ¡Fue una suerte que alguien decidiera escribir la *Commedia* encima!

—Aun así, me gustaría estudiarlo y, a ser posible, transcribir el texto del *Paradiso*. Por puro interés de experto.

—¡Ningún problema, amigo mío! Considérese mi invitado durante el tiempo que necesite. Es lo menos que puedo hacer por usted. Eso sí, espero que me regale un ejemplar de la transcripción completa.

—Ese tipo de cosas aumenta el valor de las obras —señaló Robert di Modica, que había permanecido callado.

—Por supuesto —concedió Marcos de mala gana.

No había mucho más que hablar, al menos aquel día.

Con unas últimas palabras de cortesía, Giacomo se despidió de ellos:

—Vengan cuando quieran, amigo Marcos y amigo Pol. —Y le guiñó un ojo al joven—. Mis libros están a su disposición.

Los dos españoles iban a salir del *palazzo* cuando Giacomo Pazzi se dirigió a ellos una vez más:

—Antes de que se vayan... Olvidaba que tenía una propuesta más para ustedes —Captada su atención, el italiano continuó hablando—: No hay duda de que componen una pareja delictiva muy eficaz. Y, como han visto, mis pobres *Paradiso* y *Purgatorio* se sienten solos sin la compañía del hermano ausente.

—¿Nos está proponiendo que robemos el *Inferno* Loire? —adelantó Marcos con gesto de incredulidad.

—Le aseguro que sería una posibilidad muy lucrativa para ustedes dos.

—¡Ni hablar! —zanjó Marcos—. Ya hemos cumplido con nuestra parte. Estamos en paz.

—¿De qué habla, Marcos? —preguntó Pol intrigado.

—Nada. Vámonos. Señor Pazzi, ha sido un placer.

—El gusto ha sido todo mío. Se lo aseguro.

No había nada más que hablar. Pol y Marcos se alejaron mientras Giacomo regresaba al salón, donde Robert y Carla apuraban sus copas. Robert, con las mejillas encendidas, se dirigió a su viejo amigo con un tono vacilante poco habitual en él:

—Hablando del valor de las cosas... —empezó el estadounidense, pero se detuvo un instante, como si valorara el peso de lo que iba a decir—. Dos colecciones reunidas siempre valen más que una.

Pazzi se quedó mirando a Di Modica sin entender muy bien de qué estaba hablando. O sin querer entenderlo. Su hija Carla sí captó la indirecta, pero no lo demostró con palabras ni con gestos: como si se representara una antiquísima tragedia griega en la que era a la vez sujeto y objeto, permaneció a la espera.

—Lo que quiero decir, mi querido Giacomo —continuó hablando Robert—, es que... unamos nuestras familias. Dos grandes colecciones de libros, Di Modica y Pazzi, para un mismo heredero común.

El silencio que siguió a esta declaración guardaba implicaciones obvias. Los tres protagonistas experimentaron la misma tensión dramática, aunque en aquel juego las apuestas no eran iguales para cada uno de los presentes.

—¿Me estás pidiendo...? —Pazzi, que notaba como si una llamarada le subiera desde el estómago, no fue capaz de terminar la frase.

—Sí, amigo. Te pido la mano de tu hija.

—¿Te has vuelto loco? ¡Podrías ser su padre! —exclamó, repentinamente fuera de sí, el italiano.

—Pero no lo soy. No te pongas así. Lo que propongo es completamente lícito entre adultos. Los dos somos mayores y a nuestra edad cada año es un regalo que hay que aprovechar. Carla —continuó hablando el librero amcricano, volviéndose hacia la petrificada mujer—, soy un hombre enamorado. De alguna manera, siempre te he querido. No hace falta que te diga que soy un hombre de recursos y que sabré hacerte feliz. Te doy mi palabra...

—Por favor, Robert, para ya con eso —insistió Pazzi haciendo toda clase de aspavientos, como suele pasar con los italianos cuando afrontan situaciones extremas—. Te ruego que abandones mi casa.

—Giacomo, no seas tozudo. Somos viejos. Debemos dar paso a una nueva generación que herede nuestro negocio, que lo entienda y que lo haga crecer. Carla es la persona indicada para engendrar ese heredero. Ella misma, que está en el medio del camino de su vida, en la plenitud de su belleza y de su inteligencia, es la gestora que nuestras colecciones y nuestras empresas necesitan.

Era como si dos reyes medievales se disputaran la mano de la princesa.

—Lárgate, Robert —insistió Pazzi dejando al fin la copa sobre la mesa y dándoles la espalda, como si apartar la escena de su vista la hiciera menos real.

Robert calló, sin saber qué más añadir, y miró suplicante a Carla. La hija de Giacomo parecía una estatua helada. Su rostro maquillado no transmitía emoción alguna. Estaba claro que había dejado hacía mucho tiempo de ser una niña a la espera de un príncipe azul. Si a su edad no se había casado con un buen partido, como es costumbre entre la burguesía de todos los países, tendría sus razones.

—¿Por qué no? —dijo Carla rompiendo el silencio de piedra—. Esto no es, a fin de cuentas, más que un acuerdo comercial. Algo propio de nuestra clase, ¿verdad?

La frialdad de su tono sorprendió a los dos hombres. Giacomo, recobrando la entereza, se volvió hacia su hija con ojos extrañados, pero no acertó a decir nada.

—Acepto el compromiso —concluyó al fin Carla, y estas tres palabras dejaron un eco que se perdió entre los viejos libros que atestaban la sala.

Capítulo 8

SECRETOS ANTIGUOS Y MODERNOS

... y así, del poco dormir y del mucho leer, se le secó el cerebro de manera que vino a perder el juicio.

MIGUEL DE CERVANTES,
El ingenioso hidalgo don Quijote de la Mancha,
primera parte, capítulo I

Algún lugar de Castilla, septiembre de 2001

«Ancha es Castilla.» O «No hay más Castilla; si no, más guerras habría». Estos viejos dichos habían resonado en la cabeza de Marcos mientras atravesaban la desolación de la Tierra de Campos tras la siega. Una llanura inacabable, pelada, en la que los únicos accidentes geográficos, por llamarlos de algún modo, eran las torres de las iglesias. Una tras otra, hasta llegar a la que estaban buscando: el viejo templo, medio románico, medio gótico, de una ciudad provinciana, tal vez solo un pueblo grande, cuyas casas de piedra, muchas de ellas blasonadas, daban testimonio de una gloria olvidada.

—No me puedo creer que sea tan fácil. No puedo, Pol —protestó Marcos—. Y no conduzcas tan rápido.

—Lo va a ver con sus propios ojos. Robar puede ser muy fácil... si nadie espera que vayas a robar.

—Esto no es buena idea. Deberíamos volver.

—Demasiado tarde. Ya estamos llegando. Y no se preocupe. Verá como tengo razón.

Pol dejó el coche en un lugar discreto, entre la plaza Mayor y la iglesia. En los pueblos siempre resulta fácil aparcar. Salvo que estén en fiestas, y no era el caso. Si algo puede vender hoy Castilla es soledad. Pol se guardó las llaves en el bolsillo sin cerrar las puertas. Contempló la iglesia. Se parecía a tantas otras. Y aun así...

—¿No es un poco sacrílego robar en una iglesia? —preguntó Pol.

—Robar libros es un sacrilegio en cualquier parte —sentenció Marcos—. ¿Qué más da el lugar?

Pol asintió. La educación religiosa recibida de sus padres le hizo de pronto sentirse algo cohibido por la idea de robar en aquel escenario. Aunque, si lo pensaba bien, toda su vida había consistido en un rechazo frontal a la norma. Incluida, claro, la religión. Marcos observó con satisfacción que, por una vez, los papeles se invertían: ahora era Pol el que titubeaba ante la propuesta de robar en una iglesia. Pero no duró mucho. El joven ladrón se sacudió esas ideas de la cabeza centrándose en el valor potencial del libro que iban a robar. Un robo para el que Pol había trazado deliberadamente un plan destinado a asombrar a Marcos, aunque no hiciera ninguna falta.

Desde hacía un año Marcos y Pol habían ido consolidando su peculiar sociedad delictiva. Definidos los talentos de cada cual, el primero se limitó a aportar sus conocimientos técnicos y a seleccionar los objetivos mientras la parte operativa de los golpes quedaba en manos del segundo. A Marcos siempre le impresionaba la aparente temeridad de su joven compañero.

—Chico, deberías utilizar esa inteligencia natural tuya para algo bueno.

—Estoy en ello, Marcos. Pero necesito dinero para rehacer mi vida. Algún día conseguiremos un buen botín y nos retiraremos.

—Eso lo he escuchado en muchas películas.

—Vale. Por suerte, esto no es una peli.

Marcos había localizado un par de ejemplares interesantes en el museo parroquial de ese pueblo castellano. Se trataba de dos volúmenes de partituras antiguas de música sacra. No eran piezas únicas ni mucho menos, pero juntas reunían cierto valor por encerrar entre sus páginas varias letras capitulares magistralmente iluminadas con figuras de animales mitológicos. Un material parecido, hasta cierto punto, al mítico bestiario del *Santo Martino.* La diferencia es que estos dos tomos eran menos conocidos y, por ello, no estaban muy bien custodiados.

Tras recorrer el pueblo haciéndose pasar por turistas, entraron en la iglesia. Pol no pudo dejar de sorprenderse ante las escasas medidas de seguridad.

—Marcos, ya no es por los libros —argumentaba—. Aquí hay auténticas joyas. Cálices de oro, relicarios de plata. Es un tesoro en toda regla. Y estas vitrinas pueden abrirse con un cortaúñas.

—Yo qué sé, chico —respondía Marcos—. Confiarán en la ayuda de Dios.

—Pues hacen mal —dijo pensando en sus padres.

Pol no tenía intención de robar más joyas que los libros, un botín que no llamaba la atención. Cada vez que actuaban, fuera en un museo o en una biblioteca, le daba la sensación de que aquello apenas era robar. Es decir, robar de verdad. Marcos no compartía esa opinión, pero cada cual ve la realidad con sus propios ojos, y lo cierto es que su peculiar sociedad con Pol le había devuelto el ímpetu de la juventud.

Si a este le asombraban el valor de los libros antiguos y la falta de cuidados en su custodia, lo que Marcos apenas podía digerir era el exceso de confianza que solía mostrar Pol. Era tan diferente a su propia forma de ser... Y qué decir de lo fantasioso de sus planes, que a veces le parecía que rozaban la locura. Como cuando se ponía a ligar con las bibliotecarias... si eran guapas. «Fortuna ayuda a los audaces», decían los romanos.

Allí estaban, Marcos paseando por la nave central, contemplando los ventanales góticos y listo para intervenir como elemento de distracción si fuera necesario. Y tal vez lo fuera: un grupo de cuatro beatas tan ancianas como el tiempo colocaban flores en el altar mayor. Marcos se puso nervioso: no habían previsto esa posibilidad. ¿Es que las creyentes no duermen la siesta?

Miro a Pol, pero su joven compañero parecía tan tranquilo, como si en aquel lugar no hubiera absolutamente nadie más, salvo quizá el Altísimo, por supuesto. Asustado, el erudito reconvertido en ladrón sintió que el sudor le corría a chorros por la espalda, y no debido al calor de la tarde castellana. Temiendo que las mujeres los descubrieran, se acercó a ellas y decidió abordarlas. A fin de cuentas, esa era su misión.

—Buenas tardes, señoras. ¿Serían tan amables de indicarme el horario de las misas?

—Buenas tardes —le respondió la que parecía llevar la voz cantante, una señora bajita con el pelo gris ceniza—. Pues va a tener usted que esperar, que el cura atiende a varios pueblos de la comarca y aquí solo viene los domingos.

—Y ya podemos dar gracias al Señor —recalcó otra, con el pelo blanco y unos cuantos dientes de menos.

—Pues... muy amables.

No se le ocurrió qué más decir, por lo que se inclinó para despedirse e incluso hizo ademán de quitarse un sombrero que no llevaba.

Buscó a Pol con la vista y lo encontró deambulando por la zona de las vitrinas.

—Marcos, es usted un *crack.* Menos mal que le tengo para quitarme de encima a los sabuesos. O sabuesas, en este caso.

—Déjate de bromas, muchacho.

—No se preocupe: cuando salgamos de aquí, los dos antiguos códices orgullo de la parroquia serán solo un recuerdo. Se llaman «códices», ¿no?

—Esto... Sí, claro. En origen, era el nombre de las tablillas de madera de árbol sobre las que escribían los romanos antiguos. Pero luego, por extensión, se aplicó al tipo de libro que apareció en Roma hacia el siglo primero de nuestra era, sustituyendo a los antiguos rollos que...

—Hablando de rollos... ¿Qué le parece si empezamos lo que hemos venido a hacer?

—Vale. ¿Qué hago?

—Nada. Mirar cómo actúo y seguirme el rollo si es necesario.

—Te confías demasiado. Robar es algo serio y tú te lo tomas a broma.

—En absoluto, Marcos: el humor es una cosa muy seria.

—Espero que hayas madurado bien tu plan.

Pol continuó su exploración del museo, que no era más que una pequeña exposición en vitrinas a la entrada de la sacristía. Las que guardaban los cálices y otras reliquias sagradas estaban conectadas a una alarma, pero no los atriles de los códices, que estaban allí, al alcance de cualquiera.

Marcos se preguntó qué pensaba hacer, pues el joven, harto de incredulidades, no le había desvelado ni el más mínimo detalle. Así que permaneció a la expectativa, pero ni siquiera en esa situación pudo resistirse a sus costumbres de erudito. En una de las vitrinas, colocado sobre un maniquí reciclado de las rebajas de algún gran almacén, se exhibía una casulla del final de la Edad Media. Era una prenda espléndida, seda bordada en oro, un trabajo intrincado en el que Marcos reconoció la labor de un artesano mudéjar. Y no tanto por sus conocimientos sobre el particular, que los tenía, sino porque en el bordado que recorría el cuello de la prenda sacra observó, con total nitidez, cómo el artífice había bordado la profesión de fe del islam: *La ilah illa Allah wa Muhammad rasul Allah.*

—No hay más dios que Alá, y Mahoma es su profeta —murmuró en voz muy baja el erudito.

Sonrió para sus adentros, pensando en la peculiar venganza del artesano musulmán obligado a convertirse, cuando se encontró con que Pol se dirigía ya a la salida del templo. ¡Y llevaba bajo su brazo derecho, como el que lleva una caja de *pizzas* vacía, los dos códices. Ensimismado como estaba, ni siquiera se había percatado del golpe. Si es que aquello podía llamarse así.

Corrió tras él tanto como le dieron las piernas, pero se detuvo de golpe cuando vio que dos personas entraban en la iglesia. Los habían pillado. Iban a acabar en un calabozo de la manera más tonta. Marcos no pudo evitar un pensamiento: «Mira que se lo dije». Tampoco pudo evitar una reacción natural en el que no está acostumbrado al delito: se ocultó detrás de uno de los grandes pilares de piedra de la nave central y, desde allí, se dispuso a observar cómo Pol era descubierto, denunciado y detenido. Tal vez él podría salvarse si no llegaban a verlo.

Los recién llegados eran un hombre y una mujer, ambos de mediana edad. Al cruzarse con ellos, Pol les dedicó un cortés «Buenos días» y siguió su camino como si tal cosa. Marcos continuó en su escondrijo paralizado por el terror. Le habría gustado fundirse con la piedra del pilar, formar parte de aquella obra para siempre. Lo que fuera con tal de estar a salvo. Esperó. Estaba seguro de que en cuestión de unos segundos se iba a escuchar algo como: «Un momento, ¿qué lleva usted ahí?».

Pero no pasó nada.

La pareja ni siquiera era del pueblo. Eran turistas de interior, de los que aprovechan un día libre para darse una ración de cultura y luego otra de cordero. Antes de que llegaran al altar mayor habrían olvidado la cara de Pol, incluso que se habían cruzado con alguien al entrar en la iglesia.

Avergonzado por su cobardía, Marcos salió a la calle. En ese preciso momento Pol dejaba los dos libros en el maletero del coche como si nada. La tranquilidad de su cómplice le puso incluso más nervioso de lo que ya estaba. ¿Cómo se las arreglaba ese endiablado muchacho? Debería haberse dedicado a la prestidigitación. O, con esos nervios tan templados..., ¿a artificiero?

Sin decir palabra, cada uno entró en el coche por su lado, Pol arrancó y enfiló la carretera en dirección a Madrid. Hasta que no se alejaron treinta kilómetros Marcos no se atrevió a pronunciar palabra.

—¿Cómo lo has hecho?

—¿No lo ha visto? Me he limitado a cogerlos de sus atriles. No había mucho más que hacer.

—Pero, pero... Podrían haberte visto. Había bastante gente. Las viejas, los turistas...

—Las buenas señoras estaban a lo suyo, ganándose el cielo. Y la pareja... ¡Bah! Seguro que el tipo está todavía mareando a la mujer con sus conocimientos del arte gótico adquiridos a toda prisa en una enciclopedia barata. Marcos, actuar con naturalidad es la clave. Solo te tomarán por un ladrón si actúas como un ladrón. Lo de esconderse tras el pilar, por ejemplo... Mala idea.

—Ya...

Pol y Marcos, la extraña pareja...

—Es increíble que se pueda ganar tanta pasta con libros viejos.

—No es lo mismo «libro viejo» que «libro antiguo» —le corrigió Marcos aliviado de cambiar de tema—. Aunque hay una frontera difusa y no está claro si ciertos libros son antiguos o solo viejos, en general la cosa está bastante clara. Los libros de menos de un siglo son viejos. Los que tienen más tiempo, son antiguos. Y la antigüedad es un valor, pero no el único determinante, ni siquiera el que más, salvo que hablemos de libros del siglo XVI o anteriores, incunables, postincunables. Entonces sí, casi seguro que serán de gran valor. Pero también influyen el tema, las ilustraciones, el tipo de letra, la rareza del ejemplar... ¡Incluso el lugar de la impresión! Vale más un libro antiguo impreso en Noruega que otro de la misma época impreso en Venecia.

—¿Y eso por qué?

—Porque había más imprentas en un barrio de Venecia que en toda Noruega. La rareza es lo fundamental.

—¿Por qué los llaman «incunables»?

—Ah, eso... Hay algunas teorías. La palabra viene del latín y significa «en la cuna». Se supone que fue Cornelius

Beughem, o tal vez Bernhard von Mallinckrodt, quienes llamaron así, ya en el siglo XVII, a los libros impresos antes del día de Pascua de 1501, que entonces era el de Año Nuevo.

—No explica mucho, en realidad, pero yo lo que usted me diga. Mientras sigamos ganando dinero...

—Muchos libreros anticuarios se ofenderían si les dijeras que son de viejo.

—Bueno. Procuraré no molestarlos con ese detalle.

A Marcos, que nunca había vivido en la abundancia, pero tampoco había pasado estrecheces, le costaba entender lo que el dinero significaba para un chaval como Pol.

La conversación siguió en un tono parecido hasta llegar a la autopista. Solo entonces Marcos hizo una pregunta que le quemaba en la boca:

—¿Y siempre va a ser así de fácil?

—Por supuesto que no, Marcos. Cada robo cambia las reglas del juego. Las medidas de seguridad aumentarán y se hará más complicado. Pero eso ocurrirá despacio y, mientras tanto, podemos ganar mucho con esto.

Madrid, 24 de agosto de 2009

Marcos, en su casa, se miraba al espejo intentando adivinar alguna emoción en su rostro, pero no lo conseguía. Solo observaba las señales del paso del tiempo. Se le antojó que su cara se iba pareciendo cada vez más a esos pergaminos que tanto veneraba, a la vez que su visión se volvía más quebradiza. ¿Sería posible que no sintiera nada? El funeral de Pol iba a tener lugar esa misma mañana, una ceremonia sencilla en el cementerio de La Almudena a la que asistiría tan solo la familia y unos pocos amigos. Por desgracia, los cuerpos de los fallecidos habían quedado completamente calcinados, en particular el de Pol, cuyo asiento en la avioneta, justo detrás del piloto, se encontraba en la zona más afectada por el impacto. Marcos no quiso dar detalles a Laura a este respecto, aunque tal vez debería haberlo hecho para sentir algo, aunque fuera a través de las lágrimas de ella.

Desde el día del accidente solo podía pensar en dos cosas: la nota misteriosa que alguien envió a Laura y el pergamino final del *Paradiso,* esa hoja que de forma tan dramática acababa de regresar a sus manos. Podía recordar con toda nitidez el día, años antes, en que se lo regaló a Pol. Se lo dio de corazón, como reconocimiento a... ¿Qué importaba ya? La amistad, el esfuerzo, la aventura... Era como si todo se desvaneciera con la desaparición del otro. Aunque sabía que no llevaba bien anudada la corbata, Marcos no quiso mirarse de nuevo en el espejo, como si temiera estar incompleto, falto de ese trozo de su vida que Pol se había llevado con él.

De camino al cementerio intentó sin éxito concentrarse en el suceso del día. Solo el maldito pergamino y el aún más maldito palimpsesto que había estudiado con tanto detalle en la casa de los Pazzi llenaban su cabeza. «Cuánto esfuerzo para nada», pensó. Una vida de Cristo en griego, eso escondía el palimpsesto. Nada excepcional. Y, sin embargo, permanecía esa sensación familiar, la de que había algo más que se le escapaba.

Al llegar al pórtico neomudéjar de la necrópolis madrileña le invadió por un momento una intuición: ¿y si la clave final se encontraba en el manuscrito Loire? Y si fuera así, ¿qué? Ya no podría cotejar el texto desaparecido, robado por Dios sabe quién. Dudaba que fuera a aparecer jamás, pues el enigma de la nota estaba más allá de su comprensión. Al menos nadie podría alegar que no lo había intentado.

Llegó a la sala donde se celebraría el oficio por Pol, exactamente igual a tantas otras del cementerio, solo distinguible por su número, una cifra dorada sobre el marco de la puerta. En el interior aguardaba una docena de personas, la mayor parte antiguos amigos del reformatorio, como Tony, además de los padres, Tatiana, Laura y... poco más. «Una concurrencia singular para despedir a una persona singular», pensó Marcos, un poco avergonzado por haber llegado el último.

Laura se acercó a recibirlo. Vestida de negro, pero de forma discreta como el propio Marcos, era una nota discordante con el resto de estrafalarios asistentes. Tony y otros antiguos colegas se habían acicalado para la ocasión con trajes baratos, los mismos que usarían para ir a las bodas. En el centro destacaba una pareja de mediana edad que Laura presentó a Marcos como los padres de Pol. Era la primera vez que los veía. Pol no solo había evitado siempre hablar de ellos: es que ni siquiera tenía una foto, al menos no a la vista.

Parecían cohibidos o extrañados, como si aquello no pudiera ocurrir o, más bien, como si no fuera con ellos. A Marcos le llamó la atención su vestimenta. Pretendía ser formal, pero mostraba un toque *hippy* que parecía fuera de lugar. O quizá fueran él y Laura los que se habían equivocado eligiendo el luto convencional. Por un momento Marcos, enfundado en su elegante traje oscuro, tuvo la sensación de ir vestido como un enterrador. «Solo me falta el sombrero de copa», pensó. Y se preguntó, como le había pasado en otras ocasiones similares a lo largo de su vida, por qué en los funerales le resultaba tan fácil bromear con la muerte.

Marcos estrechó de manera maquinal la mano del padre y dio dos besos a la madre. Comprobó que Pol era el vivo retrato de su padre, aunque con los ojos oscuros de ella. A continuación saludó a Tatiana. Si el atuendo de los padres le había parecido poco adecuado, el de la lituana podía considerarlo directamente festivo. El viejo bibliófilo no sabía qué opinar mientras saludaba a la viuda de Pol: ¿sería que las personas de los países del este europeo tenían un gusto particular a la hora de vestirse para las ocasiones solemnes? ¿O es que la atractiva joven era, por decirlo con rapidez, una hortera? Aupada sobre unos tacones de lo que a Marcos le parecieron veinte centímetros, más propios de una gogó discotequera que de una viuda, el resto de su ropa le resultó, como poco, extravagante: una fantasía de traje de chaqueta morado brillante, un gran crucifijo sobre el escote, muy generoso, y un sombrerito con un velo corto, como de viuda de película de serie B. Marcos decidió que era mejor la primera opción: «Los exsoviéticos, como los yanquis, no saben vestirse». Sin embargo, esta posibilidad no excluía la segunda.

No se dedicó más a ese particular, sin embargo, pues en el preciso momento en el que el sacerdote iba a comenzar la misa de difuntos el escaso público se vio aumentado en una persona más: alguien de infausto recuerdo tanto para Marcos como para Laura, aunque para cada cual por razones diferentes. Carla di Modica, vestida de negro con un traje de corte masculino que sin duda valdría una fortuna, entró en la sala y, perfecta conocedora de las convenciones sociales, saludó primero a los padres, luego a la viuda y por último a Marcos y Laura. Ignoró al resto. ¿Qué hacía esa mujer allí? ¿Quién la había avisado? A Marcos le sorprendió comprobar cuánto había cambiado desde la última vez que la vio, durante su boda con

Robert. No hacían falta muchas dotes detectivescas para colegir que la rica italiana había dedicado los últimos años a pasar por el quirófano para mejorar su aspecto. O al menos con esa intención, ya que los resultados eran, por decirlo con suavidad, dudosos. Lo primero que llamaba la atención era el pecho, aumentado en un par de tallas. Y luego el rostro, convertido en una máscara de apariencia gatuna en el que a Marcos le costaba reconocer los rasgos naturales de la hija de Giacomo Pazzi.

La voz del sacerdote resonaba monótona en el interior de aquella sala rectangular desprovista de la menor cualidad sagrada. Marcos tuvo la impresión de que el hombre se limitaba a mover los labios sin emitir sonido alguno, que la letanía que escuchaba no era sino el eco de una ceremonia mil veces repetida, un día tras otro, en ese mismo escenario. Miró a Laura y le pareció perdida en un mundo lejano, con los ojos apenas abiertos clavados en el suelo.

Vilna, octubre de 2005

Hacía frío en la capital lituana, un frío que sorprendió a Pol al salir del avión en mangas de camisa. En Madrid, en otoño, suele hacer buen tiempo. Pero allí, en aquella desolada terminal de inequívocos aires soviéticos, soplaba un viento helado que parecía proceder del mismo Polo Norte.

Aunque el frío que notaba tal vez no fuera tanto fruto de los elementos como de su propio ánimo. En los meses transcurridos no había superado la ruptura con Laura. ¿Qué tenía esa chica que le llenaba tanto la cabeza? Había conocido a muchas mujeres..., ¿por qué le obsesionaba en concreto la librera? No era capaz de encontrar respuesta.

Recogió su equipaje y salió en busca de un taxi. Cuando ya se dirigía al primero de la fila, se adelantó un coche particular. El conductor, en un inglés dudoso, le propuso llevarlo a donde quisiera por cinco dólares. Pol no aceptó la oferta. No tenía miedo, pero había oído demasiadas historias sobre estos taxistas piratas y prefirió subir a un vehículo que, por lo menos, mostrara la licencia oficial. Una vez a bordo no estuvo muy seguro de haber acertado, pero no llevaba nada que un ladrón corriente considerara valioso. ¿Quién iba a robarle un puñado de libros?

Con frío o sin él, no iba a envejecer en Vilna. Había quedado esa misma tarde con el contacto para colocarle el lote que había llevado a la capital lituana, fruto de un golpe dado en solitario, pues la relación con Marcos se había resentido en los últimos tiempos. No quería admitirlo, pero la ruptura con Laura había trastocado todo su mundo, como llevado por un efecto dominó.

Al menos aquella vez había conseguido un buen botín y no tenía que compartirlo con nadie: libros antiguos de monterías y doma de caballos, muy del gusto de los coleccionistas estadounidenses. Entre ellos el *New Feldt und Ackerbaw* de 1602, una curiosa obra de caza, pesca y cetrería repleta de ilustraciones; el *Cosmus Med*, un compendio de imágenes de caza y cosas extrañas publicado en 1578; el clásico de cetrería *Le Miroir de Fauconnerie*, de 1650, también profusamente ilustrado, y *The Historie of Foure-Footed Beastes*, un curioso bestiario de 1607 cuyo precio podía superar los seis mil euros, el doble que cualquiera de los otros ejemplares. Lo que les daba más valor a todos ellos eran las figuras iluminadas de animales imaginarios o hasta imposibles, en unas obras en las que el propósito documental no era incompatible con la más pura ficción. En conjunto, unas cuantas piezas interesantes, de procedencia muy variada, que podrían atraer a los mejores coleccionistas de libros antiguos. Antiguos, y no viejos: una lección que a esas alturas Pol había aprendido muy bien. Como en otras ocasiones, Pol no sabía quién iba a ser su comprador. No era un detalle importante. Lo que contaba era el dinero, y en ese sentido a Pol le daba igual de dónde viniera. Solo sabía una cosa: su contacto era una mujer con la que había hablado por teléfono y que le había proporcionado una dirección para la cita. La misma dirección que Pol dio al taxista.

No tardó en llegar. Vilna no es una ciudad demasiado grande y, aunque el tráfico es a veces enloquecido, las distancias son cortas. Pol abonó la tarifa que le pedía el conductor y descendió del vehículo sin soltar en ningún momento su maleta cargada de libros. Echó un vistazo a su alrededor. En la dirección solo había un local que incluso con los carteles escritos en un idioma desconocido para Pol no dejaba dudas sobre su catadura. Hay un lenguaje universal que identifica los prostíbulos en todas partes. Incluso si son de lujo, como parecía aquel, hay cierta sordidez que refleja la verdadera naturaleza de lo que se cuece en el interior. Tampoco tenía alternativas, así que llamó a la puerta con decisión. Un segundo después estaba dentro, recorriendo tras la espalda de un enorme portero con pinta de matón un pasillo tan oscuro como repleto de espejos. Aunque el local estaba cerrado a esas horas, y no había por allí ninguna chica ni tampoco clientes, la decoración de la sala, a medio camino entre discoteca de pueblo y garito de última moda, acabó de despejar cualquier duda respecto al tipo de negocios que se hacían allí.

Una mujer solitaria lo esperaba en la barra. Era joven y atractiva, y vestía con la peculiar elegancia de las prostitutas caras. Su maquillaje era tan excesivo como su carga de complementos y adornos. Si Marcos hubiera estado allí le habría venido a la mente la imagen de alguna diosa antigua cubierta de abalorios. Pero Pol, menos experto en ese tipo de conocimientos, solo pudo pensar una cosa: «Es guapa..., pero también un poco hortera».

—Hola, bienvenido —lo saludó la mujer en un castellano de acento algo tenso—. Me llamo Tatiana. Hemos hablado por teléfono.

—Mucho gusto. Yo soy Pol. Y aquí traigo...

—¿Quiere tomar una copa? —lo interrumpió la mujer con una sonrisa que a Pol le pareció típica de una profesional.

—No me vendrá mal, aunque no quisiera entretenerme.

—Veo que le gusta..., ¿cómo dicen ustedes?

—Me gusta ir al grano.

Por la cara que puso Tatiana, Pol entendió que no era esa la expresión que buscaba. No le importó. Abrió la maleta y dejó que la mujer examinara el lote. Quería acabar cuanto antes, regresar a Madrid con el dinero y..., ¿y qué? En los últimos meses había ganado mucha pasta robando libros casi a destajo y colocándolos a toda velocidad. Luego... Luego no sabía qué hacer con esas ganancias. Siempre el puñetero dinero de por medio, molesto cuando no se tiene, pero también cuando se tiene. Nunca llega a tiempo y siempre es demasiado poco. Laura...

Tatiana sacó a Pol de esos pensamientos que no dejaban de darle vueltas en la cabeza:

—Veo que está todo.

—Así es. Si me paga, me iré cuanto antes. Mi avión sale esta misma tarde.

—Es una pena que tiene que irse tan rápido —le respondió ella tendiéndole un sobre junto a una sonrisa embriagadora.

Pol hizo el gesto maquinal de guardárselo en la chaqueta, pero corrigió el movimiento sobre la marcha para comprobar la cantidad. ¿Fue intuición o la desconfianza propia del profesional experimentado?

—Esta no es la cantidad que acordamos —protestó Pol al analizar el contenido—. Ni de lejos.

—Es cierto —admitió la lituana taladrando a Pol con una mirada que podría ser seductora, aunque también venenosa—. Pero tenga en cuenta que es un lote peligroso. Me costará mucho sacarlo de Lituania para llevarlo a Nueva York. —Al decir esto, Tatiana perdió la sonrisa, como si hubiera cometido un error al mencionar el destino de los libros.

A Pol no le importaba dónde fueran a parar, aunque le mosqueaba el secretismo con el que se mueven a veces los libreros anticuarios. A fin de cuentas, podía haber ido él mismo a Nueva York... Salvo que el comprador, por supuesto, deseara mantenerse en el anonimato. Pol imaginó que era esa, y no otra, la razón de su presencia en Vilna.

—Eso ya lo sabía usted, o la persona para quien trabaje, antes de hablar conmigo. Son libros robados, no caramelos. Siempre hay un riesgo.

—Esperaba que diga algo así —prosiguió Tatiana, cuyo castellano no alcanzaba a manejar con soltura los subjuntivos—. Sin embargo, no olvide que no está en condiciones de negociar. Mi representado cree que la oferta es generosa. Es más, es la única que va a recibir. No pienso que puede usted volver a pasar el control de seguridad del aeropuerto con esos libros en la maleta sin que ocurra... algún incidente desafortunado.

—¿Me está amenazando?

Tatiana se limitó a sonreír de nuevo y Pol sintió un cosquilleo en el estómago. ¿Existe en algún lugar una escuela donde enseñan a las chicas guapas a sonreír así? Se guardó el cheque al portador en la cartera tras comprobar que estaba debidamente conformado por un banco solvente. La lituana también permaneció callada. Ahora eran sus ojos los que sonreían, y en ese momento Pol estuvo seguro de que sí, de que existía esa escuela. Tatiana rompió el silencio:

—Ha hecho bien en aceptar la oferta. Ahora... ¿quiere esa copa?

Horas después Pol se levantaba en la cama de un hotel de Vilna. Tatiana dormía desnuda en medio de un revoltijo de sábanas. Miró el reloj y comprobó que su avión ya había partido. «Qué más da», pensó. Era joven, estaba sano y acababa de hacer el amor con una preciosa mujer que le había timado una buena cantidad de dinero. Son cosas que no le pasan a todo el mundo... Este pensamiento no le consoló: echaba de menos a Laura y se había acostado con aquella mujer por resentimiento, sin experimentar el menor placer. Tal vez aún podría arreglar las cosas.

Echó un vistazo por la ventana. Una calle como otra cualquiera. Desde que conocía a Marcos había viajado mucho y había comprobado que, dejando aparte los monumentos de las postales, las ciudades modernas tendían a ser copias unas de otras. Las mismas tiendas, los mismos coches, la misma música y gente distinta vestida de la misma manera. Bueno, quizá así era más complicado perderse.

Pensó en Laura de nuevo. Y en todas las promesas no cumplidas, tantos «últimos golpes», tantos «tengo que cambiar de vida». Desde que acabó la carrera un año antes se había propuesto colgar el título de la pared para recordarse a sí mismo que ahora podía tener otro futuro. Pero no lo había hecho, demasiadas entrevistas de trabajo terminadas con un «Ya le llamaremos». Siempre encontraba alguna excusa para no coger un simple martillo y una alcayata. ¿Sería verdad eso de «genio y figura»? No le gustaban los refranes ni tampoco defraudar a la poca gente que lo quería de verdad. Se preguntó si podría arreglar los errores cometidos con Laura y solo le respondió el ruido del tráfico de Vilna.

La calle estaba viva y eso le devolvió el ánimo. No vale de nada ser fatalista. Aún notaba en sus labios el sabor de Tatiana cuando pensó que ya era hora de ir devolviendo alguno de los golpes que le había dado la vida.

Madrid, 24 de agosto de 2009

Las últimas palabras del oficiante sacaron a Laura de su ensueño. Su mente había estado viajando a la velocidad de la luz. ¿Qué hacía con toda esa gente desconocida?, se preguntó. Los padres de Pol le parecían dos marionetas incómodas que habían acudido por puro compromiso, sin saber en realidad qué papel desempeñaban en una tragedia que, por sus expresiones, no parecía guardar relación con sus vidas. Observó también a Carla, esa mujer de aspecto tan raro, deformada por el bótox y el bisturí... Apenas había tenido ocasión de conocerla durante el viaje que hizo con Pol a Nueva York un mes atrás. Un viaje de consecuencias desagradables que quiso borrar de su cabeza, aunque no pudo evitar una idea que, de algún modo, le latía en la mente: ¿quién iba a imaginar que las cosas acabarían de forma tan trágica apenas unas semanas después? La presencia de la muerte es tan cotidiana que acabamos por pensar que somos inmortales para luego descubrir asombrados que no es así.

Tatiana..., ¿quién era? Laura se sorprendió sintiendo

un ramalazo de celos: «Viste como una hortera. ¿De dónde habrá salido?».

Al concluir la ceremonia fúnebre, Tatiana quiso llevar a los padres de Pol al piso de su hijo. Ellos, sin embargo, se excusaron aduciendo que debían volver con rapidez a Valencia para atender ciertos ejercicios espirituales en los que era ineludible su presencia. Laura observó la escena sorprendida de quedar aparte, como si el universo de Pol ya no le perteneciera. ¿O es que no le había pertenecido nunca? Ajena a esto, la lituana no insistió y quedó con los padres para una fecha próxima.

Decidida a tomar un taxi junto a Marcos para regresar al centro de Madrid, Carla apareció de la nada y se interpuso:

—Por favor, permitid que os lleve yo —ofreció la italiana en un castellano con marcado acento italiano.

—No es necesario —le respondió Laura, que no deseaba más que quedarse a solas.

—Insisto. No es solo por amabilidad —añadió Carla en el estilo directo que la caracterizaba—. Querría hablar contigo. Tengo una propuesta que hacerte. De librera a librera.

—Podemos quedar mañana en Loire y...

Las palabras se congelaron en la garganta de Laura. Allí, vagando entre las tumbas como un visitante más, estaba el hombre sin pelo, el matón que la había agredido pocos días antes. Atemorizada, hizo una seña a Marcos, quien también se apercibió del peligro.

—Aceptamos su gesto, señora Di Modica —intervino Marcos con un tono en exceso formal acercándose al vehículo—. Sin embargo, deberá disculpar a mi amiga. Como comprenderá, se encuentra devastada por la tragedia.

—Lo entiendo muy bien —respondió Carla con una mueca que pretendía ser una sonrisa—. Os acercaré a donde gustéis y nos veremos mañana por la mañana en Loire.

Cuando llegó a casa, media hora más tarde, Laura sentía un agotamiento insuperable. Se despidió de Marcos y subió hasta su piso jadeando, no tanto por el calor como por una sensación opresiva que le llenaba el pecho. Le dio la impresión de que las escaleras formaban un muro vertical y tuvo que cerrar los ojos para afrontarlas. Dejándose guiar solo por sus pies, llegó a su piso con las fuerzas justas para derrumbarse en el sofá, sin aliento.

Un estruendo repentino la despertó horas después. Caía la tarde, pero el cielo estaba mucho más oscuro de lo normal, como si la noche hubiera llegado antes de tiempo. Se asomó y vio que el cielo de Madrid se había cubierto de nubes de tormenta. Un nuevo relámpago iluminó las tinieblas y un par de segundos después un trueno potentísimo hizo temblar los cristales. «No vendría mal una buena lluvia», pensó, aunque de momento la agitación eléctrica del aire no hacía sino aumentar el calor. Empapada en sudor, Laura fue a encender el aire acondicionado para comprobar estupefacta que la máquina no obedecía sus órdenes.

—¿Otra cosa más que no funciona? —preguntó en voz alta.

No esperaba respuesta, pues ya la conocía: cuando las cosas vienen mal dadas, suelen acudir todas a la vez.

Un tercer trueno sacudió de nuevo los cristales e incluso retumbó en el interior de la caja torácica de Laura, lo que le hizo sentirse vacía por dentro. Con el cuarto trueno, el cielo se rompió del todo y empezó a soltar una granizada como Laura no recordaba haber visto en su vida, a pesar de que el granizo en Madrid siempre cae en lo peor del verano.

Hielo sobre la ciudad. Y con él, de manera paradójica, aún más calor. ¿Qué le quedaba a Laura para el resto de su vida, más allá de esta marea de hielo abrasador?

Capítulo 9

EL PRECIO DE LOS LIBROS

> ... la medicina de la que en ellos [los libros] se hablaba son los buenos consejos y el saber; y los muertos que resucitan [...] son los necios que no saben, cuando son curados en el saber.
>
> ANÓNIMO, «De cómo el rey Sirechuel envió a Berzebuey a la India», *Calilal y Dimna*

Nueva York, 29 de julio de 2009

Pol y Laura habían vuelto a encontrarse, como siempre, en una mezcla de reproches, complicidades y caricias. Había algo de eterno retorno en su ir y venir, igual que en tantas otras cosas de la vida: la crisis financiera sempiterna de Loire o el enésimo último robo de Pol, el definitivo. Mientras el piloto realizaba las maniobras de aproximación, Laura, que apenas había pegado ojo, contempló el océano y los perfiles de la Gran Manzana pensando que su relación con Pol era como el cemento que empastaba las cuitas del uno y la otra, dos soledades que se habían encontrado de la forma menos ortodoxa imaginable y que ahora se complacían en repetir ese encuentro.

Dejaron las maletas en el hotel, un alojamiento aceptable no lejos del centro de Manhattan, y a continuación partieron hacia la cita. Pol había vendido a Laura la idea de un viaje romántico a la capital del mundo. Pero el romanticismo no está reñido con los negocios y Pol siempre tenía libros que vender.

Los rascacielos parecían sucios bajo la lluvia de verano. Mientras recorrían la Séptima Avenida hacia Central Park en uno de los célebres taxis amarillos de la Yellow Cab Co., Laura tuvo esa sensación que embarga a millones de visitantes todos los años: la certeza de que, pese a no haber estado nunca allí, todo resulta familiar en Nueva York. La había visto tantas veces en el cine que le parecía haber paseado ya antes por ella.

Al llegar junto al inmenso parque que domina el centro de Manhattan la lluvia cesó. Pol ordenó parar al taxista y propuso a Laura hacer a pie lo que faltaba de camino. Ella accedió encantada y, sin prisa, pasearon hasta el edificio donde se encontraba la librería Di Modica, una mole de ladrillo negro sobre cuya fachada resplandecía, en letras doradas, el apellido del bibliófilo.

La librería ocupaba una planta entera a la que se accedía tras una doble puerta de vidrio situada frente al ascensor. A Laura le llamó la atención el aspecto funcional y moderno de Di Modica. No esperaba una librería al estilo europeo, polvorienta, llena de anaqueles desde el suelo hasta el techo, con los estantes algo combados por el peso de los libros y los años. Sin embargo, no pudo evitar sorprenderse ante la forma sinuosa de las estanterías, el colorido vibrante de las paredes, el mobiliario de diseño en el que los clientes analizaban a sus anchas los volúmenes que les resultaban de interés. Incluso más que el escenario le impactó, precisamente, la clientela: gente joven, de aspecto desenfadado y, sin lugar a dudas, con dinero para gastar. Nada que ver con el coleccionista europeo habitual, más mayor y más cargado de cultura que de euros. Si Loire parecía un salón decimonónico con sus lámparas de araña, la casa Di Modica recordaba más bien a la sala de ocio de un centro tecnológico.

Pol preguntó por Carla a un dependiente. El joven, muy elegante, consultó la hora de la cita y, tras asentir, acompañó a la pareja hasta una escalera imperial que contrastaba con el resto de la decoración. Por el aspecto del mármol, Laura estuvo segura de que no se trataba de una reproducción, sino de una obra traída pieza a pieza de algún viejo castillo o palacio europeo. Tras subir los cómodos escalones de piedra que llevaban a la planta superior, el dependiente los condujo hasta un despacho decorado con austeridad minimalista. Sendas obras de Jackson Pollock y Damien Hirst constituían el único toque de color sobre un universo de paredes blancas.

El único, aparte de la propia Carla, por supuesto. Vestida con un traje de chaqueta rojo muy llamativo se levantó a recibir a sus invitados. Saludó primero a Pol con dos besos lanzados al aire que pasaron rozándole las orejas. A continuación el hombre presentó a las dos mujeres.

—Laura, ella es la famosa Carla Di Modica. Carla, te presento a mi amiga Laura Loire.

El aspecto de Carla era en exceso elegante para la reunión, pero sus formas eran amables, casi cálidas. Laura no dejó de percibir los efectos del bisturí en un cuerpo tal vez demasiado neumático y coronado por un rostro de aspecto felino, artificial y, al mismo tiempo, convencional, parecido al de tantas otras mujeres ricas aficionadas al bótox y al colágeno. Laura le tendió la mano pensando que lo único que había en Carla de famosa era el apellido prestado de su marido, la marca de una de las librerías anticuarias más importantes del mundo. Carla devolvió el saludo ofreciendo a Laura una mano fláccida mientras miraba a la española con lo que podría considerarse un gesto de sorpresa, aunque bajo la espesa capa de maquillaje resultaba difícil interpretar la expresión de la italiana.

—¿Loire? —preguntó—. ¿Algo que ver con Jean Loire?

—Sí. Era mi padre.

—Vaya... Es increíble. Qué casualidad. ¿Sabes que mi padre, Giacomo Pazzi, quiso comprar vuestro *Inferno* hace años?

—No... No lo sabía —mintió Laura—. Aunque es normal: recibimos bastantes ofertas.

—¿Todavía lo conservas? —preguntó Carla con malicia, pues conocía bien la respuesta.

Laura asintió sin añadir nada. Aunque se había hecho la despistada, conocía de sobra el interés de los Pazzi por el *Inferno* Loire. Giacomo también la había ido a visitar en el pasado.

—¿Cómo está Robert? —preguntó Pol queriendo cortar la tensión que se empezaba a percibir entre las dos mujeres. Además, le pareció extraño que no estuviera presente el dueño de la librería.

—Ah, Robert... El pobre se siente ya demasiado mayor para atender el negocio. Yo me ocupo de todo en la actualidad.

Pol no había vuelto a ver a Robert desde el robo del *Paradiso*, pero había mantenido contacto con él a través de Marcos, siempre para colocar algún libro que otro. Sabía también que poco a poco Carla se había ido haciendo con el control de la prestigiosa librería y que, en todo caso, el propósito de Robert de dar un heredero común a las colecciones Pazzi y Di Modica no había llegado, al menos hasta ahora, a buen puerto.

—El paso del tiempo es duro e inevitable —continuó hablando Carla—. Pero hemos venido a hablar de negocios, ¿verdad? Pol...

—Claro. Laura, quizá resulte aburrido. Si quieres salir... —dijo Pol dirigiéndose a su compañera, a la que no quería implicar más de lo necesario en una venta de material robado—. No tardaremos. Luego la ciudad será nuestra.

—Estoy segura de que encontrarás mi pequeña librería de lo más amena —añadió Carla—. Mis empleados están a tu disposición.

—Por supuesto. Ha sido un placer conocerte, Carla.

—Lo mismo digo. Y si un día quieres vender tu *Inferno*, no tienes más que llamarme y poner el precio que quieras.

Con otro apretón tan fláccido como el primero y aún más breve, Laura fue despedida por la italiana y salió del despacho con la sensación incómoda de que la habían quitado de en medio. Algo disgustada, bajó de nuevo la escalera de mármol y paseó la vista por los estantes de Di Modica. Había allí auténticas maravillas. Tantas que se le pasó el enfado. Aquel lugar era el paraíso para un amante de los libros. Observó, no obstante, que buena parte del material era típico del gusto estadounidense: libros europeos muy antiguos sobre temas como viajes, anatomía, botánica, siempre con ilustraciones, además de primeras ediciones de novela anglosajona preferiblemente autografiada o con algún error de imprenta que la hiciera única. Pero, sobre todo, brujería y alquimia. Lo misterioso y lo oculto parecía fascinar a los coleccionistas de ese país. Algunas de las obras eran incunables, es decir, ediciones anteriores al siglo XVI, pero estas se encontraban a buen recaudo en el interior de vitrinas de seguridad. De auténtica seguridad, no como la de las iglesias castellanas. El resto de los volúmenes a la venta eran en gran parte rarezas solo un poco más modernas. En la mayoría de los casos, y de nuevo siguiendo el gusto un poco de nuevo rico típico de los americanos, parecía importar más la presencia de ilustraciones que el texto.

Al cabo de unos minutos Pol se reunió con Laura. El gesto de pocos amigos del joven indicaba que las cosas no habían ido como estaba previsto.

—Pol, ¿qué ocurre? —preguntó Laura sorprendida.

—Nada. Vámonos. Luego volveré con los libros.

Pol no comentó nada de lo sucedido durante el resto del día. Invitó a Laura a comer en un famoso restaurante y a continuación pasearon sin rumbo por esas calles tantas veces vistas y no por eso menos fascinantes. Pol se mostraba más encantador que nunca, pero de una forma tan artificiosa que Laura no podía ignorar el hecho de que algo iba mal. Sin embargo, no se atrevió a preguntar de nuevo qué había pasado en aquel despacho.

Al caer la tarde, cuando regresaron al hotel, agotados de caminar y también por culpa del *jet lag*, Pol tomó la maleta con ruedas en la que llevaba los libros robados y se despidió de Laura de forma un tanto lacónica.

—Tengo que terminar el trato. Volveré luego. Deséame suerte.

Y sin más explicaciones, se marchó, dejando a su amiga sumida en un mar de preguntas sin respuesta.

El sol se puso y a un rato siguió otro, y Pol no daba señales de vida. Laura lo llamó por teléfono un par de veces sin obtener respuesta. Como no había nada que hacer en la habitación, decidió salir a pasear mientras esperaba el regreso de su... ¿novio? ¿Era Pol su novio o debía buscar un término más adecuado? ¿Cuál? No supo qué responderse.

El cielo nocturno de Manhattan nunca es oscuro del todo, pero ofrece un fondo sobre el cual resplandecen los rascacielos constelados de luces. Laura tuvo que admitir que, sin duda, esa ciudad era mágica. Pero con una magia propia, diferente a la de otras urbes. Si tan solo estuviera Pol allí con ella para disfrutar del espectáculo...

Cuando decidió regresar al hotel no había recibido ningún mensaje ni llamada de Pol. Y, por supuesto, no estaba en la habitación. Preocupada, habló con recepción, pero el encargado, un puertorriqueño adormilado, no sabía nada. Angustiada y sin saber qué hacer, aguardó sentada en el sillón del cuarto imaginando todo tipo de cosas. A veces veía a Carla, millonaria impresentable, seduciendo a Pol. Y a continuación era él quien seducía a la rica italiana solo por conseguir un mejor trato en el negocio... Perdida en esas fantasías dolorosas, al fin pudo más el cansancio combinado del largo viaje y la extraña jornada que había vivido. En esa hora en la que la noche se vuelve turbia, Laura cayó dormida, pero no fue el suyo un sueño reparador ni tampoco muy largo.

Pol apareció pocos minutos después del amanecer. Al entrar en la habitación, despertó a su amiga sin pretenderlo. Su aspecto era horrible. Llevaba la ropa sucia y arrugada, y mostraba señales de haber sufrido una agresión. Laura lo miró pasmada y se sintió culpable: estaba claro que, fuera lo que fuera, la cosa no había ido por los derroteros que había imaginado.

—¡Pol! ¿Cómo estás? ¿Qué te ha pasado?

—Nada. Ya te lo contaré. Recoge tu equipaje y vámonos de aquí.

—Pero...

—Por favor, hazme caso —la apremió.

No había mucho que recoger. Apenas habían tenido

tiempo de deshacer las maletas. Bajaron tan rápido como fue posible a la recepción, pagaron la cuenta y pidieron un taxi al aeropuerto. Por el camino, Pol sacó de su chaqueta un pasaporte con su foto, pero...

—Pol, ¿qué diablos es eso? —preguntó Laura alarmada al ver el nombre de otra persona en el documento.

—Escúchame. Es importante. Entraremos al aeropuerto y al avión por separado. Si me pasa algo, no quiero que te salpique a ti. Y una cosa más: si me detienen, no intervengas. Bajo ningún concepto. ¿Está claro?

—Sí, pero...

—Te lo explicaré todo en Madrid. Te lo prometo.

Durante el vuelo de regreso Pol permaneció durmiendo casi todo el tiempo. Podía ser agotamiento, aunque Laura sospechó que estaba fingiendo para no tener que dar explicaciones. «¡Seré gilipollas! Maldito Pol, me ha vuelto a liar.» Ella no pudo pegar ojo. Y las sorpresas no habían terminado.

Ya en el aeropuerto de Barajas, Tony, al que Laura había conocido un par de días antes en ese mismo lugar, los esperaba en el pasillo de acceso a la terminal. Laura no sabía cómo, pero de alguna manera Pol había avisado a su viejo amigo de que regresaban antes de tiempo.

—¿Cómo estás, chaval? —preguntó solícito el grandullón pelirrojo.

—He estado mejor. ¿Cómo va la cosa?

—No hemos recibido aviso sobre ti, pero es mejor que salgas con discreción del aeropuerto. Ven conmigo. Tú no, Laura. Ve por la salida normal, con el resto de los pasajeros.

Laura quiso protestar, pero no le dieron opción.

—Hazle caso, Laura, por favor. Nos veremos luego, en tu casa.

Tony se llevó a Pol por una puerta lateral, «Solo para personal autorizado», y Laura quedó sola en medio de aquel corredor desangelado, con el pecho lleno de una opresión extraña, como si no fuera a verlo más.

Y así fue. Pol no se presentó en su casa aquella noche y ya no volvió a saber de él hasta el día del accidente. ¿Qué maldición pesaba sobre aquel aeropuerto, que ya nunca sería para ella un lugar inocente?

Capítulo 10

LADRÓN QUE ROBA A OTRO LADRÓN

> Vuestra fama es como una flor, que, tan pronto brota, muere.
>
> DANTE ALIGHIERI,
> «Purgatorio», *Divina comedia*

Italia, agosto de 2003

—Los refranes no siempre dicen la verdad, no hay que fiarse de ellos. La prueba está en que a menudo encuentras en el mismo refranero una sentencia que asegura una cosa y a renglón seguido otra que afirma lo contrario. Es una imposibilidad lógica.

—Los refranes, amigo Marcos —zanjó Sandro Renzi—, están para eso: para escoger el que más conviene en cada caso. Te debo una por la información que me has dado..., porque de bien nacido es ser agradecido.

Unos días después de esta conversación Sandro se presentaba en el *palazzo* de los Pazzi en Florencia. El experto en Dante había establecido contacto con Carla Pazzi, ahora Carla di Modica, haciéndose el encontradizo con ocasión de una muestra pública sobre la *Divina comedia* que se celebró en el edificio Arsenal de Venecia. Marcos había contado a su amigo, el estrafalario líder del Circolo de Dante Inmortale, todo lo que quería saber sobre la acaudalada hija de Giacomo Pazzi.

—Es usted la señora Di Modica, ¿verdad? —Ante el asentimiento de la dama, que contemplaba un antiguo ejemplar ilustrado de la *Commedia* expuesto en una de las suntuosas vitrinas de la muestra, Sandro continuó tejiendo su tela—: Permítame que me presente: Pietro Romanesco. Tratante de libros.

—Nunca he oído hablar de usted —afirmó Carla mirando con poco interés la historiada tarjeta festoneada de dorados que le había entregado su interlocutor—. Y es raro, teniendo en cuenta a lo que me dedico.

—Bueno, eso puede deberse a... —Sandro bajó la voz al tiempo que adoptaba una pose interesante—: Se debe a que no trato con material que pueda encontrarse en cualquier parte. Lo mío son las piezas raras y difíciles.

—No creo que me interese, señor...

—Romanesco.

—La librería de mi marido solo trata con piezas... legales.

—Por favor, *signora.* No me ofenda. No es mi intención ofrecerle nada... inconveniente. Verá, han llegado a mis oídos algunas noticias sobre la interesante colección que atesoran su padre y usted.

—¿Y cómo...? —empezó a preguntar.

—¡Ah! Un buen amigo, que desea mantenerse en un discreto anonimato por no pecar de charlatán, me contó lo de su maravillosa colección de versiones de la *Commedia.* No se enfade con él: nos conocemos desde hace años y sabe que siento auténtica devoción por la obra de Dante.

—¿Y esto nos lleva a...?

La labia del anciano embaucador rara vez dejaba de surtir efecto. Carla, manipulada sin darse cuenta, iba deslizándose sin querer hacia la idea de que aquel hombre de aspecto estrafalario podía poseer algo en verdad interesante para la colección familiar.

—Nos lleva al manuscrito de la traducción medieval al castellano de la *Commedia* que hizo Enrique de Villena, el Nigromante, astrólogo y escritor a caballo entre los últimos estertores de la Edad Media y el espíritu renacentista.

—No puede ser.

Carla quiso hacer un gesto de incredulidad, pero en sus ojos Sandro entendió que el anzuelo, por fin, había sido mordido. No hay nada como tocar el punto sensible de un coleccionista para que pierda toda prudencia. La traducción del Nigromante, maestre de la orden de Calatrava, dada por perdida desde largo tiempo atrás. ¿Sería posible que aquel personaje tuviera en sus manos el ejemplar?

Días después de aquella charla informal en Venecia, Carla accedió a examinar el volumen en su *palazzo*, sin haber siquiera hablado del precio. Cuando tuvo noticias del interés cierto de Di Modica, Sandro no pudo evitar sonreír satisfecho. No había perdido mano lanzando el anzuelo. Como le había comentado a Marcos muchas veces: «Un coleccionista es un enfermo. Cuanto más especializado y rico sea, más enfermo está. Hacerles picar es solo cuestión de ofrecerles un bocado suculento. Una vez huelen la carnaza ya no ven más allá de sus narices».

Con esa confianza se presentó Sandro en la villa campestre de los Pazzi. Llevaba consigo, para sorpresa de la anfitriona, no el valioso libro, sino un mero álbum fotográfico.

—Pero... esto no es lo acordado —protestó Carla mirando con interés, pese a todo, las imágenes del libro que aparecían en el álbum. Le parecieron magníficas.

—No acordamos nada, *signora.* Como comprenderá, no voy a llevar una obra de tal valor en una carpeta bajo el brazo. Espero que estas fotos, modestas pero expresivas, le permitan una primera valoración de lo que tengo para usted. Si le agrada, podremos cerrar el trato en un encuentro posterior. Para estos asuntos no existe la prisa.

Carla respondió con un leve asentimiento. Estaba fascinada por la calidad de lo que veía en aquel álbum. Solo eran fotos, pero...

—¿No está en casa el señor Pazzi? —preguntó Sandro dejando vagar su mirada sobre las obras de arte que adornaban las estancias de Carla.

—¿Cómo? Ah, no. Ha salido de viaje. Negocios.

—Es una lástima. Me habría encantado conocerle. Además, estoy seguro de que él sabría apreciar el valor de mi oferta.

—Puedo apreciarla yo misma, no lo dude.

—Discúlpeme, no quería decir que... —Sandro se disculpó sabiendo que ofender con discreción contribuía a debilitar las defensas de sus víctimas.

—Me gustaría adquirir este volumen para regalárselo a mi padre. Por supuesto, previa valoración de un experto. Las fotos son muy bonitas, pero, como comprenderá, no voy a comprar algo así sobre catálogo.

—Por supuesto que no, *signora.*

—En el supuesto de que lleguemos a un acuerdo, ¿qué precio ha pensado pedirme?

—¿Qué le parece trescientos mil euros?

Carla se llevó las manos a la cabeza.

—¿No le parece un poco exagerado?

Sandro volvió a sonreír para sus adentros.

—¿Conoce usted la historia de la Sibila de Cumas? —Ante la negativa de Carla, Sandro siguió hablando—: La Sibila era una antigua adivina que, un buen día, decidió escribir sobre hojas de palma sus profecías acerca del futuro de Roma. Debió de tener muchas visiones, porque tras coser unas con otras le salieron nueve rollos. Con ellos se presentó ante el rey Tarquinio en Roma. Cualquier soberano responsable querría tener a su disposición una colección de vaticinios sobre el futuro de su reino, ¿verdad? Sin embargo, a Tarquinio le pareció caro el precio: trescientas monedas de oro. Y se negó a pagarlo. Quiso negociar, pero cuando empezó el regateo, la Sibila hizo algo muy extraño: tomó tres rollos y los arrojó al fuego. Cuando solo quedaban cenizas, volvió a pedir trescientas monedas al rey. Este, contrariado y asombrado, se negó de nuevo. Me lo imagino diciendo: «No voy a pagar por seis lo que no pagué por nueve». Ante esto, la Sibila arrojó otros tres rollos al fuego. Esta vez Tarquinio pidió consejo a sus asesores y estos fueron tajantes: se había equivocado y debía, al menos, salvar esos tres últimos rollos por el precio que le pidiera la Sibila. Que fueron, por supuesto, trescientas monedas de oro.

—Una bonita historia. ¿Qué tal si hablamos en dinero actual? —preguntó Carla poco satisfecha con la parábola. Aquel hombre le parecía un auténtico charlatán.

Sandro había propuesto una cantidad deliberadamente elevada pensando en rebajarla más tarde: hay que saber ceder un poco en el regateo para que el cliente quede satisfecho. Pero Carla no inició ningún regateo. Se limitó a dejar el álbum sobre una mesa, sin decir nada. El astuto negociante italiano tuvo la sensación de que el dinero se alejaba volando de su bolsillo.

—*Signora*, mi intención no es solo hacer negocios

—continuó Sandro su faena de pesca—, sino ofrecer una joya a alguien que sepa valorarla. Su colección es una maravilla única y...

—Habla mucho de mi colección y ni siquiera la ha visto.

—Y bien que lo siento, créame. Para un admirador de Dante, como yo, sería como alcanzar el Olimpo. Aunque solo fuera para contemplarlo durante unos instantes.

—Venga conmigo.

Las habitaciones privadas de Carla desembocaban en un amplio corredor señorial que llevaba a las escaleras del torreón, donde se guardaban las mejores piezas de la biblioteca de los Pazzi. Apenas había descendido los últimos escalones, Sandro no pudo ocultar su entusiasmo ante lo que tenía delante. Entusiasmo real, genuina fascinación por la increíble acumulación de maravillas que se desplegaba ante sus ojos. Sus actividades personales podían ser discutibles, incluso abiertamente delictivas, pero su amor por Dante era real. Y lo que los Pazzi habían reunido entre aquellas nobles piedras era digno de admiración.

—Es... Es increíble —balbució sin poder disimular su emoción.

—Solo en manuscritos hay más de cincuenta, entre ellos uno salido de la mano de Boccaccio. Y otro de Petrarca. También tenemos unos doscientos incunables en distintos idiomas. Solo por hablar de las piezas maestras. También hay incontables ediciones más modernas, además de muchísimas ilustradas con grabados de Durero, Doré, Blake y otros artistas. ¿Quiere que siga?

—Por favor.

—Mire esta. Es una conmovedora versión pornográfica del *Inferno* publicada en 1527. La grabó Marcantonio

Raimondi basándose en dibujos del pintor Giulio Romano, quien era a su vez discípulo de Rafael.

—Increíble...

Sandro contempló las maravillas que Carla le enseñaba sin saber en cuál centrarse, tan grande era la variedad que le abrumaba. Hasta tal punto le embriagaba la presencia dantesca a su alrededor que le faltó poco para olvidar el objetivo que lo había llevado allí. Un objeto decorativo, un tanto incoherente, lo devolvió a la realidad. En una esquina de la torre, en un rincón poco iluminado aunque visible, resplandecía un enorme candelabro de siete brazos fundido en cobre. Su aspecto era muy antiguo.

—¿Y eso? —preguntó Sandro—. ¿No es un poco incoherente un símbolo hebreo en medio de esta marea de escatología cristiana? —comentó queriendo picar o solo epatar con sus conocimientos y su léxico a la anfitriona.

—En absoluto —le respondió Carla—. Todas las religiones del libro, es decir, judaísmo, cristianismo e islam, son en esencia la misma.

—Sin embargo, ese pequeño detalle no ha impedido que unas se maten a otras durante siglos.

—Así es. Ese candelabro es de origen medieval. Se salvó de la destrucción durante la Segunda Guerra Mundial, cuando los alemanes ocuparon Italia. Mi familia lo ha guardado durante siglos y lo conservamos como un bien muy preciado que nos recuerda de dónde venimos.

La alusión al origen judío de la familia Pazzi no pasó desapercibida al astuto mercader, que volvió a sus negocios:

—Son ustedes, sin lugar a dudas, una familia singular. Mi libro no podría encontrar un hogar mejor que este y por eso voy a bajar un poco el precio. En honor a esta colección tan fascinante y también a su belleza, *signora*. Digamos... doscientos cincuenta mil euros.

Carla accedió y una semana más tarde, de nuevo bajo el techo de los Pazzi, se llevó a cabo la transacción. La entrega final constituía siempre la parte más delicada de las estafas de Sandro, pero esta vez se sentía seguro. La falsificación era excelente. El papel, las tintas, incluso los hilos y los pegamentos usados en la encuadernación eran antiguos de verdad. Y el proceso de envejecimiento, magistral. Solo un gran experto podría desvelar la supercherería, y eso tras un detallado examen con el equipo adecuado. Sin duda, lo que le iba a pagar Carla justificaba de sobra la inversión.

El hombre que acompañaba a la acaudalada esposa de Robert Di Modica para verificar la autenticidad del libro era más un erudito en Dante que el tipo de técnico especializado en papel medieval y carbono 14 que podría haber echado el negocio por tierra. Sandro se sintió satisfecho al comprobarlo. Más aún cuando salió de la villa de los Pazzi con el dinero contante y sonante en el bolsillo.

—Espero que le guste a tu padre, preciosa —dijo mirando por el espejo retrovisor de su coche mientras se alejaba de allí tan rápido como le fue posible.

Mientras enfilaba la entrada a la autopista, dirección sur, de regreso a Roma, pensó que ya era hora de cambiar de nombre una vez más. Y de imprimir nuevas tarjetas.

Capítulo 11

EL SECRETO GRIEGO

> Contempla, Henoc, las tablas celestiales. Lee lo que hay escrito en ellas.
>
> LIBRO PRIMERO DE HENOC

Madrid, 25 de agosto de 2009

La tormenta había dejado las calles de Madrid barnizadas de gris. El aire había amanecido limpio de calima, claro y transparente, pero no se había disipado el calor. Laura, que había dormido desnuda, se despertó con las primeras luces del amanecer cubierta de sudor.

Cuando llegó a Loire, Claire ya estaba allí ocupándose de inventariar, archivar... Por supuesto, no había habido ninguna venta, pero las dos mujeres parecían empeñadas en mantener la apariencia de normalidad. A Laura le vino a la cabeza la imagen de los músicos del *Titanic* tocando piezas clásicas en medio del caos, como si el fingimiento conjurara la realidad. Pero no era así, por supuesto.

Carla apareció puntual a las nueve de la mañana, una hora antes de que la librería abriese al público. Demasiado elegante y arreglada para la hora, Laura no podía saber que la italiana nunca se dejaba ver en una actitud *casual*, natural. El espeso y trabajado maquillaje era como una máscara que protegía a la millonaria del contacto con la miseria ajena. Así lo interpretó Laura cuando, al saludarse con los dos besos preceptivos, Carla ofreció su rostro de tal manera que la española apenas pudo plantar sus labios en el aire que circundaba las orejas de la italiana. Esta miró a su alrededor con suficiencia. Acostumbrada al esplendor minimalista y ultramoderno de la sede neoyorquina de Di Modica, contemplaba con un gesto que podía interpretarse como de compasión la anticuada puesta en escena de Loire. Sin embargo, Laura sabía que la actitud de su visitante era pura pose: la *signora* Di Modica conocía muy bien el estilo de las viejas librerías europeas. No sintió simpatía por la intrusa, pero al mismo tiempo le comía la curiosidad por saber qué había ido a ofrecerle. Carla no perdió el tiempo:

—Bonita tienda —dijo tendiendo a Laura un sobre cerrado. A Laura le ardió el estómago al escuchar que llamaba «tienda» a su librería—. Aquí tienes mi propuesta.

—¿Propuesta?

—Mi propuesta de fusión. Quiero unir nuestras dos librerías. Di Modica necesita expandir su mercado fuera de América y pienso que tu local es un excelente punto de partida para entrar en el mercado europeo.

Laura miró sorprendida a su interlocutora. No esperaba algo así. Abrió el sobre y leyó la propuesta, escrita en términos muy concisos. En esencia, Loire se convertiría en una especie de protectorado de Di Modica. Conservaría una independencia teórica como negocio, pero siempre bajo el paraguas protector de la prestigiosa marca neoyorquina, que se reservaba la última palabra en todo. Laura seguiría al frente, pero solo en apariencia, pues las decisiones ejecutivas quedaban al arbitrio de la dirección central de Di Modica, es decir, de Carla. A cambio, todos los problemas económicos de Loire desaparecerían como por ensalmo. Y también la mala fama que había hundido el negocio desde que Pol la involucrara, aunque fuera con la mejor intención, en sus trapicheos. Laura recibiría un buen sueldo y una participación en los beneficios, aunque quedaba claro que Loire ya no sería nunca más una empresa familiar.

—No sé qué decir. Es una oferta muy generosa, pero...

—No, querida, no hace falta que me respondas ahora. Puedes pensártelo, digamos un par de días. Sí que es una oferta generosa. Estoy muy bien informada de la posición financiera de tu pequeña tienda, por supuesto, pero creo que las dos podemos salir beneficiadas de la fusión.

«Fusión» no le parecía a Laura el término más apropiado, pero no dijo nada. Carla continuó hablando:

—Por supuesto, esta fusión incluye una... cláusula extraordinaria.

Laura supo de inmediato a qué se refería. Sus ojos se desviaron de forma instintiva al falso manuscrito del *Inferno* que aún descansaba en el atril. Carla siguió su mirada y se sorprendió de ver allí el objeto de sus anhelos... y los de su padre.

—¿Será posible que lo tengas ahí, tan a la vista? —preguntó maravillada acercándose—. Eres una mujer muy confiada al exponer así este tesoro.

Laura no pudo reprimir una sonrisa. A pesar de lo dramático de su situación, no dejaba de tener gracia que aquella mujer, directora de una de las librerías anticuarias más importantes del mundo, estuviera a punto de adquirir un negocio ruinoso solo por el deseo de poseer... un libro falsificado.

—Siempre ha estado ahí —mintió Laura—. Desde que lo adquirió mi padre hace muchos años. Él siempre decía que la mejor manera de esconder un libro consiste en ponerlo a la vista entre miles de otros libros.

—Muy astuto —asintió Carla—, aunque no estoy segura de que sea la mejor opción.

La italiana se acercó al falso manuscrito con los ojos brillantes. Laura, temerosa de que descubriera la superchería, se interpuso en su camino sin soltar la hoja con la propuesta.

—No quisiera vender el *Inferno* —dijo Laura—. Es un preciado recuerdo familiar y...

—Querida —la interrumpió Carla con tono algo impaciente aunque sin perder la sonrisa—, este manuscrito es el principal activo que posees. Y no te ocultaré el interés que siento por él. Sería absurdo, ¿verdad? Sin duda Pol y ese... Marcos —pronunció este último nombre con un claro gesto de desdén— ya te habrán contado todo.

—No te creas —mintió Laura—. En realidad, hablábamos más bien poco de libros.

—En todo caso, quiero cumplir el viejo deseo de mi padre: reunir su *Inferno* con nuestros dos ejemplares. Es como juntar de nuevo a una familia que lleva demasiado tiempo separada.

—Ya, pero...

—Si no hay *Inferno*, no hay trato. Mi oferta te permitirá salir airosa de tu complicada situación actual. Y estoy segura de que tienes muchos otros recuerdos de tu padre.

Laura los tenía, por supuesto. Su empeño en mantener aquel libro iba más allá del sentimentalismo: era algo irracional, el deseo de mantener vivo un símbolo. Cederlo a aquella mujer a cambio de un arreglo económico, por ventajoso que fuera, le parecía una derrota vital. Eso, por supuesto, en el caso de que recuperara el ejemplar auténtico. Cosa que no veía fácil porque ni ella ni Marcos habían conseguido desvelar el significado de la nota, ni tenían la menor idea de dónde diablos podía estar la maldita agenda con el texto autógrafo de Einstein. En ese instante solo disponía, frente a la oferta de Carla, de una falsificación y un negocio en quiebra. No había margen para regatear, solo podía ganar tiempo con la ignorancia de Carla respecto a la realidad de las cosas.

—Está bien. Me lo pensaré. Y no pienses que no agradezco tu interés.

—«Interés» es la palabra correcta, amiga mía. Reflexiona, pero no te eternices. El tiempo no juega a tu favor.

Con estas palabras y una displicente mirada a las estanterías polvorientas, Carla se despidió y salió de Loire dejando a Laura sumida en nuevas dudas.

—Laura, ¿podemos hablar un momento, por favor? —La voz de Claire, con su marcado acento francés, trajo a la librera de nuevo al presente.

—Claro, dime.

—Verás, querría...

Claire siguió hablando, pero Laura no la escuchaba: ya había adivinado en sus gestos, en su azoramiento, lo que le iba a decir. Desde el robo del *Inferno* y la muerte de Pol, la francesa se había ocupado de todo: inventarios, cuentas, tratos con proveedores... No es que fuera algo nuevo, pero la sobrecarga de aquellos días había proporcionado a Claire una visión exacta de la situación crítica en la que se encontraba Loire. Que ahora quisiera despedirse no constituía ninguna sorpresa. «De hecho —pensó Laura—, lo raro es que no lo haya hecho antes.» ¿Qué sentido tenía para aquella chica trabajar, mal pagada además, en un negocio sin futuro cuando en su Francia natal el sector del libro antiguo se encontraba en pleno apogeo?

—No te preocupes, Claire. Lo entiendo muy bien —fue la respuesta de Laura.

Lo entendía, de verdad que lo entendía... con la razón. Pero al mismo tiempo un gusanillo de rabia le ardía por dentro, esa sensación de las ratas que abandonan el barco que se hunde. Le pareció un pensamiento injusto y trató de desecharlo, aunque con poco éxito.

—Te pagaré el finiquito correspondiente, por supuesto. Y siento no haberte subido el sueldo antes, pero... Ya sabes...

La francesa asintió y, sintiéndose culpable, dio algunas explicaciones más, como que le habían ofrecido trabajo en una importante librería de París, pero eso a Laura ya no le importaba. Solo quería que Claire se fuera de allí y la dejara sola. Lo estaba deseando. ¿Mejor sola que mal acompañada? ¿Por qué no? Quizá un poco de trabajo extra la ayudaría a afrontar la desgracia. En todo caso, y para su sorpresa, descubrió que no le disgustaba la parte épica de la situación: la heroína solitaria plantada frente a su destino.

La soledad, según parece, solo nos acosa cuando no la deseamos. Claire se marchó a mediodía y Laura pudo dar rienda suelta a su rabia apenas un par de horas, justo hasta que Marcos apareció por la puerta con una bolsa.

—Me imagino que no habrás comido. He traído algo.

—No tengo hambre, Marcos.

—Yo tampoco. Y no te engañaré: estoy ansioso por saber qué has hablado con la señora Di Modica.

Laura sonrió. Se dio cuenta de que, a pesar de todo, no quería estar sola. No del todo. Marcos dejó la bolsa sobre la mesa. La comida ya estaba fría, un detalle sin importancia, pues nadie pensaba en comer. Laura le contó su conversación con Carla. Ninguno de los dos dijo nada sobre la ausencia de Claire: era como si nunca hubiera existido.

—No es una mala proposición... dadas las circunstancias —admitió Marcos—. Cambiar la independencia por la tranquilidad financiera... Lástima que no tengas el *Inferno*.

—Si no lo hubieran robado, se lo habría vendido al señor Bunny. Así que, en cierto modo, es una propuesta imposible. Siempre lo ha sido.

—Pero aún podemos recuperar el manuscrito. *Debemos* recuperarlo.

—Sí. Eso estaría bien. Por desgracia, la nota es incomprensible y no sé nada de ninguna Moleskine con escritos autógrafos de Einstein.

—Respecto al tema de la nota... —reflexionó Marcos—, ¿no es un poco sospechoso que aparezca Carla justo ahora y te haga esa oferta? Esa mujer es interesada y calculadora, la conozco muy bien. Me tiene manía desde hace años, desde que le hice perder una apuesta.

—¿De cuánto era la apuesta?

—Mil euros. Para ella, calderilla. Pero los ricos son así. El caso es que... ¿y si ha sido ella la ladrona del *Inferno*? Bueno, no digo ella en persona, sino algún enviado suyo. El matón calvo, por ejemplo.

—O el propio Pol... —insistió Laura, a pesar de que acusar a Pol aumentaba su dolor.

—No, no sigas por ahí. Piénsalo: la nota podría ser parte de una argucia de Carla para llevarte a la desesperación y que le cedas tu negocio y el *Inferno* por menos de lo que valen.

—Puede ser —aceptó Laura—, pero olvida usted una cosa: si hubiera robado ella el manuscrito, ¿para qué incluirlo en la oferta? Si decidí vendérselo a ese tarugo de Bunny fue, en gran medida, por evitar que los Pazzi completaran su colección. No me gustan sus métodos delictivos y no se merecen el *Inferno* de mi padre. En cuanto a lo de la desesperación —rio Laura—, ¡ya estoy desesperada! Me van a embargar en pocas semanas, no tengo nada con lo que negociar, me amenazan... ¡Y todo por una puñetera agenda que no he visto en mi vida! Si lo pienso bien, la muerte también trae la tranquilidad. La definitiva.

—¡Laura, no hables así!

—Perdone, pero es que... Llevo años luchando por un negocio que se hunde sin remedio. ¡Y todo tiene un límite! Ni siquiera puedo decir que, haga lo que haga, estoy perdida porque... ¡no hay nada que pueda hacer!

—Puedes hacer una cosa: no te rindas. Todavía tenemos tiempo. Y tampoco es cierto que no dispongamos de bazas.

—¿Por qué se incluye usted? El problema es mío.

—Digamos que es porque te tengo aprecio —respondió Marcos sin pensárselo dos veces—. Y por respeto a la memoria de Pol, que te quería.

Laura bajó los ojos. Ella también lo quería. Lo quería y lo odiaba a la vez. Y aún lo quería y lo odiaba. ¿Cómo es posible albergar al mismo tiempo dos sentimientos tan encontrados? Una lágrima resbaló por su mejilla.

—De acuerdo, de acuerdo... Dígame entonces: ¿qué bazas tenemos?

—Para empezar, recuerda que conservo el pergamino robado del *Paradiso.* No es gran cosa, pero algo vale. Pensaba venderlo para pagar mi operación de la vista. Sin embargo, no soy más que un viejo acabado. Si ese dinero puede ayudarte..., es tuyo.

Laura miró asombrada a su amigo. La generosa propuesta estuvo a punto de hacer que se le saltaran las lágrimas de nuevo, pero se contuvo:

—Se lo agradezco mucho, Marcos, pero no será suficiente. Ni de lejos.

—Bueno, tampoco basta para la operación, la verdad —respondió Marcos intentando sonreír—. Aparte de esto hay algo más, algo que podría dar dinero. Dinero de verdad. —Marcos calló un segundo, como si valorara la reacción de Laura. Como ella no dijo nada, continuó hablando—: Me refiero al palimpsesto.

—¿En serio? —Ahora el gesto de Laura era de genuina sorpresa—. El palimpsesto, en los tres volúmenes, ha sido ya más que estudiado. Un simple texto en griego con la vida de Cristo no tiene demasiado valor.

—Ahí está el error —fue la respuesta enigmática del anciano.

—¿Es que espera un milagro?

—No nos vendría mal. Y algo de eso hay... Como sabes, en su momento estudié a fondo el *Purgatorio* y el *Paradiso* de los Pazzi. En efecto, el texto borrado en ambos manuscritos parece una *Pasión*. Sin embargo, desde el primer momento tuve la impresión de que había algo más. Analicé una y otra vez los textos durante meses. Sin embargo, la clave final siempre se me resistió. El trabajo de investigación llegó a hacerse obsesivo. Era como esas veces que no nos sale una palabra, pero la sentimos cerca, en la punta de la lengua, como se suele decir. Pero no sale. En definitiva, no llegué a ninguna conclusión y, agotado, decidí abandonar el estudio. Fue el mayor fracaso de mi vida como investigador de antiguallas. No ha sido hasta estos días nefastos que los viejos fantasmas del pasado han vuelto a mí con fuerza renovada. Y anoche, como en una revelación, lo vi claro. Llámalo la fuerza de la necesidad. Está claro que el palimpsesto de los tres manuscritos, *Inferno, Purgatorio* y *Paradiso*, esconde algo, pero no una simple vida del Nazareno, sino algo mucho más importante: es un centón.

—¿Un centón?

La pregunta de Laura era retórica. Sabía muy bien de qué estaba hablando Marcos. Si el palimpsesto era una suerte de reciclaje de materia prima, el centón lo era en un plano más espiritual: el desguace de un texto antiguo, su desmontaje en piezas para componer con ellas una historia distinta. Un recurso de poetas mediocres que aprovechaban así los versos de otro autor con más talento para componer una obra nueva.

—En efecto —continuó Marcos—. Algún copista bizantino, uno de tantos monjes con buena letra, tomó un poema griego más antiguo y lo desmontó para trazar su propia versión de la vida de Cristo sobre el pergamino. Sin duda, la vanidad es un vicio corriente. Incluso para un monje desconocido que no supo plasmar la historia del hijo de Dios con sus propias palabras. Y todo para que luego se la borraran... La vida es una bromista.

—Si fuera así, no cabe duda de que el precio del *Inferno* aumentaría, pero no solucionaría el problema principal: que no lo tenemos.

—Pero si fuera capaz de descifrar la clave del centón, si pudiera reordenar sus versos en el orden original, podría reconstruir el texto primitivo. Y ahí está la cuestión. El estilo de los versos me es familiar, pero no los versos en sí. Por tanto, estoy seguro de que...

—Ya veo por dónde va... ¡Cree que bajo el palimpsesto y el centón se esconde otra obra clásica, en este caso perdida!

—Así es. Si tengo razón, sería un auténtico tesoro.

—Sí, sin duda. —Laura intentó refrenar su entusiasmo—. Aunque no a tiempo de salvar Loire.

—Bueno, sí... En eso no había pensado. Preparar la edición llevaría su tiempo.

—Bastante tiempo.

—Además, debería cotejar el palimpsesto del *Inferno*, del cual no dispongo, así que...

—Ah, pero en eso se equivoca. Claro que puede consultar el texto. Mi padre redactó una transcripción hace muchos años. Y yo la revisé tiempo después, corrigiendo algunos errores.

Los ojos de Marcos se iluminaron, llenos de sorpresa, al escuchar estas palabras. Por supuesto, ¿cómo no se le había ocurrido? Ya había cometido el mismo error en la casa de los Pazzi, y ahora... Sin duda, el hombre es un animal que puede tropezar en la misma piedra tantas veces como haga falta.

—De hecho, la tengo aquí —dijo Laura mientras rebuscaba en una estantería de la que extrajo un paquete de folios algo amarillos por el paso de los años—. Estoy segura de que podrá entender mi letra, acostumbrado a la caligrafía de los manuscritos antiguos.

—No lo dudes —exclamó Marcos sin disimular su entusiasmo mientras tomaba la transcripción entre sus manos.

Se dispuso a examinar aquellas páginas como si quisiera dar en ese mismo momento con la clave que lo había esquivado durante tantos años. La parte del palimpsesto inserta en el *Inferno* narraba los últimos días de Cristo, su tortura, muerte y resurrección. Pero allí, bajo esa historia mil veces contada, Marcos casi podía ver la mano del autor original. Solo necesitaba algo de tiempo. Siempre el maldito tiempo.

Madrid, 21 de enero de 2005

Desde su juventud Marcos había reunido una notable colección de páginas únicas que engrosaban su magnífico cuaderno. Como precio, un gran número de volúmenes mutilados en bibliotecas de medio mundo. Pergaminos solitarios, grandes letras capitales recortadas, grabados huérfanos y otras hojas de belleza única componían una colección poco corriente que a Marcos le producía al mismo tiempo placer y dolor. Pero la paz del confeso no iba con él.

—Si por lo menos me hubieran pillado alguna vez... —se quejaba a Pol—. Quizá así habría podido dejar esta manía.

—Todo es cuestión de voluntad, Marcos —le respondía el joven ojeando la curiosa (y valiosa) colección de su amigo.

—No, no es tan simple. Me encantaría devolverlo todo. Pero no me siento capaz. No podría afrontar la vergüenza. Además, tampoco sabría por dónde empezar.

—¿Quién habla de vergüenza? Si podemos robar libros enteros, ¿qué dificultad hay en devolver uno hecho de trocitos? En cuanto a empezar, eso tampoco tiene misterio: las cosas empiezan siempre por el principio.

Marcos miró extrañado a su amigo, pero no dijo nada. Pol estaba absorto contemplando algunas de las láminas del álbum y el erudito no pudo evitar que saliera a flote su faceta profesoral.

—Ah, ese es un grabado de la ciudad de Venecia a vista de pájaro, firmado por Jacopo de' Barbari. Mira los barcos, la calidad del detalle... Parece mentira que lo hiciera desde el suelo, en un tiempo en el que aún no existían los aviones ni la fotografía. Observa el puente de Rialto: en aquel entonces aún era de madera.

Pol sonrió y pasó de página.

—Esta es una «D» mayúscula procedente de un beato. Fíjate en la delicadeza de los tonos azules y naranjas. ¡Cómo brillan! No han perdido nada de su fuerza en siglos. Y mira, mira la página siguiente: esta imagen pastoril es del propio Durero. Decoró el incunable a mano, una vez impreso. ¡Es una joya!

Pol, intuyendo que la lección podía durar horas, interrumpió a su amigo y mentor:

—Marcos, si quiere puedo encargarme de devolverlo. No será complicado.

Marcos dudó un instante. Contempló el álbum como si tuviera vida propia, como si fuera algo más que una colección fortuita de páginas impresas. Como si fuera el álbum fotográfico de la familia Vera. Como tantas otras veces que se había planteado devolver esos expolios, Marcos se sintió al borde de un abismo. Pero esta vez había algo diferente: Pol. El joven podría hacer aquello de lo que él mismo nunca sería capaz. La idea le hizo sentir una gran calma interior: había llegado la hora de conjurar sus demonios.

—De acuerdo —respondió con un hilo de voz—. Pero llévate el álbum contigo. Si me lo quedo yo, no tendré fuerzas para desprenderme de él. —Marcos se quedó pensativo un instante—. ¿Cómo lo harás?

—Deme una lista con el origen de cada página, que meteré dentro del álbum. Después mandaré el libro por correo a la Biblioteca Nacional.

—¿Así de fácil? ¿Y te crees que eso garantiza algo? ¿Y si cae en manos de otro ladrón como yo?

—Entonces, no voy a tener más remedio que entrar en la biblioteca y dejarlo en algún sitio a la vista de todos, de forma que lo encuentre mucha gente al mismo tiempo.

—Pero, pero... Te van a pillar. Las medidas de seguridad son cada vez mejores.

—Vamos, Marcos... La seguridad es para que no te lleves cosas de dentro, no para evitar que las metas.

Un par de días más tarde Pol se dispuso a cumplir la misión. Una un poco distinta de lo que estaba acostumbrado. Hasta donde podía recordar Pol, iba a ser la primera vez que tuviera que trazar un plan para devolver algo, en lugar de robarlo.

Aunque Pol conocía bastante bien la Biblioteca Nacional, no descuidó el trabajo de reconocimiento previo. Sabía por su experiencia que el exceso de confianza es un billete ganador en la lotería del fracaso. No encontró medidas de seguridad excepcionales, pero sí algo interesante: una vigilante nueva que a Pol le pareció la candidata ideal para encontrar el cuaderno de Marcos.

Durante un par de días estudió sus turnos. Se notaba que era novata porque sus jefes siempre la colocaban en el peor sitio posible: el arco de acceso, donde a menudo toca discutir con visitantes insatisfechos o malhumorados. Pol había acudido durante los últimos días haciéndose pasar, como otras veces, por un estudiante de doctorado. Y cada vez que entraba no perdía ocasión de hablar con la joven, embutida en uno de esos uniformes de la seguridad privada que, por alguna razón misteriosa, le sientan mal a todo el mundo.

—¿Qué tal? —saludó Pol con su mejor sonrisa—. ¿Mucho jaleo hoy?

—Este... Bueno, lo de costumbre —respondió ella sorprendida de que alguien le dirigiera la palabra y no fuera para quejarse.

—Este trabajo tuyo no está pagado. Lo que tendrás que aguantar.

—Pues sí... Si yo le contara.

—Pero tutéame, mujer...

Sin duda, no le ocurría muy a menudo que un joven bien parecido le entrara con tanta amabilidad. Para una persona cuya rutina consiste en ir de casa a un trabajo más bien aburrido, y viceversa, era una ruptura agradable de la monotonía. Y, qué diablos, a nadie le sienta mal que le tiren un tejo de vez en cuando.

—Es una pena que tengas que llevar gorra —le dijo Pol—. Con ese pelo tan bonito que tienes.

La cara de la muchacha enrojeció con la misma rapidez con la que un semáforo cambia de color, mientras de forma inconsciente se arreglaba el cabello rubio teñido con la mano.

—Ya... Es que son las normas.

—Pues son una mierda de normas.

En ese momento la sonrisa y los ojos oscuros de Pol atraían toda la atención de la joven vigilante, que ya no era capaz de vigilar nada. Y para cuando se quiso dar cuenta, ese joven atractivo ya se había despedido, vuelto a la calle y perdido de vista. Cuando reparó en el curioso cuaderno que alguien había dejado sobre el mostrador de entrada, a la vista de todos, ya había pasado un buen rato y, desde luego, no se le ocurrió relacionarlo con «ese chico tan guapo».

Pol, haciendo uso de su maña natural para la prestidigitación (aunque otros dirían más bien que era una capacidad innata para embaucar a la gente), había cumplido una vez más con éxito la misión. Cuando se reunió con Marcos, este se sentía en verdad agradecido:

—¿Ya está hecho? —le preguntó de golpe, sin darle tiempo ni a entrar en el piso.

—Está hecho, Marcos. Ha sido sencillo. Le tiré un poco

los trastos a la vigilante. Y cambié un poco mi apariencia... para salir bien en las cámaras de seguridad, pero sin que me puedan reconocer —bromeó.

—Entonces..., ¿ya está devuelto? —insistió Marcos.

—Devuelto. No me extrañaría que mañana o pasado incluso aparezca en alguna nota de prensa: «Tesoros librescos devueltos a la Biblioteca Nacional por una mano anónima».

—Bueno, tesoros tesoros... —Marcos no pudo evitar un gesto de cierta pesadumbre—. En fin, está hecho. ¡Y tendría que haberlo hecho yo mismo! Y antes.

—No se coma la cabeza. Para mí ha sido un placer ayudarle. Y también una novedad. Parece que devolver cosas robadas no se me da mal.

—Me has quitado un peso tremendo de encima —concluyó Marcos intentando apartar de su cabeza, y de su estómago, la sensación de tristeza que, pese a todo, le producía haberse separado de su vieja colección—. La culpa es un mal demonio, muchacho.

—Un placer, Marcos.

—Quiero hacerte un regalo.

—No es necesario...

—Sí, sí, sí. Como muestra de agradecimiento. Por esto... y por todo lo demás. Por tu amistad.

En ese momento Marcos entregó a Pol el pergamino procedente del *Paradiso*, enmarcado y con una dedicatoria. Una dedicatoria sin nombres, para no incriminar a nadie y escrita a lápiz, con el fin de no marcar para siempre el manuscrito.

—«Para mi amigo e hijo» —leyó Pol en voz alta—. Muchísimas gracias.

—No, no, gracias a ti. Es la única pieza que no he devuelto, mi último expolio. Quiero que sea tuyo. Además, siempre le puedes sacar un buen dinero vendiéndoselo a Giacomo Pazzi.

—No creo que lo haga.

No, no lo hizo. Y tampoco llegó a colgar nunca el marco en ninguna pared.

Loire, 25 de agosto de 2009

Marcos se despidió de Laura agradeciéndole la transcripción del palimpsesto y le recordó que al día siguiente marchaba a Italia para la reunión anual de bibliófilos. Ella se sorprendió al escuchar esta noticia: no recordaba que él lo hubiera mencionado, aunque hablaba del tema como si fuera cosa hecha. Se preguntó si la ansiedad no estaba empezando a superarla, hasta el punto de olvidar cosas.

—Espero, con algo de suerte, obtener información de mi viejo amigo Sandro —añadió Marcos ajeno a las lucubraciones de su amiga—. No será tan fácil dar con el paradero del *Inferno*, pero el mundillo del libro antiguo es muy restringido, y si hubiera noticias, circularán con rapidez.

No perdían nada por intentarlo, desde luego. Laura le deseó suerte, pero al mismo tiempo sintió una profunda desazón al quedarse sola. Ese hombre de costumbres dudosas al que prácticamente acababa de conocer era el último referente afectivo que le quedaba. Y también su único aliado, su última esperanza.

¿O no? Lo cierto es que su última esperanza... era ella misma. Abrió el cajón de su mesa y sacó la nota: en ese papel, de algún modo, estaba todo lo que necesitaba saber. No hay que juzgar un libro por su cubierta.

Capítulo 12

MALOS TRATOS

Solo borraré de mi libro al que peque contra mí.

ÉXODO 31, 34

Loire, 25 de agosto de 2009

Al menos Claire había tenido tiempo de acabar su labor de catálogo, una pila de hojas de papel en la que se resumía el inventario de Loire. No era gran cosa. Juntando las mejores obras y aun en el caso de encontrar compradores, la cantidad que se podía reunir no llegaba ni a la mitad de lo adeudado. El resto era material de fondo, curiosidades de poco interés, alguna pieza para nostálgicos (pero de estos apenas quedaba alguno) y poco más. Haciendo de todo una buena pila, tal vez pudiera venderla al peso a un trapero con buen corazón.

Una mala racha, todo era una mala racha... que venía durando años. Lo de los últimos días había sido la guinda de un pastel envenenado, pero ya nada podía ir a peor, ¿verdad? Con determinación, Laura había decidido que, si su vida iba a estar marcada por los problemas, trataría de sacar partido de ellos, convertirlos en retos que superar. Si la vida te da limones... Pues muy bien: los inconvenientes serían su *hobby* a partir de ahora. ¿Para qué gastar energías en lamentarse?

Hecho el balance, la cosa estaba clara: Loire no tenía recursos para sostenerse ni siquiera acometiendo una liquidación total. Así pues, la oferta de Carla parecía ahora la única salida. Lástima que la pieza maestra, el *Inferno,* estuviera en paradero desconocido. Pero ni esto desanimó a Laura, que contra toda lógica se sentía harta de penas y decidida a resolver sus problemas de una vez por todas, incluido el robo del valioso manuscrito. A fin de cuentas, solo debía resolver el enigma de la nota. Era como una especie de juego de palabras cruzadas, como los pasatiempos de los periódicos. Lástima que ella no hubiera sido nunca aficionada a los crucigramas.

El ruido de un automóvil deteniéndose frente al escaparate de la librería sacó a Laura de sus cavilaciones. Era un coche de alquiler, lujoso, de color oscuro. Como el vehículo oficial de un ministro. De su interior salió un conductor uniformado que, con gesto obsequioso, abrió la puerta trasera para dejar salir a su pasajera. Carla di Modica, vestida como si fuera a encontrarse con la reina de Inglaterra. Laura se preguntó cómo conseguía esa mujer ir siempre tan arreglada. A ella incluso pintarse la línea del ojo le daba pereza algunos días.

—Buenos días, querida Laura —saludó la hija de Giacomo Pazzi besando el aire, como era su costumbre, a ambos lados del rostro de la española.

—Buenos días, Carla. Me pillas ocupada.

—Ya lo veo —comentó la italiana observando varias pilas de libros fuera de sus estantes y las páginas de inventario cubriendo la mesa de trabajo—. Querida, como decís vosotros, iré al grano: es evidente que no dispones de los medios para superar tu actual... crisis. No, no me mires así. Entiendo algo de este negocio. Por esto te hice la oferta que te hice. ¿Has pensado en ella?

—Sí. Lo he hecho. Pero hay un problema —objetó Laura.

—Creo que es una proposición justa, teniendo en cuenta el estado de tu pequeña librería. Podría ofrecerte mucho menos y aún saldrías ganando.

—No, no es eso. Sí, por supuesto que es justa. —Laura se mordió los labios—. El problema es que... no tengo el *Inferno*.

Carla hizo un gesto que, en su modificado rostro, podría interpretarse como de sorpresa. Sin decir nada, dirigió sus ojos al atril donde descansaba la falsificación.

—Eso es una copia. Alguien lo robó, no sé exactamente cuándo, pero hace poco. Y dejó esa imitación en su lugar.

—Es extraño que no me haya enterado —replicó Carla suspicaz—. Solo un profesional se interesaría por un manuscrito como ese. Y un profesional sabría a quién vendérselo: a mi padre... o a mí. Nuestra colección de Dante es conocida en todo el mundo. Al menos, en el mundo de los libros antiguos —se apresuró a aclarar.

—Es que...

—¿Qué?

—Nada. —Laura no se decidió a contarle lo de la nota.

Carla recorrió de nuevo el espacio de Loire con la mirada, como el que sopesa una mercancía en un zoco. Laura sabía que estaba calculando el nuevo precio, a la baja, de su tienda. El silencio se hizo largo y espeso. Laura permaneció a la expectativa.

—Como comprenderás, querida —dijo Carla al cabo de un minuto eterno, sin dejar de observar los libros apilados, tomando de vez en cuando alguno entre sus manos, con poco interés—, esta inesperada noticia cambia mucho la situación. Nunca he negado el interés de mi familia por tu *Inferno*, y sin duda, no ignoras que era el único as en tu mano. Sin embargo, mi idea de abrir una sucursal de Di Modica en Madrid sigue activa. Y no creo que vaya a encontrar nada más barato que Loire. Te estoy siendo franca. Mantengo la oferta económica: te liberaré de tus problemas financieros. Y, si lo deseas, podrás seguir trabajando aquí. Para mí. Por desgracia, la ausencia de nuestro querido manuscrito hace inviable lo que se refiere a la participación en los beneficios.

—Sería, entonces, tu empleada, nada más.

—Creo que es una interpretación correcta. Con todo, no podrás negar que sigue siendo ventajoso para ti.

No, Laura no podía negarlo. Pero no contestó nada.

—Veo que eres una mujer obstinada. Me parece bien. Las mujeres debemos serlo si queremos triunfar en el durísimo mundo de los negocios. Pero la obstinación no es lo único que hace falta. Querida, no tienes nada, como sin duda has comprobado al hacer tu pequeño inventario, ¿verdad? Todo este papel que nos rodea, suponiendo que pudieras colocarlo a tiempo, no llegaría ni de lejos a la cantidad que debes. No veo por aquí más que fruslerías, cositas.

Carla tomó de la mesa un pequeño cuaderno de tapas amarillas y se abanicó con él.

—Hace un calor endiablado en tu tienda —se quejó la italiana agitando el cuadernito en el aire—. Eso cambiará cuando...

Laura tardó unos instantes en darse cuenta de que el improvisado abanico de Carla era el cuaderno escolar de la hija de Ortega. Un regalo de Pol que había permanecido allí, casi olvidado, durante mucho tiempo. Sintió una punzada de dolor en el estómago. Se abalanzó sobre la italiana y se lo arrebató de las manos.

—¡Deja eso! —le espetó casi con furia—. Es..., es un recuerdo muy querido —terminó de decir algo más calmada, al tiempo que guardaba el cuaderno en un cajón.

—¡Fantástico! —exclamó Carla entusiasmada ante la reacción de Laura—. Veo que eres fuerte. Creo que nos vamos a entender muy bien. Necesito a alguien como tú al frente de esto.

—¿Incluso sin el *Inferno*?

—En el mundo de los negocios no hay lugar para los sentimentalismos. También me interesa tu tienda. —Laura volvió a sentir un encogimiento en las tripas al oír esta palabra—. Claro que, como comprenderás, tendré que renegociar mi oferta a la baja.

—Por supuesto —concedió Laura—. Quizá no te ha venido tan mal que me hayan robado el manuscrito.

—¿Me estás acusando de algo?

—No lo sé. Dímelo tú.

La furia brilló por unos segundos en los ojos de la italiana. Luego, aparentando calma, volvió a dirigirse a Laura:

—Escucha: no necesito robarte, si es eso lo que quieres decir. Podría haber esperado a la quiebra definitiva de tu negocio y quedármelo por casi nada. *Inferno* incluido. Habría salido a subasta y, créeme, tengo dinero de sobra.

—Bueno, visto así... —Laura se sintió confundida.

Estaba segura de que la millonaria italiana ocultaba algo, aunque tampoco podía estar segura. Que Loire constituyera el núcleo de su pequeño mundo no implicaba que Carla tuviera ninguna necesidad de conspirar.

—Está bien, quizá podamos... hablar. Pero no voy a prometer nada.

—¡Bravo! Ya es algo. Te aseguro que con tu temperamento y mi capacidad para los negocios tal vez podamos hacer que esta tienda funcione. Hacer algo grande.

¿Algo grande? Loire nunca pretendió ser algo grande. Para Jean Loire, aquella librería era como un hogar, un espacio de paz en medio de un mundo enloquecido. Y ese espíritu es el que había inculcado a su hija. Laura imaginó la librería transformada al estilo Di Modica y sintió horror.

—Carla, tú no entiendes el valor sentimental de las cosas, ¿verdad? Esto no es un simple negocio. Aquí está el espíritu de mi familia. De mi padre, incluso de mi madre, a la que no conocí... Estos libros han sido para nosotros un...

—Querida —interrumpió Carla—, me rompes el corazón, pero no he venido hasta aquí para hablar de cosas tiernas. Yo también perdí a mi madre cuando era pequeña. Y sé distinguir muy bien los negocios de los sentimientos. Seré clara contigo: soy tu única salvación. Quizá te disguste que la amada librería de tu padre acabe en mis manos, pero, si no llegas a un acuerdo conmigo, te embargarán el local y todo lo que contiene y lo malvenderán en una subasta pública que no cubrirá lo que debes. Después de eso, aparte de tus bonitos sentimientos y tus recuerdos, solo te quedará una cosa: seguir pagando lo que falte de la deuda, porque los subasteros profesionales llegarán a un acuerdo y pujarán a la baja. No sé...

»Puedes seguir haciéndote la digna, pero yo creo que he venido a darte la oportunidad de tu vida. Está claro que Loire no es un negocio. Nunca lo ha sido. Ni contigo ni con tu padre. Pero el local es bonito. Puede que incluso me venga bien conservar en parte su apariencia anticuada. Tiene encanto. Yo no soy una yanqui ignorante. ¡Soy italiana! —dijo con orgullo—. Sé lo que gusta a los coleccionistas europeos. En fin, necesito tu respuesta ahora. Esta tarde tomo un avión para Italia. Si no quieres, no pasa nada. Cuando regrese a Madrid dentro de un año tal vez me pase por aquí a comer una hamburguesa o unas tapas precocinadas en la franquicia que se quede con tu local.

La franqueza de Carla resultaba hiriente. Un par de días antes Laura tal vez se habría echado a llorar solo con la idea de que Loire se acabara transformando en un restaurante de comida basura. Sin embargo, había llegado al fondo de su dolor y no le cabía más. Aunque despreciaba a aquella mujer e intuía que tenía algo que ver con los extraños acontecimientos que venían sucediendo desde el nefasto viaje a Nueva York, no podía negarle la razón: Loire no tenía futuro. La aventura había llegado a su fin y era mejor dejar caer el telón con cierta dignidad. Tampoco estaba de más ser práctica por una vez y pensar en el futuro. Pol hablaba siempre de su búsqueda de un cambio vital, de enderezar el rumbo de su existencia. ¿Y si era eso lo que ella necesitaba? Loire era una creación de su padre. Ella se había limitado a heredar, junto a la tienda, la mala capacidad de gestión. ¿Se había equivocado de rumbo, como Pol? Ella al menos disponía de una oportunidad para enderezarlo y dedicarse, libre de las cargas del pasado, a algo que realmente la llenara. La investigación tal vez, o la enseñanza... Tenía tiempo para pensarlo.

—De acuerdo —dijo al fin. Y sus palabras no le sonaron, como temía, a rendición—. Acepto tu oferta.

—Excelente. Mañana acudirá mi asistente a cerrar el trato. Por cierto, creo que os llevaréis bien. Más os vale, porque vais a trabajar juntas. —Ante el gesto de sorpresa de Laura, Carla añadió—: Es necesario, no es un punto que vayamos a discutir. Tú mantendrás tu puesto como gerente, por supuesto. Aunque entenderás que las decisiones serias las tomará ella en mi nombre.

—¿Ella? —preguntó Laura sorprendida.

¿Se estaría refiriendo a Claire? No era capaz de imaginar otra «ella» a la que conociera y que pudiera ocuparse de gestionar una librería anticuaria. Se suponía que la francesa estaba de regreso en su país. ¿Le habría ocultado su antigua empleada un trato secreto con Carla? Solo le faltaba recibir ese último golpe.

—Sí, ella —respondió Carla sacando a Laura de sus dudas—. Se trata de Tatiana. La mujer de tu amigo Pol. —Carla recalcó la palabra «amigo»—. ¿Quién mejor? Así todo queda en familia.

Laura se sintió como si le hubieran pegado un puñetazo en la mandíbula.

—Ya me ha contado que no sabías nada. No se puede una fiar de los amantes, ¿verdad? Nunca te cuentan las cosas importantes. Es una buena colaboradora mía desde hace años y te aseguro que sabe todo lo que hay que saber sobre libros antiguos. Además, tiene buena presencia. La imagen es importante a la hora de vender, ¿sabes? Mañana vendrá para entregarte los papeles del preacuerdo. Y, si no te parece mal, podréis empezar a colaborar para levantar este negocio de una vez. Ya le iba haciendo falta. Si me necesitas para cualquier cosa, no tienes más que llamarme.

Carla continuó hablando, aunque Laura ya no le prestaba atención. Con la cortesía helada que la caracterizaba, la italiana se despidió al cabo de un rato y desapareció de su vista dejando en el aire de la librería una nube invisible de aromas: perfume de jacintos, maquillaje y un componente desconocido que a Laura le pareció el olor de la maldad.

Una vez sola, tuvo la impresión de que el tiempo se

había detenido, pero solo era un deseo: el anhelo de que aquel pequeño universo que su padre había construido con tanto cariño no desapareciera. Sin embargo, el tiempo nunca se para, es una máquina de movimiento perpetuo alimentada por las emociones. Para Laura, la proposición de Carla era una receta aderezada con miedo a la pérdida, nostalgia del pasado, la esperanza de un nuevo futuro... Demasiadas cosas a la vez.

Cuando se fue, Laura se sentó tras la vetusta mesa de roble, abrió el bolso y buscó la tarjeta con los datos de Carla en su cartera. En su lugar encontró la de Natalie Nachtkäfer, que había recogido en el piso de Pol. Laura contempló la pequeña cartulina por un instante. ¿Qué había ocurrido aquella extraña noche en Nueva York para que Pol hubiera requerido la asistencia de una abogada de apellido impronunciable? Ya estaba bien de enigmas. Necesitaba resolverlos todos, uno por uno.

Creó una cuenta de *mail* a nombre de Tatiana y, presentándose como la «esposa de Pol», envió a la tal Natalie un correo electrónico informándola del fallecimiento de este. Asimismo indicaba la importancia que para ella y para la familia del difunto tenía averiguar si a Pol le quedaba alguna causa pendiente en Estados Unidos. Sin más detalles se despedía, dolida pero cordial, en espera de respuesta. Dada la diferencia horaria, esa respuesta podría tardar horas, si es que llegaba alguna vez.

Pulsó «enviar» y sintió una rara satisfacción. Las cosas empezaban a situarse. El dolor no desaparecía, pero al menos dejaba espacio para una mayor claridad de pensamiento. Llevaba aturdida demasiados días y eso no era propio de ella. Si la adversidad decidía golpearla, ella se crecería. Tanto como fuera necesario. Estaba lista para lo que fuera..., o casi.

Le sorprendió el sonido de la puerta de Loire abriéndose de repente. No era, en los últimos tiempos, muy habitual para ella escuchar ese crujido tan familiar de la madera, el quejido de los goznes siempre mal engrasados. Levantó la vista hacia el visitante, un hombre corpulento vestido con un traje que no le quedaba bien, como si lo hubiera pedido prestado. Laura se levantó para atenderlo, pero, antes de que pudiera decir palabra, el intruso se abalanzó contra una pila de libros y los tiró todos al suelo.

—¡Oiga, ¿qué hace?! —exclamó Laura sorprendida.

Como respuesta el hombre derribó otro montón de libros y a continuación se dirigió hacia Laura con una sonrisa siniestra en la cara.

—¡Espere! ¿Qué quiere? —gritó ella intentando detener al atacante.

No había espacio para huir. Cuando trató de retirarse, tropezó con un pequeño montón de libros y cayó al suelo. El hombre se puso de pie junto a Laura y la agarró del pelo con mucha fuerza.

—¿Te crees que esto es un juego? —preguntó con voz seca, sin cambiar ese gesto oscuro que ahora, visto más de cerca, parecía más un rictus que una sonrisa.

—¡No me haga daño! No tengo la Moleskine... ¡No la he visto en mi vida!

—¿De qué coño hablas? —le espetó el matón.

—Le juro que no la tengo.

—¿Que no tienes el qué? ¿Nuestro dinero?

—¿De qué dinero habla? —preguntó Laura extrañada.

—¡No te hagas la tonta, niñata! Nos debes un montón de pasta y más te vale que nos pagues cuanto antes.

Laura entendió de pronto la situación. Era un cobrador de morosos, alguien enviado para asustarla por la agencia que le hizo los últimos préstamos. No tenía nada que ver con el robo del manuscrito ni con la nota misteriosa.

—Aún tengo plazo —objetó ella intentando que le soltara el pelo.

—Los plazos, para los bancos —ladró el matón—. Mi jefe tiene la sensación de que estás tardando mucho, y eso le pone nervioso. Y si el jefe está nervioso, yo estoy nervioso. ¿Tienes el dinero o no?

—Sí... No, no lo tengo aquí. Pero lo pagaré a tiempo. Además —protestó Laura—, si no pagara, está la garantía del local... El embargo.

—¿Tú te crees que a nosotros nos interesa esta mierda de tienda? Me parece que le pediste dinero a la gente equivocada. Más vale que... ¡¡¡Aaaaaggghhhh!!!

Laura, dolorida del tirón de pelo y muy cabreada, había clavado sus uñas en la mano del intruso. Lo hizo con rabia, quería hacerle daño de verdad y lo consiguió: el tipo retiró la mano y contempló con furia cuatro pequeñas medias lunas ensangrentadas. Sin pensarlo ni un instante le cruzó la cara de un manotazo a su víctima. Laura quedó tendida en el suelo de su librería, aturdida por el golpe.

—¡Esto es solo un aviso! Si no pagas a tiempo, lo vas a pasar mal de verdad.

Antes de irse, pegó a Laura una patada en el estómago. No lo hizo demasiado fuerte, pero aun así le cortó la respiración. Ella no se atrevió a levantarse hasta que el tipo se había marchado. Dolorida, no tanto por los golpes como por la tensión muscular, se puso en pie y vio allí, frente a ella, el falso manuscrito del *Inferno*. Abierto por una página cualquiera, parecía estar haciéndole burla.

Se acercó al atril y rozó el papel con la yema de los dedos. Tenía la esperanza de sentir el tacto familiar del pergamino, pero no fue así, por supuesto. Acercó la cara. Buscaba el olor familiar de Pol. De pronto, en un arrebato de rabia arrancó una página, luego otra y otra. Se iba sintiendo poseída por un frenesí destructor que no paró hasta que sacó toda la rabia que llevaba dentro. Con los ojos secos, pero repletos de ira, contempló el libro hecho pedazos en el suelo y, por primera vez en días, se rio con ganas. Quizá era la risa de la desesperación, pero con ella venía el empuje de una marea de expectativas.

Pensando en las claves que encerraba la enigmática nota del ladrón, cerró la tienda y se marchó a casa. Tenía muchas cosas que hacer. La primera: arreglar su vida.

Capítulo 13

AMOR SOLITARIO

> Se veía enlazada para siempre con un hombre [...] de quien vivía entrañablemente prendada [...] y, como mujer discreta, debía cifrar allí toda su felicidad.
>
> GOETHE, *Werther y Lotte leyendo*

Noche del 25 de agosto de 2009

En Madrid no hay primavera ni otoño. Se pasa del calor al frío, y al revés, sin apenas transición. Y cuando llega el calor, lo hace con ganas. La ciudad es como una plancha expuesta al sol inmisericorde de Castilla y el calor queda atrapado en una red de asfalto y ladrillos que reverbera a todas horas. La noche no trae descanso en el verano madrileño, menos aún en un pequeño apartamento en el centro histórico en el que el aire acondicionado seguía sin funcionar.

¿Qué hora era? Laura, adormilada, no quiso mirar el reloj. En el exterior la noche era tan oscura como permite la ciudad. Tenía la sensación de estar hundiéndose en el colchón, como si este tuviera la consistencia del fango original, empapada en su propio sudor. Pero no era tan solo el calor del estío lo que le quitaba el sueño, sino el deseo, la necesidad urgente de sentirse amada, llena. Pol... Nadie diría que aquel joven tan atractivo, con cara de no haber roto un plato en su vida, fuera en realidad un ladrón. Y uno experimentado, de guante blanco. Laura imaginó las manos de Pol recorriendo su cuerpo, pero eran sus propios dedos los que exploraban una anatomía ansiosa. Los pechos, primero. Luego, el vientre. Después...

Pol iba de malote, pero no era para tanto. Nunca le había gustado la violencia, ni pelear. Se había visto obligado a ello alguna vez, pero nunca fue el primero en buscar el conflicto. Aunque tampoco lo evitaba si no tenía más remedio. Cuando se liberaba de la coraza con que se presentaba ante el mundo, resultaba ser más bien detallista, muy cariñoso. Era alguien que se preocupaba por aquellos a quienes consideraba los suyos. Al mismo tiempo era exigente. Lo daba todo si era preciso, con una generosidad que no parecía forzada, pero también reclamaba lo que él consideraba la justa contrapartida. En eso no podía tener queja: Laura se había entregado a él mucho más que a cualquier otra de sus parejas en toda su vida. La entrega...

La mano de Laura siguió explorando. Rincones perfumados y ardientes en los que el calor no era molestia, sino puro placer.

¿Se había entregado tanto? Sin duda, lo había hecho, aunque dentro de lo razonable. Más allá de lo que Laura acostumbraba, desde luego. Y si a él, alguna vez, no le había parecido así..., el problema era de Pol. Porque a veces pedía demasiado, como siguiendo esa especie de código de honor de los ladrones que a Laura siempre le pareció un disparate, algo absurdo, cosa de risa. ¿Código de honor entre delincuentes? Cada cual ve la realidad del color de su mirada. Pol había utilizado a Laura en más de una ocasión como cómplice involuntaria en alguno de sus robos. Más o menos involuntaria. Él ya se había apercibido de que los remilgos de su compañera eran una mera fachada. Sabía que el riesgo la excitaba, y mucho. O más que el riesgo...

Laura se asomó a la ventana desnuda por completo, con la piel brillante por el sudor que se extendía de pies a cabeza. Sin dejar de acariciarse, su cuerpo apenas perfilado por la escasa luz procedente del exterior, imaginaba que algún vecino podía verla y eso encendía aún más el fuego que la estaba quemando, un fuego que llevaba ya demasiado tiempo sin sofocar.

Si Pol tenía verdadera conciencia del riesgo que asumía con sus robos —y del peligro en que ponía a los demás, a Marcos, a ella—, Laura nunca lo tuvo claro. Para Pol lo de robar parecía algo natural, sencillo, como si no tuviera importancia. Pero el riesgo existía, se diera él cuenta o no. Tal vez es que no le preocupaba. A Laura la había usado, a veces sin que ella misma se diera cuenta, como elemento de distracción. Solo en alguna rara ocasión había reclamado su participación activa. En esto otorgaba a su amante un papel diferente al que solía representar Marcos. El viejo erudito se había convertido en el principal cerebro... y poco más. Pol no se fiaba de él a la hora de ejecutar una acción y, si se lo llevaba con él, era para que el hombre viviera su necesidad de aventura, pero sin demasiado riesgo. Con Laura era distinto, como si viera algo en su interior de lo que ni ella misma era consciente.

«Yo no soy una ladrona», solía decirle, pero esas palabras sonaban huecas cuando, al final, participaba en algún que otro robo aunque fuera de un modo pasivo, simplemente porque no hacía nada por evitarlos. «Yo no soy una ladrona» era un mantra destinado a calmar su propia conciencia, a compensar la excitación que le producía no tanto el riesgo como quebrantar las normas, aunque fuera a remolque de Pol.

Ningún vecino la miraba, pero no era el hecho en sí lo que la excitaba, sino la posibilidad. El erotismo, incluso el que solo se comparte con el propio reflejo, tiene mucho de mundo imaginario, de fantasía que, en última instancia, no se quiere ver hecha realidad, tal vez por temor a que pierda su potencia morbosa.

Habían viajado a Londres en noviembre de 2002. En aquella época del año el tiempo es particularmente desagradable en la capital británica, pero no les importaba. Pol le había prometido un viaje romántico y allí estaban, en un hotel maravilloso, disfrutando del encanto entre rancio y vanguardista de una ciudad que aún se sentía cabeza de un imperio.

Laura conocía bien la procedencia del dinero que pagaba aquel viaje, pero no puso objeciones. Pasearon por Bloomsbury, compraron ropa en Camden Town, visitaron el Museo Británico, bebieron cerveza tibia en los típicos pubs... Sin olvidar las noches, largas y dulces noches en un hotel de ensueño. Habría sido el viaje perfecto de no ser porque Pol nunca daba puntada sin hilo.

En uno de sus paseos llegaron hasta una enorme mole de ladrillo coronada por una inmensa cúpula. Como muy bien sabía Laura, se trataba de la Biblioteca Británica, una institución fundada en 1753 como parte del Museo Británico, hasta que se independizó de este en 1973. En sus salas se conservan algunos de los más importantes libros antiguos de todo el mundo. Entre sus joyas se encuentra un ejemplar de la *Magna Carta*, manuscritos de diversos escritores como

James Joyce o, nada más y nada menos, un cuaderno de notas de Leonardo da Vinci. En este lugar fabuloso se guardan al menos 150 millones de publicaciones de todo tipo: libros, mapas, periódicos... Y cada año se añaden varios millones más. Solo su catálogo en línea recibe millones de visitas al año y sus fondos se encuentran, en principio, a disposición de cualquier investigador o estudiante acreditado.

Una visita lógica para dos amantes de los libros (cada uno en su estilo), de no ser por un detalle: antes de entrar, Pol tendió a Laura un carné de investigadora con su foto, pero con otro nombre: Sandra Gutiérrez. Laura entendió de inmediato lo que pretendía su amante, o eso creyó ella, sobre todo cuando vio que él exhibía otro carné similar a nombre de un tal Juan González.

Durante más de una hora recorrieron el interior de aquel fantástico espacio dedicado a la conservación de la cultura. Los catálogos mostraban una auténtica colección de tesoros: incunables alemanes en gótica e italianos en letra románica, postincunables repletos de grabados, cada uno de los cuales constituía una pequeña obra de arte, manuscritos medievales, impresiones de época renacentista... Había de todo, fruto a partes iguales de compras y rapiñas, pues en el mundo del libro son ambas compañeras inseparables.

Laura sabía muy bien que el interés de Pol no radicaba en el valor cultural, histórico ni estético de aquellas joyas, sino en el pecuniario, pero se preguntó cómo diablos pensaba sacar de allí libro alguno, habida cuenta de las medidas de seguridad que había observado, sobre todo en el acceso al edificio. No tardó mucho en enterarse: la llevó hasta una ventana de la planta superior que daba a un espacio ajardinado en el que no había un alma. Pol le pidió a Laura, no sin cierto humor, que aprovechara el inesperado buen tiempo de aquella mañana para pasear entre los árboles otoñales. Y, ya de paso, que no quitara ojo de esa ventana. Laura así lo hizo, medio divertida, sin esperarse lo que se le venía encima, y se sintió aliviada al verse fuera. Las aventuras con Pol eran excitantes, pero también le causaban inquietud. Supuso que ambos sentimientos mostraban cierta tendencia a viajar juntos. Como ella y Pol: diferentes, pero unidos.

Mientras se ocupaba en estos pensamientos vio una mochila salir volando por la ventana. Hasta ese instante no había imaginado que Pol usaría un sistema tan... pedestre. De hecho, no había imaginado nada en absoluto. La bolsa con libros impactó contra una ladera cubierta de césped y rodó con suavidad hasta el pie de la misma. Laura miró a un lado y a otro. Apenas había gente y, desde luego, nadie se había fijado en el peculiar objeto volador que acababa de aterrizar a la orilla del parque. Laura se acercó cautelosa. No se había atrevido aún a coger la mochila cuando, apenas un segundo después, caía otra justo a su lado. Asustada, se retiró unos pasos y, mirando hacia arriba, vio la cara de Pol haciendo un gesto de disculpa. Y a continuación, otra mochila. Y otra, y otra..., hasta un total de seis. ¿Cuántas había conseguido introducir Pol en la biblioteca? O mejor dicho, ¿cuándo lo había hecho? ¿Desde cuándo llevaba preparando aquel robo?

Aterrorizada por la magnitud de la acción, o más bien cabreada por haberse visto involucrada sin previo aviso en un robo de tal magnitud, Laura se alejó sin mirar atrás, sin parar hasta llegar al hotel. Se encerró en la habitación y esperó, esperó largo rato deseando que nadie llamara a la puerta preguntando por una tal Sandra. Pol apareció al cabo de un par de horas cargado de mochilas y con cara de pocos amigos.

—Me has dejado tirado —le soltó a modo de saludo.

¿Eso era todo lo que tenía que decirle? ¿Le parecía lógico implicar a alguien, sin su consentimiento, sin previo aviso, en un robo a gran escala? ¿Es que nunca pensaba en las consecuencias de sus actos? Aquella noche discutieron como nunca antes. Laura se sentía engañada, utilizada. Todas las buenas facetas de Pol se disolvían en su tendencia, al parecer irrefrenable, al delito. Una cosa es robar un códice del atril de una iglesia y otra... Otra es hacerse con un botín de miles y miles de euros que podría costarles años de cárcel. No quiso ni mirar los libros robados. Al día siguiente regresó a Madrid sola, por su cuenta. Durante el vuelo pensó si en verdad había diferencia alguna entre robar un único libro o cincuenta a la vez. La respuesta no le gustó.

El calor de la noche de verano no remitía. Aunque seguía sofocada, la excitación se le había cortado de repente y ahora, sin culminar, se sentía frustrada. Apoyó las manos en el alféizar de la ventana: el eterno paisaje de tejados de Madrid, lleno de arquitecturas inesperadas. Pol le había dejado como todo legado un montón de problemas y recuerdos con un sabor agridulce. Y también una esposa como compañera de trabajo.

Cabreada por la renuencia de ese orgasmo que había llegado a rozarla para, de pronto, alejarse de ella sin compasión, se sentó en la oscuridad frente a la ventana y tomó la nota del ladrón. No necesitaba luz para leerla: su mensaje parecía brillar en la penumbra del cuarto. Laura, con la claridad que se experimenta a veces en los sueños, tuvo la sensación de que las piezas encerraban verdaderamente algún sentido. Solo necesitaba encajar la primera.

Capítulo 14

VENGANZAS Y FIESTAS

> —No —dijo la sobrina—. No hay para que perdonar a ninguno porque todos han sido los dañadores; mejor será arrojarlos por las ventanas al patio y hacer un rimero de ellos y pegarles fuego.
>
> MIGUEL DE CERVANTES,
> *Don Quijote de la Mancha,* primera parte, capítulo VI

Florencia, 26 de agosto de 2009

Marcos tenía la sensación de conocer a Sandro de toda la vida y, al mismo tiempo, no sabía gran cosa de él. Era una de esas personas que uno se encuentra por casualidad y luego se va coincidiendo con ellas un poco por todas partes. Se llegan a convertir en un ingrediente inesperado de la existencia, uno que aporta cierta sazón, pero sin desvelar del todo cuál es su secreto. Esta vez habían coincidido en el *palazzo* de los Pazzi sin previo aviso, como eran a menudo sus encuentros. Cuando entró en la vieja fortaleza que le era tan familiar, Marcos no tardó en ver a su amigo (si es que realmente podía llamarlo así) ocupado en vaciar una copa de vino. Seguro que no era la primera del día.

Si solo hubiera sido un timador, el personaje de Sandro Renzi resultaría consistente, aunque vulgar. Sin embargo, Marcos adivinaba en aquel estrafalario italiano algo más: la búsqueda de un sentido que trascendiera su fanfarria. Era un embaucador, sí, pero al mismo tiempo un personaje en busca de autor (pensó irremediablemente en Luigi Pirandello y sus *Sei personaggi in cerca d'autore*) o, si se prefiere, de un buen argumento. Sin duda, el líder del Circolo parecía creerse su propia historia, atrapado en un singular síndrome de Estocolmo del personaje que se había creado.

¿Por qué, si no, la insistencia de Sandro, a lo largo de los años, de adueñarse de un modo u otro, pero sin lograrlo, de los tres manuscritos de la *Divina comedia*? El *Inferno* Loire y el *Purgatorio* y el *Paradiso* Pazzi eran su obsesión insatisfecha. Había que añadir que Sandro nunca se habría mostrado a este respecto tan poco comedido como su millonario compatriota: jamás habría propuesto a su *caro amico* Marcos Vera convertirse en artífice de un robo múltiple. No, para eso ya disponía de sus propios recursos. Pero sí necesitaba algo: la labor de inteligencia, la información que solo el espía bien colocado puede proporcionar. Marcos era el único de sus conocidos que había tenido acceso a los manuscritos de Giacomo Pazzi. Y, más recientemente, también el único que mantenía contacto con la heredera de Loire. Que Marcos no hubiera estudiado, además, el *Inferno* era un dato que se le escapaba. O que ni siquiera le importaba.

Marcos, por su parte, no le había facilitado las cosas a su amigo. El robo del *Paradiso* había venido forzado por las circunstancias. Y lo de los expolios... Eso era fruto de una cleptomanía peculiar. En cuanto a su sociedad con Pol, nacía tanto de su afán de aventura como del deseo de crearse, aunque fuera de un modo alambicado, un entorno parecido a una familia. «Excusas.» Eso le habría dicho Sandro si hubiera podido leer sus pensamientos en ese mismo instante, allí, en el *palazzo* de los Pazzi, lugar de celebración de la Fiesta de los Bibliófilos. Un ladrón es un ladrón, por mucho que lo disfrace.

—¡Por fin he podido entrar en este santuario! —exclamaba Sandro entusiasmado.

—No te hagas muchas ilusiones. La señora Pazzi ha dispuesto una discreta pero eficaz vigilancia.

—La señora Pazzi —rio Sandro—. Aquí no había más señor que ese viejo chocho de Giacomo. Debía de tener un siglo cuando murió en 2008. ¡Si era casi tan viejo como yo! —Volvió a reír con su propia broma—. No, amigo, Carla no es una señora. Aunque sí una mujer atractiva, debo reconocerlo.

—Demasiado artificial para mi gusto —señaló Marcos—. Y te odia desde que descubrió tu pequeña... maniobra. O timo. No me explico cómo te han invitado.

—¡Marcos, eres un ingenuo, siempre lo has sido! No se puede excluir al Circolo, o sea a mí, de esta fiesta. Da igual dónde se celebre. Aparte de mis actividades clandestinas como Robin Hood aficionado —Sandro insistía, siempre que tenía ocasión, en que sus delitos servían para redistribuir la renta, «robar a los ricos para dárselo a los pobres». En concreto a él mismo—, soy una autoridad en Dante y en libros antiguos. Rechinaría mucho si me dejaran fuera. Aunque Carla debe de estar a punto de sufrir una úlcera de estómago por verse obligada a ser mi anfitriona.

El viejo estafador siguió riéndose de buena gana, seguro de sí mismo.

—No deberías provocarla así —le advirtió Marcos—. Podría hacer que te mataran o te dejaran tullido.

—¡Bah! No te creas que le tengo miedo. Además, tengo algún que otro as en la manga. Estos ricachones son despiadados, pero no muy listos. Confían demasiado en su propio poder y dejan huellas de lo que hacen. Yo tengo alguna huella de Carla en, digamos, algún que otro candelabro.

Tras años inmerso en el estudio de los libros antiguos, Marcos ya no se sorprendía de la suciedad que parecía acompañar a ese mundo y de la que hasta hacía bien poco no se había dado ni cuenta. Como única respuesta, se limitó a tomar otra copa de vino de la bandeja que le ofrecía el camarero.

La Fiesta de los Bibliófilos era una institución en el mundillo de los libros antiguos, y no solo en Italia. Cada año se celebraba en un emplazamiento diferente. En esta ocasión el *palazzo* Pazzi había sido acondicionado para reunir en sus salas a lo más selecto de la intelectualidad europea, pero también a la élite de los coleccionistas más ricos del mundo. Entre sus muros se había juntado, solo por esta vez, una curiosísima amalgama de millonarios, oportunistas, vividores y buscatesoros. Por más que lo intentaba, Marcos no veía muchas diferencias entre unos y otros, aparte del dinero que tuviera cada cual.

—Sigo pensando en reunir los tres manuscritos, Marcos. No creas que lo he olvidado. Antes o después lo conseguiré. Mejor antes: soy demasiado viejo para esperar. Como tú, amigo. ¿Cuántos años tienes ya? ¿Setenta?

—Más o menos. O setecientos.

Marcos no le había dicho nada a su amigo del robo del *Inferno*. En parte porque no quería desilusionarlo, pero también porque... En fin, de los tres manuscritos el más accesible a un ladrón siempre había sido el de Loire. A Marcos le disgustaba la convicción, o como mínimo intuición, de Laura respecto a que hubiera sido robado por Pol. Aunque después de todo... No, no era ningún disparate la posibilidad de que el ladrón fuera alguien conocido.

—¿Hay algo que me quieras contar, Sandro? —preguntó de pronto Marcos sin desvelar sus cartas.

—Que los ricos son todos unos cabrones avarientos. Este vino es una mierda.

Marcos no estaba del todo de acuerdo, aunque la apreciación de las cosas cambia con la edad. La casa Pazzi sí que le parecía cambiada. Por fuera su apariencia era igual de vetusta y decadente que la primera vez que fue a parar a ese extraño rincón: los muros desgastados, el jardín falsamente descuidado. Pero en el interior Carla había acometido una reforma considerable, tanto más cuanto el arquitecto había procurado respetar la esencia del lugar al tiempo que modernizaba ciertos aspectos. Marcos, abrumado por el ambiente, por el vino y por la conversación de Sandro, se entretenía buscando las diferencias. La iluminación, eso era evidente, resultaba ahora más diáfana. También las maderas nobles que revestían algunas paredes eran más claras que las de antaño. Y las escaleras de caracol de la torre-biblioteca, forjadas en hierro, habían sido sustituidas por unas de inequívoco diseño minimalista, celosías de cristal y aluminio que desentonaban de manera excesiva con la maravillosa colección de libros de los Pazzi.

Una colección cuyas joyas seguían siendo los dos manuscritos de la *Commedia*, el *Purgatorio* y el *Paradiso*, este restaurado lujosamente tras ser retirado del volumen facticio. Tres atriles, vigilados por una pareja de guardias armados, presidían la estancia. Solo dos de ellos estaban ocupados. El tercero esperaba la llegada del *Inferno* desde hacía muchos años. Aún debería seguir esperando, al parecer.

—Carla es una bibliófila *fanerófila* —explicó Sandro mientras contemplaba el delicado pergamino de los manuscritos—. Nada le produce más placer que mostrar sus posesiones al mundo. Es una forma descarada, y muy cara, de exhibicionismo.

—En eso no se parece a su padre —puntualizó Marcos.

—No. El pobre Giacomo era más bien un bibliófilo *criptófilo*. Prefería disfrutar de sus tesoros en soledad.

—¿Y tú? —preguntó Marcos—. ¿En qué categoría te colocas?

—Yo soy un *bibliópata*, como tú, Marcos. Solo que tú expolias los tesoros que amas y yo procuro venderlos enteros.

—Tú eres un *bibliópata* esotérico, en todo caso —contestó Marcos haciendo reír a su interlocutor.

Lo que no había cambiado era la extraña presencia del candelabro de siete brazos. Giacomo Pazzi solía presumir de sus ancestros judíos y de sus excelentes tratos con los libreros israelíes, a pesar de que él era hombre de misa dominical, costumbre que había heredado su hija, por aquello de mantener las formas, al menos cuando se encontraba en Italia. Otra cosa que no había variado, pese a la amalgama de perfumes caros que saturaba el ambiente, era el aroma de fondo que despedía el papel antiguo. Todo allí desprendía cierto olor a antigüedad. Sobre todo esa burguesía, tanto la rancia propia del Reino Unido, Francia o Alemania como la de los nuevos ricos exsoviéticos, empeñados unos y otros en mantener unos rituales cuyo sentido ya no estaba claro. Incluido el coleccionismo de reliquias que, en muchos casos, no eran apreciadas por sus dueños en su verdadero valor. No era tal el caso de Carla, desde luego, pero aun así a Marcos le disgustaba compartir el espacio con lo que, desde su punto de vista, no era otra cosa que una turba de advenedizos y sinvergüenzas.

No tenía tan clara la sensación que le provocaba Sandro. Viéndolo de nuevo, le impresionaba que su aspecto fuera el mismo de siempre, como si no envejeciera. ¿Habría firmado en verdad un pacto con el diablo? Se había vestido para la ocasión con un traje rojo, una capa con capucha del mismo color y, sobre la cabeza, una corona de laurel. Su vestimenta contrastaba con la blancura de su melena y de sus largas barbas de patriarca. Según Sandro, pretendía emular al demonio dantesco, pero a Marcos le dio la sensación de que su amigo se parecía más bien a Santa Claus. Por suerte, no llevaba puesta la capucha, porque entonces el parecido con el reclamo comercial navideño habría sido más acusado.

Carla vestía un conjunto de cuero magenta, creación exclusiva para ella de uno de los modistos más caros del mundo. Marcos, que apenas entendía de moda, supo que el traje de la anfitriona valía más que todo su vestuario junto. Lo cual no era mucho decir, por otra parte. La guapa italiana, que pese a sus continuos arreglos quirúrgicos no lograba disimular la cuarentena avanzada, iba de un lado a otro atendiendo a sus invitados. De forma deliberada dejó a Sandro y a Marcos para el final, y en esto ninguno de los dos tuvo claro si se trataba de una deferencia o de un gesto de desprecio.

—¿Qué tal, amigos? ¿Disfrutan de la fiesta? —preguntó solícita con una sonrisa espléndida, tal vez un poco demasiado blanca.

—Es maravillosa, amiga Carla —respondió Sandro—. No ha reparado en gastos. Está claro que sabe usted administrar la herencia recibida de su admirado padre.

—No le quepa la menor duda —respondió la italiana

molesta por la alusión. No dudó en devolver la pelota—: Por supuesto, no se verán ustedes a menudo en recepciones como esta. Disfruten, hoy que pueden.

Marcos sintió que el vino se le atascaba en la garganta.

—¿Y usted, Marcos? —dijo Carla dando la espalda al fantoche vestido de rojo—. ¿Sigue con sus estudios interminables?

—Lamento decir que no —mintió el erudito español—. Mi vista. Ya no es lo que era. Me dedico, sobre todo, a descansar.

—Es una pena, teniendo en cuenta la buena relación de trabajo que mantiene con la librería Loire.

—No es trabajo, sino amistad. Con Laura. A título personal.

—La amistad es algo maravilloso cuando es de verdad. Hay que tener cerca a los amigos siempre. Y más aún a los enemigos. Es una pena que Laura no haya querido venir a la fiesta. Una erudita como ella siempre es bienvenida. Y también siento lo de su amigo Pol. Es muy triste, alguien tan joven.

—Lo es.

—No ha faltado quien preguntara por él. La mitad de los coleccionistas que hay aquí trataron con él alguna vez. Pero, en fin, la muerte... A todos nos aguarda al final del camino. Solo que a veces nos puede sorprender —La italiana pronunció estas palabras volviéndose de nuevo hacia Sandro—. Ahora, si me disculpan... Debo seguir atendiendo a la gente. Esto es una locura.

Con una inclinación de cabeza, Marcos y Sandro despidieron a su anfitriona, que, con la ambigua claridad propia de su clase, apenas había necesitado un par de minutos para tacharlos de muertos de hambre y lanzar sobre los dos una velada amenaza.

—Es una víbora —comentó Sandro apenas se alejó la mujer—. Está claro que no me ha perdonado mi pequeña... broma de hace algunos años.

—¿Debería? —le preguntó Marcos.

—Hombre... Para ella eran migajas.

—¿Migajas? Le timaste un pastón.

—Sí, claro. Por supuesto. Los ricos no se hacen ricos regalando el dinero.

—No creo que sea el dinero lo que la ocupa, Sandro. Es más bien el orgullo.

—¿Es que hay diferencia? El orgullo es una virtud del dinero.

—No. La presunción lo es. Carla es orgullosa. A mí no me traga porque le hice perder una apuesta.

—Bah, palabras. ¿Quién sabe? Desde que, como decís los españoles, le tomé el pelo, intenta acabar con mi Círcolo. Aunque no lo logrará jamás.

—Eso es porque lo intenta por la vía del desprestigio. Pero no hay manera de quitarle el prestigio a un estafador reconocido, porque no tiene ninguno que perder, ¿verdad?

—No necesito prestigio, sino incautos. Y estos son inagotables. Pero tienes razón, Marcos, eres un sabio. En un mundo bien ordenado tú serías el soberano.

—En un mundo bien ordenado no harían falta soberanos. En todo caso, tiempo al tiempo, amigo. Quizá acabe olvidándote. Supongo que ahora que rige la fortuna conjunta Pazzi-Di Modica estará demasiado ocupada para pensar en minucias.

—No, Marcos. La *vendetta* es algo que los italianos llevamos en la sangre.

—Puede ser. A todo esto, ¿dónde está Robert? No lo he visto aún.

—Dicen que está muy enfermo y que no sale de su habitación. También se comenta que Carla lo cuida con verdadero amor de esposa. —Sandro dio un profundo tono irónico a esta afirmación—. A mí no me extrañaría descubrir que ella lo está envenenando.

Las estancias de Robert se encontraban al extremo de un largo corredor de la primera planta. Al menos, allí se alojaba antes de casarse con Carla, cuando era un visitante asiduo del *palazzo* y Marcos acudía de vez en cuando a estudiar los manuscritos. En aquel tiempo los dos hombres hablaban a menudo. De libros, de política, de mujeres... Largas conversaciones frente a una botella de vino, sentados junto al fuego si hacía frío o en el gran balcón de piedra, que ofrecía una vista excepcional de los jardines.

Marcos empezaba a sentirse cansado de conversaciones que no llevaban a ningún sitio. Por un instante envidió a Robert, descansando tan tranquilo en su habitación. Aunque las últimas palabras de Sandro resonaron en su cabeza: «No me extrañaría descubrir que ella lo está envenenando». Fuera el cansancio o el efecto aturdidor de la fiesta, una profunda inquietud se apoderó del erudito. Sin decir una palabra, abandonó a Sandro y se dirigió con determinación a la gran escalera de piedra que conducía a la planta superior.

—¿Te largas antes de que empiecen los discursos? —le preguntó Sandro divertido mientras apuraba una copa de vino, otra más—. Eres un viejo zorro...

Pero Marcos ya no lo escuchaba.

Nadie le prestó atención, un simple viejo con un traje barato que se aleja de un desfile de vanidades. En la planta de arriba vio que todo seguía como siempre, allí no se había emprendido ninguna reforma. Quizá Sandro tenía razón y a Carla solo le preocupaba la fachada, lo que veían los demás. De ella, de su casa, de su riqueza. En el corredor que llevaba a las estancias el olor a libro antiguo, a lignina, desaparecía de manera paulatina y era sustituido por el de la madera encerada. No tardó en llegar a la habitación de Robert.

La puerta estaba entreabierta y del interior emanaba un olor distinto, el de la enfermedad o, peor aún, el de la tristeza. Allí estaba Robert, pero no sentado en su sillón de siempre, sino recostado en la antigua cama con dosel bajo la trémula luz de un aplique que colgaba sobre la mesilla de noche. Por alguna razón, las cortinas del gran balcón estaban echadas. Más que un dormitorio, aquel cuarto parecía el escenario de algún tipo de ceremonia fúnebre. Pero el muerto estaba vivo. Y se alegró al ver a Marcos aparecer por la puerta.

—Se te ha quedado blanco el bigote —saludó el rico librero estadounidense a su visitante.

La voz de Robert sonaba cansada, con el tono propio del que apenas tiene aliento para respirar. Marcos contempló a aquel hombre, antaño vigoroso, como si su saludo viniera del más allá. Robert di Modica había envejecido lo indecible desde la última vez que se habían visto. Había adelgazado hasta volverse casi irreconocible, y sus brazos antaño vigorosos y ahora escuálidos colgaban inertes a ambos lados del cuerpo, sobre la colcha. Solo su barriga, abombada bajo la ropa de cama, parecía la misma de siempre.

—Tú estás... —empezó a decir Marcos sin saber cómo seguir.

—Estoy hecho una mierda, sí. El matrimonio me ha sentado fatal.

—No es buena idea casarse con mujeres más jóvenes que uno, ¿no? —Marcos recordó a la madre de su hijo, que lo abandonó tantos años atrás.

—La mala idea es casarse, Marcos. Tú lo sabes bien. Pero sobre todo es mala idea casarse con mujeres ambiciosas.

Marcos pudo ver un fulgor en los ojos de Robert, un atisbo de la energía que le había caracterizado durante toda su vida como hombre de negocios. Ahora apenas tenía fuerzas para sostener la mirada de su amigo.

—Estoy acabado, Marcos. Pero te agradezco mucho tu visita. Seguramente no volveremos a vernos, pero...

—Hombre, no digas esas cosas.

—No, déjame terminar. Me cuesta trabajo hablar. —En efecto, la respiración de Robert parecía agitada, como si el mero hecho de empujar las palabras le supusiera un esfuerzo descomunal—. No tendrías que haber venido.

—Lo hice solo porque tú firmabas la invitación.

—¡Yo no he firmado nada! —Robert calló un instante, como si esta declaración lo hubiera dejado sin aliento. Una vez repuesto, continuó—: Hace tiempo que no firmo nada ni pinto nada. Carla se ha hecho con el control de todo poco a poco. No me puedo quejar: yo quería un heredero único para las dos fortunas... y lo he conseguido.

—Carla es la heredera —terminó Marcos la frase.

—Así es. Y ni siquiera ha necesitado esperar a que me muera. En eso tuvo más suerte su padre. Ella le tenía miedo porque él era el único capaz de controlarla. Ahora que es libre, la creo capaz de cualquier cosa para conseguir sus objetivos.

Marcos sintió un escalofrío, como una advertencia implícita en las palabras de su amigo.

—Descansa, Robert. No creo que te venga bien agitarte.

—Ya no me viene bien nada, Marcos. Pero no pongas

esa cara. No voy a morirme. No ahora. Escúchame bien. No es ningún secreto que Carla te odia, pero ten cuidado con ella. Es peor que una serpiente. Sobre todo ahora que...

—Robert, el médico te ha prohibido excitarte. Sabes que no es bueno para tu corazón cansado.

Carla había aparecido de manera inesperada. El cuero de su traje despedía reflejos cuyo tono magenta se reflejaba en la madera de la puerta, pulida por los años, tal vez por los siglos, hasta convertirse en un espejo oscuro.

—Lo único que me cansa eres..., es...

—¿El qué, querido?

—Nada, Carla, nada —se rindió el anciano.

Marcos observó que, a pesar de todo, Robert di Modica seguía amando a Carla. Con ese amor a la belleza femenina que vuelve locos a algunos hombres y los desarma.

—Señor Vera, mi marido no puede recibir visitas —indicó Carla tratando de simular una amabilidad que desmentía la mirada glacial de sus ojos—. Si es tan amable...

—Por supuesto. Robert, amigo...

El americano le tomó la mano y se la apretó con una fuerza inesperada. Luego Robert hundió su cabeza en la pila de almohadas y cerró los ojos. Mientras salía, escoltado o más bien vigilado por Carla, Marcos se preguntó si volvería a abrirlos.

Al llegar a la escalera, el bibliófilo español volvió la vista atrás para contemplar, probablemente por última vez, aquel ancho e interminable corredor repleto de obras de arte, un lugar que le había sido tan familiar en otro tiempo. No se detuvo mucho en su nostalgia, consciente como era de la impaciencia de Carla, y regresó a la fiesta. Allí el bullicio no paraba de crecer, resultado no tanto del amor a los libros antiguos como de la generosidad con la que corría el alcohol.

Mientras descendía observando la espalda sinuosa de Carla, Marcos pensó que sí, que se movía un poco como una serpiente. Y que, como algunos ofidios, esa mujer podía ser muy peligrosa. Sabía de sobra que Carla los tenía en el punto de mira a él y a Pol desde hacía años. Tal vez por haberle hecho perder aquella apuesta o puede que por la insolencia del joven Pol cuando confiscó el cheque. O quizá por no haber robado para su padre, y para ella, el *Inferno* Loire. Probablemente esta última era la verdadera razón. Marcos, acostumbrado a un universo de rencores distinto, no consideraba ninguna de estas razones causa suficiente para sentirse amenazado por ella, pero los ricos valoran todo de otra manera. La ambición, la frustración y el orgullo son motores poderosos.

«Ten cuidado con ella. Sobre todo ahora que...» ¿Qué le habría querido decir Robert en un lecho que muy bien podía ser el de su muerte?

Capítulo 15

NUNCA JUZGUES UN LIBRO POR SU CUBIERTA

—El infierno de cada época está adaptado a sus circunstancias. Esto es ahora una biblioteca.

—¿Una biblioteca? —Parpadeé confuso.

—Sí, un lugar donde se leen libros.

ZORAN ŽIVKOVIĆ, *La biblioteca del Infierno*

Madrid, 28 de agosto de 2009

Laura no le había quitado ojo de encima a Tatiana en todo el día. No podía. Procuraba hacerlo con disimulo, pero tenía la sensación de que ella se daba cuenta porque, a su vez, la todavía propietaria de Loire se encontraba con los ojos azules de su empleada cada vez que miraba en su dirección. «¿Empleada?», se preguntó de pronto. Esa palabra ya no tenía sentido. Ni tampoco «colaboradora», como había sugerido Carla. En apenas unos días el trato quedaría oficialmente cerrado y Loire pasaría a ser el apéndice madrileño de Di Modica. Nada más. Si había que hablar de «empleadas», tanto Tatiana como la propia Laura entrarían en esa consideración. Empleadas de Carla. «Confidente» era el término que Laura estaba buscando. Tatiana era la espía de Carla. Para espiar ¿qué? Sin duda el paradero del *Inferno.*

Carla di Modica anhelaba en demasía el antiguo manuscrito como para aceptar de buenas a primeras que había sido robado sin más. Laura conocía ciertos aspectos de la personalidad de la italiana por lo que le había contado Marcos: despiadada, ambiciosa, vengativa... Laura quiso pensar que también habría cualidades positivas en la personalidad de la signora Pazzi (o miss Di Modica, como también se hacía llamar cuando le convenía), pero después de su trato con ella había llegado a la conclusión, algo superficial pero muy intuitiva, de que al menos su aspecto físico encajaba con la descripción: artificiosa en exceso, como si ocultara algo.

Bien, si alguna ventaja tienen los espías es que, una vez descubiertos, puede uno aprovecharse de ellos. Laura, que durante las últimas jornadas no había dejado de analizar la nota del ladrón, estaba empezando a atar cabos. Faltaban pocas horas para el regreso de Marcos, y la todavía propietaria de Loire no veía el momento de ponerlo al día. Mientras tanto, disponía de tiempo para zanjar otras cuestiones importantes. La primera, comprobar si había llegado la respuesta de Natalie Nachtkäfer, la abogada neoyorquina que, según toda evidencia, se había ocupado de los asuntos de Pol durante su desafortunada estancia en la Gran Manzana.

No había respuesta de momento, por lo que Laura podía seguir analizando los detalles de la nota, ese enigma cuya respuesta sentía cada vez más cerca. Presentía que la clave estaba a la vista, oculta entre el ruido de fondo. Los árboles no dejan ver el bosque... ¿Cuál era allí el bosque?

Tatiana, mientras tanto, continuaba la labor encargada por su auténtica jefa, la millonaria italiana: una valoración de Loire. Valoración y no catalogación, pese a los disimulos de Tatiana. ¿Qué iba a saber ella de biblioteconomía? A Laura no le cabía duda de que Carla no tenía mayor interés en Loire que sus deudores: lo que valía era el local, su situación céntrica, no sus contenidos, que con toda probabilidad la dueña de Di Modica estaba pensando en liquidar para sustituirlos por obras de lujo. Piezas destinadas más a nuevos ricos, gente con deseo de darse un barniz cultural, antes que a auténticos coleccionistas. Todo es apariencia: «Recuerda que lo que dice la letra es importante, pero no lo es menos su forma».

Decidió comprobar de una vez cuáles eran las verdaderas intenciones de Tatiana, o más bien de Carla. Laura había aprendido de Pol que en general no resulta difícil hacer que los demás revelen su juego, aunque no quieran. Se levantó de la mesa, tomó su bolso y, dejando la nota sobre el resto de sus papeles con aparente descuido, se dispuso a marcharse.

—Tatiana, me voy al aeropuerto a recibir a Marcos —se despidió Laura de forma un poco seca antes de salir.

Tatiana respondió con un sonido gutural, inarticulado, que Laura interpretó como una forma de despedida informal propia del Báltico. «Que ahorre palabras —pensó Laura—. Ya tendremos tiempo de hablar más tarde.»

El reencuentro de Marcos y Laura supuso para ambos una curiosa sensación de alivio en el frío ambiente del aeropuerto. A él, por los extraños acontecimientos vividos en la fiesta de los bibliófilos; a ella, por la impaciencia de hacer partícipe al viejo erudito de sus intuiciones recientes sobre el robo del *Inferno* y el verdadero significado de la nota. A este respecto, sin embargo, fue Marcos el primero en hacer una observación que añadía, si cabe, más misterio a la situación.

—Durante la fiesta me encontré con mi amigo Sandro

Renzi, que entre otras cosas es un gran aficionado a las teorías de la conspiración. Hablamos de muchos temas, pero en un momento de su inagotable charla sobre enigmas de todo tipo dijo algo que me llamó la atención.

—¿Relacionado con nuestro asunto? —preguntó Laura.

—Bueno, en principio se podría pensar que no. Pero luego, en el avión, me vino a la cabeza que sí, que podrían existir algunos lazos. A ver tú qué opinas: Sandro me habló de la teoría de la relatividad y me comentó que entre los efectos previstos por Einstein se encuentra la hipótesis de las ondas gravitatorias.

—Me temo que la física no es mi especialidad, Marcos.

—Verás. Resulta que el espacio y el tiempo no son tan estables como parece... Al menos bajo ciertos supuestos. Es complicado de explicar, pero en esencia, según me dijo Sandro, con un aporte suficiente de energía la realidad que nos rodea podría deformarse, manipularse, alterarse. La gravedad puede deformar el espacio. ¿Entiendes lo que quiero decir?

—Me hago una idea, pero no encuentro la conexión.

—A ver, tenemos varios sucesos relacionados, aunque sin un sentido claro: la nota nos exige la Moleskine de Einstein, aunque en teoría no sabemos nada de ella. Esto ya es de por sí bastante extraño. Luego viene la agresión del matón calvo, un tipo que hablaba con claro acento israelí. Por otra parte, los Pazzi guardan un antiguo candelabro de siete brazos en su *palazzo*, en un lugar destacado. Además, presumen de su lejana ascendencia judía. Esto podría ser una simple casualidad, pero a estas alturas no me lo parece. Por último, este asunto de las ondas gravitatorias que guardan relación con la teoría de Einstein. Las implicaciones de ese efecto físico que modifica la forma del espacio-tiempo no se han demostrado en un laboratorio, al menos hasta ahora, pero, si la hipótesis es correcta, esas ondas podrían ser el ingrediente fundamental de un arma definitiva. Un arma capaz de alterar la esencia misma del universo. El tiempo y el espacio moldeados a voluntad. Su capacidad destructiva no conocería límite alguno.

—Espere un momento... No, no, no puede ser. ¿Me está sugiriendo que la famosa Moleskine esconde los planos para construir tal arma? Es una locura.

—Más que los planos, una fórmula o serie de fórmulas. Lo que es el fundamento teórico. Sí, ya sé que suena muy raro. Pero es una posibilidad.

—Me parece una locura, Marcos. En todo caso, no tenemos esa agenda ni esas fórmulas.

—No. Pero es una pista. ¿Y si fuera el espionaje judío el que nos acosa?

—¿El Mosad? —preguntó Laura algo sorprendida, aunque no demasiado. A esas alturas estaba dispuesta a considerar como válida cualquier posibilidad—. Puede ser, ¿por qué no? Yo también he estado dándole vueltas al tema de la nota estos días y he llegado a algunas conclusiones. Una de las claves era: «Recuerda que la letra es importante, pero no lo es menos su forma». Creo que sé a qué se refiere.

—Sí, sé por dónde vas —indicó Marcos mirando a Laura directamente a los ojos—. Crees que la dedicatoria del *Paradiso* salió de la mano del propio Dante. *Per... mio frutto, amato estella. Finito, mentre la malattia mi finisce... CXXI Ravena idus ottobre.*

—Así es.

—La única pista es el escudo de la familia y eso no implica nada. Si al menos tuviéramos la fecha completa o el nombre de la persona a la que se dedica el manuscrito...

—Sí, pero no descartemos nada. La nota —continuó Laura— nos advierte de la importancia de la forma de la letra, así que está claro que hay algo sustancial en ese aspecto. En cuanto a la dedicatoria en bustrófedon, alternando la dirección a izquierda y derecha en cada renglón, la hizo alguien acostumbrado a escribir de esa manera tan complicada: los trazos son claros y definidos en ambos sentidos, sin titubeos.

—Pero no hay constancia alguna de que Dante escribiera con ese procedimiento que ya en su época estaba cayendo en desuso. Además, hay algo que no estás teniendo en cuenta.

—Sí, sí lo tengo en cuenta: Dante es famoso por la fealdad de su letra. Y la de esta dedicatoria es muy regular y cuidada, ¿verdad?

—Justo, a esas mismas conclusiones llegué yo cuando expolié la hoja y, a continuación, cuando estudié el *Paradiso* y el *Purgatorio* de los Pazzi. Habría estado bien, pero no encaja con lo que sabemos. Y es una pena...

—Sí, porque una dedicatoria autógrafa y demostrada de Dante tendría un gran valor, ya que no se conoce ninguna. Pero si los tres manuscritos los hubiera escrito él, entonces no tendrían precio. Vale, soñar es gratis, pero ¿por qué tenemos que dar por buena la versión oficial? —continuó Laura repentinamente sombría—. ¿Quién la autoriza?

—La voz de numerosos eruditos, entre ellos el propio Sandro. Cuando hace unos años le comenté esta posibilidad a mi amigo, la negó taxativamente. Además, muchos sabios del Renacimiento, y posteriores, pero sobre todo Niccolò Niccoli, aseguran que la letra de Dante era terrible de mala. Nada que ver con la elegancia que vemos en la letra de nuestros manuscritos.

—Sí, pero toda esa gente hablaba de oídas o simplemente llevada por los prejuicios. Piénselo: Niccoli despreciaba la cursiva mayúscula romana porque en su tiempo pensaban que los romanos empleaban en sus escritos la tipografía carolingia, que ahora reconocemos como muy posterior. Ahora imaginemos que Dante usara la cursiva mayúscula porque *sabía* —Laura subrayó esta palabra— que era la que de verdad utilizaban los antiguos romanos.

—¿Y cómo podía él saber eso?

—Bueno, no utilizando una máquina del tiempo, desde luego.

—No sé si se podrán fabricar armas de ondas gravitatorias, pero hasta yo sé que la teoría de la relatividad indica que el viaje en el tiempo es imposible —indicó Marcos.

—Así es, pero a Dante no le hacía falta, porque nada le impedía poseer alguna muestra de escritura romana antigua. Quizá algún texto original, muy viejo, que se perdió con el resto de su biblioteca. Cuando Niccoli tuvo en sus manos las cartas de Dante con las que hizo su valoración caligráfica simplemente vio una letra rara que le pareció tosca. Volviendo a la relatividad, términos como «fea» o «bonita» referidos a un tipo de letra son por completo convencionales.

—Visto así... El desprecio provocado por los comentarios de Niccoli habría favorecido la pérdida de los textos manuscritos de Dante.

—Y ahora nosotros podríamos ser los únicos en saber que los tres manuscritos de la *Commedia* son, de hecho, una joya única.

—De ser cierto, sin duda, conformarían el más importante manuscrito medieval que se conservara, un texto fundacional de muchas cosas, entre ellas la cursiva humanística, que, por influencia del maestro, se extendería durante los siglos siguientes por las cancillerías italianas. Su valor sería en verdad incalculable.

—Por supuesto, no olvido que seguimos sin tener el *Inferno,* pero de momento hay algo innegable, Marcos. ¿No se le ha ocurrido?

—¿El qué?

—No sé si lo de la letra del manuscrito tiene algún sentido histórico o incluso económico. Pero no cabe duda de que tiene interés para el ladrón. «No juzgues un libro por sus cubiertas», decía mi padre. Lo importante ahora mismo es lo que esa letra significa para nuestro ladrón. La nota esconde la clave para encontrar la Moleskine. Debe hacerlo. Simplemente no hemos profundizado en su sentido.

Marcos permaneció en silencio y entendió que para resolver el misterio había que ponerse en la cabeza del ladrón. Y en eso tenía experiencia.

—De acuerdo, Laura. ¿A dónde quieres ir a parar?

—A la «pequeña biblioteca» de Scott. Sea lo que sea lo que se esconda allí, por supuesto no será la Moleskine, puesto que si se encontrara en aquel lugar, nuestro ladrón habría podido ir él mismo a buscarla. Además, ¿por qué tendría que estar en Escocia? Lo lógico es que se esté refiriendo a algo mucho más cercano. Y lo vamos a comprobar muy pronto. Hoy descansará usted de su viaje y mañana... Mañana resolveremos el enigma.

Madrid, 29 de agosto de 2009

Nada más regresar a Loire lo primero que hizo Laura fue acercarse a la mesa y comprobar si Tatiana había caído en la trampa. Allí seguía el papelito, tal y como lo había dejado, pero girado ciento ochenta grados, como si alguien lo hubiera estado leyendo desde el otro lado del mueble. No le cupo la menor duda de que Tatiana había leído la nota e informado de su contenido a Carla. Era lo que esperaba que sucediera. Las piezas del puzle iban encajando una tras otra, pero los puzles pueden ser muy aburridos si se tarda demasiado en resolverlos: consideró que había llegado el momento de lanzar un órdago. Pero antes debía reunirse con Marcos para otro asunto.

Estaba a punto de salir para encontrarse con él cuando recibió el correo de respuesta de Natalie. Lamentando la pérdida de la supuesta viuda y sin poder aportar excesivos datos debido a la confidencialidad entre abogado y cliente, la neoyorquina le contó que, tras una denuncia anónima, Pol fue detenido por la Policía de Nueva York acusado de robo y tráfico de libros antiguos. La situación se complicó porque, según la declaración de los agentes, Pol se había resistido a la detención y fue necesario usar la fuerza para reducirlo. Sin embargo, a la demanda de su bufete sobre el supuesto botín no hubo respuesta, ya que al parecer los libros robados no aparecieron. El caso pasó a disposición judicial y Pol fue puesto en libertad hasta la vista pública. Pero esta nunca se produjo pues, al parecer, su cliente había abandonado el país sin autorización. La orden de busca y captura que se había emitido contra Pol sería retirada dado que había fallecido.

A Laura no le costó mucho atar cabos. La denunciante anónima no pudo ser otra que Carla, la cual debió de quedarse con los libros de Pol sin soltar ni un dólar. No le costó imaginar a la italiana sobornando a los agentes para que, además de confiscar los libros y dárselos a ella, le propinaran a Pol una paliza como advertencia o venganza personal. La creía perfectamente capaz. Por otra parte, conocía demasiado bien a Pol como para imaginárselo peleando con los policías neoyorquinos. Aunque se había visto empujado a situaciones violentas en más de una ocasión, las peleas no entraban en su naturaleza. Sobre todo si no podía ganar...

Al menos, ya sabía lo sucedido en Nueva York. Y encajaba con las demás piezas del puzle. La siguiente, tal vez la definitiva, esperaba encontrarla en pocos minutos y en un lugar inesperado: el museo Cerralbo de Madrid, la antigua residencia de Enrique de Aguilera y Gamboa, décimo séptimo marqués de Cerralbo, un aristócrata decimonónico, a medio camino entre arqueólogo y saqueador, cuyas colecciones reciben la visita de miles de personas al año.

El museo se encuentra en pleno centro de Madrid, junto a la plaza de España. El precioso palacio, con su pequeño y romántico jardín, alberga una colección extraordinaria de objetos personales del marqués: mobiliario, cuadros, armas antiguas, joyas, monedas de diversas épocas y, por supuesto, libros. Una muestra del carácter ecléctico de este magnate que defendió la causa carlista con el mismo ardor que puso en sus excavaciones arqueológicas por media España. O, como prefería pensar Laura, una muestra del *horror vacui* de un hombre que había decidido adquirir cualquier objeto de lujo que pudiera comprar el dinero. No había un centímetro dentro de ese palacio que no esté cubierto de alfombras, tapices, esculturas, vitrinas con sellos, crucifijos, relojes, lámparas de araña.

De acuerdo con esta variedad, las salas del museo muestran cada cual un ambiente, muy al gusto decimonónico: una estancia de gusto andalusí, una sala de armas con aroma medieval, una habitación decorada de arriba abajo con valiosísimas porcelanas... y una biblioteca.

—He venido aquí un millón de veces —le comentó

Laura a Marcos mientras adquirían las entradas—. Desde que mi padre me trajo de pequeña, siempre me ha encantado esta extravagancia romántica a medio minuto del follón de la Gran Vía. Se me tenía que haber ocurrido antes que la nota se refería a esta biblioteca, la que el marqués diseñó inspirándose en la de Walter Scott en Abbotsford House, solo que de dimensiones más reducidas. «Encontrarás el camino en la pequeña biblioteca de sir Walter Scott.» No había que ir a Escocia, por supuesto.

—Falta entender el resto de la frase: «Alto entre la numismática: 3, 9».

—Creo que sé lo que significa. Si tengo razón o no, lo vamos a saber enseguida.

La biblioteca es una sala cuadrada, pequeña en comparación con otras del museo, aunque de techos muy altos. Las cuatro paredes albergan estanterías repletas de libros, desde el suelo hasta el techo. Solo las puertas y una ventana cubierta con una espesa cortina, para evitar el paso de la luz solar, se libran de esa saturación. En el centro hay una gran mesa presidida por un reloj coronado por una estatua dorada.

—¿Orfeo, el guía infernal? —sugirió Laura.

—No —corrigió Marcos—. Es el dios Apolo tañendo el arpa. Aunque no es difícil confundirse.

—Es cierto. Habría sido una curiosa coincidencia.

—Hay muchos héroes que descendieron a los infiernos. El primero de todos, Gilgamesh. Y Teseo, Psique, Eneas... Algunos buscaban respuestas a los misterios de la existencia. Otros, como Orfeo, devolver al mundo a un ser amado. Ninguno logró su objetivo.

Laura miró a su alrededor. Los paneles de las estanterías están separados unos de otros por finas columnas de mármol. Puertas acristaladas protegen del polvo los coloridos volúmenes en la parte baja. Observó que cada columna de estanterías tiene un número. Y a su vez, cada estante muestra su propia numeración independiente. Laura buscó la estantería 3. A sus pies una vitrina iluminada exhibía una colección de monedas antiguas.

—¡Lo tenemos! —exclamó Laura. Su tono de voz llamó la atención de un vigilante que medio dormitaba sentado en un rincón—. «Alto entre la numismática, 3, 9.» Lo que buscamos se encuentra en esta estantería, en la balda número 9.

—Genial —observó Marcos intentando mostrarse optimista.

—¿Cómo se sube?

Marcos curioseó un poco. No tardó en encontrar la respuesta:

—Hay escalas de madera escamoteables en los costados de los paneles. Lo que me preocupa es ese —comentó Marcos en voz baja mientras observaba las monedas simulando interés. Todas le parecían iguales.

Laura echó un vistazo al guardia. Parecía estar a punto de caer dormido. Sin duda, el trabajo de vigilar un museo no se cuenta entre los más estimulantes que existen.

—Marcos, usted se encargaba de las maniobras de distracción en los golpes con Pol, ¿no es cierto?

—En teoría, sí. Pero casi nunca le hice falta. Planificaba sus acciones de forma que no fuera necesaria mi intervención. Y no creas que no me sentía un poco fuera de lugar.

—Bueno, yo no soy Pol. Hoy vamos a improvisar. De momento, necesito que hable con ese vigilante y se lo lleve de aquí durante un rato.

—¿Y qué le digo?

—Ya se le ocurrirá algo.

Marcos se encogió de hombros y se acercó al vigilante.

Este, acostumbrado a que los visitantes le preguntaran por la situación de tal o cual pieza, se puso en pie para atenderlo.

—Querría saber dónde se encuentran las monedas romanas que el marqués encontró durante sus excavaciones en la ciudad de Arcóbriga, si es usted tan amable.

El vigilante estaba habituado a preguntas menos concretas.

—Bueno, las monedas, aparte de las que hay aquí, se encuentran en la sala...

—Si fuera usted tan amable de guiarme. Es que no tengo muy buen sentido de la orientación, ¿sabe? Hacerse viejo es un asco.

El vigilante dudó unos instantes, para a continuación ceder a la mirada amable de Marcos, que, reforzando su papel de viejo despistado e indefenso, tomó del brazo al hombre mientras le contaba una historia interminable sobre el yacimiento iberorromano situado junto al pueblo de Monreal de Ariza, en Zaragoza.

Laura no perdió un instante: buscó la escalera, la sacó de su escondite y subió con rapidez. A la altura del estante noveno no había vitrinas protectoras de cristal y allí se encontraban, como cabía esperar, las obras de numismática. «¿Qué debería buscar? —se preguntó Laura—. El mejor sitio para esconder un libro es entre otros libros.» Mientras desplazaba su vista rápidamente por los lomos de cuero viejo y oscurecido, se dio cuenta de dos cosas. La primera, que lo que debía encontrar era un intruso. No tardó en hacerlo. Entre dos manuales de monedas españolas del siglo XIX podía verse con toda claridad lo que parecía un folleto de papel. Lo extrajo con cuidado: se trataba de un fascículo de cierta colección de literatura popular de principios del siglo XX, «El Cuento Semanal». En concreto, una edición de un relato de Edgar Allan Poe titulado *La carta robada.* «Muy apropiado», pensó Laura. Esa era la pista para «encontrar el camino». Fue buena idea, después de todo, no viajar a Escocia.

Laura sacudió las páginas del fascículo, pero no había nada en su interior, aparte de... No podía ser cierto. Empezó a pasar las hojas con nerviosismo. Había visto bien. En la primera página encontró una anotación a lápiz: «Nunca juzgues un libro por su cubierta». El corazón le dio un salto dentro del pecho: ¿no era aquella la letra de Pol?

Se guardó el fascículo en el pecho, bajo la blusa y, tras comprobar que el vigilante no había regresado, se bajó de la escalera y volvió a ocultarla en su lugar. Notaba el calor del papel o, tal vez, la repentina cercanía de Pol. Aquella frase le estaba diciendo lo que necesitaba saber aunque, de nuevo, oculta tras un enigma cuya clave le parecía ahora muy clara. Ahí radicaba la esencia de su segunda revelación: ¿por qué el ladrón no había acudido él mismo a buscar la Moleskine, estuviera donde estuviera? Para Laura la respuesta era al fin evidente.

Capítulo 16

REVELACIONES

> Habituada a comunicarle sus pensamientos y arranques [...], su ausencia le amagaba con un vacío mortal...
>
> GOETHE, *Werther y Lotte leyendo*

Madrid, 30 de agosto de 2009

A las cinco y media de la tarde aparecieron puntuales en Loire los padres de Pol. Se mostraban cohibidos, incluso algo aturdidos, quizá por la presencia de tantos libros raros. ¿Les advertían en su secta de los peligros de la lectura? La madre, ataviada de modo informal con un vestido de flores y unas sandalias de cuero, saludó a Laura y a Tatiana mientras el padre, con vaqueros y camisa, contemplaba embobado las lámparas de araña que pendían del techo.

El viaje en taxi hasta el piso de Pol se hizo largo por el forzado silencio. No había gran cosa de qué hablar, pero, sobre todo, se notaba la tensión por el asunto de la herencia. Pol, que siempre había vivido de alquiler, no tenía propiedades. Pero sí, para sorpresa casi general, contaba con una serie de cuentas corrientes en diversos países, además de una cartera de valores, y todo junto sumaba una buena cantidad. Los padres de Pol estaban deseando echar mano a ese dinero que, sin duda, no le vendría mal a su secta. Sin embargo, la presencia de Tatiana había complicado las cosas. A Laura, aunque le sorprendió un poco el repentino patrimonio de Pol, no le preocupaba ese particular: que resolvieran sus asuntos en familia.

El piso continuaba tal y como lo habían dejado unos días antes. Laura notó el olor familiar de Pol incluso por encima del aroma característico de los libros antiguos. Sintió un breve escalofrío, pero esta vez pudo dominar sus sentimientos. Solo deseaba concluir aquel trámite cuanto antes.

—Todo lo que poseía Pol, al parecer, se encuentra aquí —indicó Laura a sus tres interlocutores—. Esto es todo: sus objetos personales, algunos muebles y montones de...

Se detuvo, sorprendida por no haberse dado cuenta antes. «Montones de libros.» En efecto, había libros por todas partes, su último gran botín. ¿Y desde cuándo viajaba Pol sin llevarse los libros que pretendía vender? Él no era coleccionista ni bibliófilo. No guardaba afecto alguno al objeto de sus robos. De hecho, su principal objetivo era desprenderse cuanto antes del material comprometido y convertirlo en dinero contante y sonante. Si no había ido a cerrar una venta, ¿qué diablos hacía Pol en aquella avioneta?

Ninguno de los presentes se extrañó del repentino silencio de Laura. Todos conocían su relación con Pol e imaginaron, de forma equivocada, que la emoción había embargado a la librera.

—Te agradecemos mucho que estés aquí con nosotros —intervino la madre—. Debe de ser muy duro para ti.

—Sí, sí... Lo es —respondió Laura volviendo a la realidad.

—Sin embargo, tu intermediación ya no es precisa, querida —indicó Tatiana muy seca—. Como viuda de Pol, me corresponde a mí...

—Eso habrá que verlo —cortó el padre—. Ni siquiera estamos seguros de que esos certificados de boda tengan validez en España.

—Son perfectamente legales, señor —respondió Tatiana intentando mantener las formas.

—Lo tendrá que decidir un juez.

—Por favor, calma —intentó mediar la madre—. No ganamos nada discutiendo.

Laura estaba de acuerdo en este último punto. Se sentía fuera de ese universo familiar de Pol que había surgido de pronto y de un modo tan sórdido. La relación de ambos podía haber sido intermitente, incluso tormentosa a veces. Pero era de ellos, un mundo exclusivo de la pareja. La presencia de padres, viudas, parentela en general rompía el encanto de ese amor que había sido como un secreto particular. Pero, al mismo tiempo, sintió un alivio paradójico al ver a las dos partes peleando, como si mantenerse apartada de la disputa por la herencia preservara la esencia limpia de su amor por Pol. Había cumplido con su parte de cortesía acompañando a los padres a la casa. Lo que sucediera después ya no era cosa suya.

—Si me disculpan... —dijo Laura—. No quisiera inmiscuirme en algo que ya es asunto familiar. Además, tengo muchas cosas que hacer.

—Perfecto, nosotros nos ocuparemos de todo —indicó Tatiana segura de sí misma.

—Un momento, Laura —intervino la madre—. Antes de irte, ¿no quieres llevarte algo? Un recuerdo de Pol.

Laura interpretó ese gesto amable como un ataque indirecto a Tatiana, un reconocimiento tácito de que, para los padres, la verdadera viuda de Pol era ella. Pese a la mala relación que mantenía con ellos, Laura supo en ese momento que Pol les había hablado de ella, que la consideraba importante. Sintió tal encogimiento en el pecho que tuvo que dominarse para no llorar.

Dudó un instante. No necesitaba nada, aparte de sus recuerdos, pero al contemplar a Tatiana, arreglada como siempre con una mezcla de sofisticación cara y mal gusto, decidió que no le costaba nada agredir simbólicamente a la confidente de Carla.

—De acuerdo, se lo agradezco mucho —dijo echando un vistazo a su alrededor, sin saber muy bien qué podría llevarse como prenda.

Pol no se había esmerado decorando el apartamento. Tampoco era persona que atesorara objetos personales ni que sintiera una especial nostalgia. Había vivido siempre como un nómada, «ligero de equipaje», que diría Antonio Machado. Solo aquellos libros robados guardaban algo de él. Contempló las estanterías y se decidió por una edición de *Coronel Jack*, donde Daniel Defoe cuenta la historia de un muchacho pobre que sueña con ascender en la sociedad y alcanzar la gloria. ¿Por qué ese libro en particular? A Laura le pareció que encajaba con la historia personal de Pol, pero es que, además, era el único que guardaba en su interior un marcapáginas y eso era muy muy extraño. A ojos del resto no quería decir nada, pero a los de Laura era muy chocante, revelador. ¿Habría estado Pol leyendo esta obra?

—Esto bastará —respondió tomando el libro entre sus brazos.

Tatiana guardó silencio e intentó registrar qué libro había seleccionado para informar después a Carla. Mientras, Laura se despidió de los padres con unos besos formales. Evitó toda cortesía con la lituana y se marchó de allí tan rápido como pudo. Tenía una cita con Marcos. Un encuentro que podía resolver muchas cosas.

Tan pronto como se encontró con él en Loire, le resumió la visita al piso de Pol y le mostró el libro:

—¿Qué puede decirme de este ejemplar? —le preguntó intuyendo la respuesta.

Marcos tomó el volumen, lo sopesó, echó un vistazo al título, la encuadernación, las guardas... Buscó algún detalle que indicara el año de edición, el lugar de impresión, el editor y otros aspectos que el entendido tiene en cuenta a la hora de valorar un ejemplar.

—Edición de 1722, del que probablemente sea el autor británico más leído de todos los tiempos, Shakespeare aparte. Un título que, además, nunca se ha publicado en español. No está mal. Tienes buen ojo, de eso no me cabe la menor duda. Podrías sacarle un buen dinero aunque, por supuesto, seguiría sin ser suficiente para cubrir ni siquiera una parte de tus deudas. Me temo que solo el *Inferno* podría obrar ese milagro.

—Y solo si demostramos que fue escrito por la propia mano de Dante —añadió Laura tomando de nuevo el volumen—. No he cogido este libro por su valor económico, sino por otra cosa. Marcos, ¿no encuentra raro que Pol se fuera de viaje sin llevarse este libro, y todos los demás, para venderlos?

Marcos se quedó con la boca entreabierta. ¿Cómo no había caído en ese detalle?

—Tal vez viajó por algún motivo personal —respondió buscando sin demasiada convicción una alternativa que justificara su falta de perspicacia.

—¿En avión privado? Por motivos personales uno viaja en tren o en autobús. Además, ¿qué motivos personales?

En Valencia viven sus padres, pero no creo que fuera precisamente de visita. Pol podría haber alquilado una avioneta privada para evitar el paso por el control aeroportuario, pero ya sabemos que eso no le preocupaba demasiado. Y en este viaje no se llevó el botín, a pesar de que le gustaba quitarse de encima con rapidez el fruto de sus robos.

—Es cierto —admitió Marcos—. No le gustaba guardar las cosas robadas demasiado tiempo: le parecía arriesgado.

—Así es. Otro misterio que tendremos que resolver. Pero ahora hay algo que me interesa más. Cuando me habló del plan para robar en la exposición de Einstein...

—Que no pudimos llevar a cabo, aunque alguien se encargó por nosotros —puntualizó Marcos.

—Sí, en efecto. Y ya he localizado un artículo sobre el caso...

Un ruido en la puerta, seguido del repiqueteo de unos tacones sobre el vetusto suelo de tarima, interrumpió la conversación. Tatiana estaba de vuelta en Loire y las cosas no debían de haber ido muy bien con los padres de Pol, a juzgar por su gesto airado y el gruñido que emitió como saludo.

—Marcos —continuó Laura—, luego le contaré algunas cosas que me rondan la cabeza. De momento, vaya usted a su casa y descanse un poco.

—De acuerdo.

Apenas se marchó su amigo, Laura sintió que el caos de los días anteriores daba paso a la claridad que precede a las revelaciones. No podía interpretar de otra manera los sentimientos que le llenaban el alma. Era como despertar de un sueño intenso y largo: al principio se encuentra uno aturdido, como si las telas del universo onírico se resistieran a abandonar su propio mundo. Luego la realidad se impone.

—Perdona, Laura... Si no te importa ocuparte tú sola de la librería... Debo salir. Asuntos personales —dijo Tatiana interrumpiendo el curso de sus ideas.

—Sí, claro. Vete.

Estuvo a punto de añadir: «No me haces falta», pero se contuvo. Sentada a su mesa, cerró los ojos e imaginó a la lituana alejándose, guiada solo por el martilleo cada vez más atenuado de sus tacones, hasta que estos se perdieron en el bullicio de la calle.

Algo le vino a la cabeza, abrió los ojos, se levantó, cerró la librería y siguió a Tatiana con el mayor disimulo posible. Mientras caminaban, una en pos de la otra por la calle, un hombre sentado en un banco lanzó un piropo a la lituana, que no le hizo caso. A continuación hizo lo propio con Laura, que ni siquiera lo escuchó.

—Cuanto más guapas, más bordes —murmuró el hombre sin que sus palabras recibieran eco alguno.

Tatiana se detuvo poco después en una parada de taxis. Se subió a uno y Laura, sin dudarlo, tomó el siguiente.

—¿A dónde vamos, señorita? —preguntó el taxista.

Laura lo tenía claro:

—Siga a ese taxi —respondió con entusiasmo. Siempre había querido pronunciar esta frase oída mil veces en mil películas.

La persecución no fue de película. No hubo derrapes, ni tiros ni espectáculo. El tráfico de Madrid un domingo de agosto era poco menos que testimonial. Laura incluso temió que Tatiana se diera cuenta de que la seguían, pero no fue así. Al cabo de unos minutos el vehículo de la lituana se detenía frente al número 150 de la calle de Velázquez.

—Se para ahí, señorita. ¿Qué hago? —preguntó el taxista tan excitado como Laura. Al parecer a él tampoco le habían solicitado nunca ese tipo de carreras—. ¿Me detengo?

—No. Siga, pase de largo.

Laura observó el edificio, cuyo acceso estaba custodiado por guardias armados hasta los dientes. Tatiana, sin embargo, no tuvo problemas para entrar, pues alguien la esperaba en la puerta con una sonrisa de oreja a oreja. Un hombre alto, corpulento y... calvo como una bola de billar.

—¿Así que sois amigos?

La pregunta de Laura flotó en el aire mientras oteaba por la ventana trasera del taxi cómo el matón y la espía entraban, con toda la familiaridad del mundo, en el edificio de la embajada de Israel en Madrid.

—¿Perdone? —respondió el taxista confundido.

—Nada... Hablaba para mí...

Al cabo de un rato, ordenó al taxista que la llevara de vuelta a Loire. Había llegado el momento de lanzar su órdago. Y no tuvo dudas a la hora del primer envite:

—Tatiana...

—¿Sí, Laura? —preguntó la aludida sin levantar la vista.

—Lárgate —lo dijo con toda tranquilidad.

—¿Perdón?

—¡Que te vayas de aquí! ¡Fuera de mi librería!

—Pero... —Tatiana, estupefacta, no comprendía muy bien la situación—. No sé por qué dices eso, pero no te conviene, Laura. La oferta de Carla es buena para ti.

—Loire es mía. ¡Mía! ¿Lo entiendes? Ya puedes largarte y decirle a Carla que no hay trato. No le venderé Loire. Prefiero que se la queden los usureros a que acabe en sus manos. Puedes contárselo así. Y dile también que sé para quién trabajáis. Ya sé quién es el matón calvo y que fue ella quien me lo envió.

Tatiana inspiró largamente y luego, arrugando la boca, advirtió a Laura:

—Si sabes eso, sabes del peligro que corres.

—¿Me estás amenazando?

—Solo digo que mi jefa quiere las notas de Einstein. Es más importante que tú y que esta librería.

—Más importante para vosotros, pero no para mí. Además, no tengo ni puta idea de dónde está esa agenda. Me da igual si lo creéis o no. Y ahora, ¡largo de una vez!

Tatiana recogió sus cosas con rapidez y se dirigió a la salida. Antes de perderse de vista aún lanzó un último mensaje a Laura:

—Supongo que no ves tu correo electrónico esta mañana —añadió la lituana en su español ajeno al uso correcto de las formas verbales—. Echa un vistazo a tu ordenador y darás cuenta de que Pol no te quería tanto como te crees.

—¿A qué te refieres? —preguntó Laura.

—Míralo y llega a conclusiones. Eres lista. Adiós.

Capítulo 17

UNA MENTIRA REPETIDA ES UNA VERDAD

> Al final de la escalera hallaron una posada excelente, con una cámara magníficamente decorada, donde estaban los libros y el estudio en que iban a leerlos. Nada más acomodarse se pusieron a discutir sobre por qué libros tenían que comenzar.
>
> DON JUAN MANUEL, cuento XI,
> *El conde Lucanor*

Madrid, 30 de agosto de 2009 al anochecer

Enrique Martínez. Quique para los amigos y como nombre artístico. Así firmaba sus trabajos de prensa. No puso ninguna pega respecto a encontrarse con Laura en una cafetería del centro. En realidad, parecía encantado.

—Laura Loire, la novia de Pol, ¿verdad? —saludó el periodista con toda familiaridad acercándose a la mesa donde Laura lo esperaba ojeando un libro.

Debía de tener la misma edad de Pol, pero su aspecto era menos cuidado. Su larga barba caía sobre una camiseta adornada con un demonio que tocaba el saxo.

—¿Conocías a Pol? —preguntó Laura sorprendida.

—¡Claro! Nos hicimos amigos en la universidad. En la biblioteca..., o más bien en la cafetería de la biblioteca central. ¿No te habló de mí? Éramos uña y carne. Él me habló mucho de ti.

No, no le había hablado de él. Como de tantas otras cosas.

—Lo único que siento es conocernos en este momento tan triste. Pobre Pol, qué forma más jodida de morir.

—Sí, ha sido horrible —concedió Laura.

—Yo siempre le decía que iba demasiado rápido, siempre de acá para allá. En fin, se supone que en esta época eso es una virtud. Una de las muchas que tenía.

Sí, Pol guardaba muchas buenas cosas en su interior. Demasiadas. Laura se preguntó, de nuevo, cuántos secretos le había ocultado a lo largo de los años. El periodista, ajeno a los oscuros nubarrones que empezaban a formarse en la cabeza de Laura, continuó hablando:

—Respecto a lo que sucedió alrededor del artículo que me comentabas en el *mail*... Ha pasado tanto tiempo desde la publicación que temo no recordar todos los detalles.

Laura no los necesitaba todos: solo los importantes.

—Dime lo que puedas.

—Vale. La exposición se iba a celebrar durante la primavera de 2005 —comenzó Quique—. El robo, cometido un par de días antes de la inauguración, dio al traste con el evento. Menudo follón se armó: la mayoría de los donantes retiraron sus fondos.

—He leído tu artículo en Internet y contiene mucha información —le indicó Laura—. De hecho, demasiada... No sé si me entiendes.

—Sí, claro que te comprendo, Laura. Como te puedes imaginar, sé muy bien cómo se ganaba la vida Pol. ¿Cómo, si no, habría podido darme tantos datos relevantes sobre el robo?

—¿Fue él quien te dio la información para el artículo? —se sorprendió Laura.

—Por supuesto. Ya te puedes imaginar cómo la consiguió. Lo que no sé es por qué puso tanto empeño en contarme ese golpe en concreto. No fue precisamente uno de los mejores que dio.

Bien, el misterio del robo en la exposición de Einstein quedaba resuelto. Laura se preguntó qué diría Marcos cuando se enterara.

—Cuando se preparaba la exposición, Pol estaba de paso en Madrid. En aquel tiempo viajaba mucho a Lituania por... negocios. Creo que tenía un contacto allí. En fin, el caso es que una clienta suya habitual, cuyo nombre no me dio, se mostró interesada por algunas piezas que se iban a exponer. Si no recuerdo mal, se trataba de varios textos manuscritos del propio Einstein.

Laura no se había equivocado con sus intuiciones. Las piezas empezaban a encajar. Se preguntó qué imagen formarían una vez puestas todas en su sitio.

—No había tenido tiempo de preparar un plan detallado y la exposición no tardaría en abrirse al público, lo que, según me dijo, complicaría las cosas. Así que tiró de su experiencia para diseñar un plan con la mayor rapidez. Se acercó a la sala de exposiciones unos días antes, echó un vistazo a los preparativos y optó por el procedimiento más fácil. Esto era un rasgo de carácter suyo: ir al grano, no perder tiempo y seguir el camino más recto. Siempre le dio buenos resultados.

—Sí, se los dio —admitió Laura—. Y no solo en el... trabajo. ¿Cómo lo hizo?

—Se agenció un mono como los que llevaban los operarios de la exposición. Lo manchó un poco para que diera sensación de usado, se lo puso y se acercó a la sala. Esperó a la hora del almuerzo, cuando la mayor parte de los trabajadores se ausentan para comer algo. Entonces entró como si tal cosa, saludando aquí y allá. Sabía lo que estaba buscando.

—¿Y lo encontró? —preguntó Laura anticipando las respuestas a sus preguntas.

—Claro que lo encontró. Eran varias piezas personales de Einstein o relacionadas con él. Manuscritos, fotos, libros que le habían pertenecido. Se iban a exponer todos juntos en la vitrina central de la muestra. Simulando que era un operario más, tomó una caja, metió dentro los objetos de la vitrina y salió a la calle como si tal cosa. Apenas se había alejado unos metros de la sala, entró en un portal, se quitó el mono de trabajo, guardó el botín en una mochila que llevaba oculta bajo la ropa y desapareció entre el ajetreo de la ciudad.

—Sí, recuerda mucho a su forma de actuar.

—Siempre le sorprendió la falta de seguridad en relación con ciertas cosas.

—Como los libros antiguos o... Quique, en tu artículo hablas de una agenda tipo Moleskine como parte del botín. ¿Te dijo Pol algo acerca de su paradero o de su contenido?

—¡Ah, la famosa agenda! Me temo que eso es una invención de mi redactor jefe. Pensó que de esa manera el lector establecería una relación visual más eficaz con la imagen del robo. ¡Menuda idea tuvo! No me trajo más que problemas.

—¿Y eso?

—Para empezar, porque a la Policía le pareció que conocía demasiados detalles del robo. Unos agentes vinieron a hacerme una visita, y aunque me escudé en la confidencialidad de las fuentes, me dieron bastante la lata. Pero es que al día siguiente se presentó en la redacción un tipo que decía ser delegado de la aseguradora de la Biblioteca Nacional de Israel y quería saber a toda costa quién me había dado el soplo. Volví a alegar el asunto de la confidencialidad y se puso amenazador.

Laura tuvo un presentimiento:

—¿Cómo era aquel hombre? —preguntó.

—Ah, sí, lo recuerdo muy bien. ¡Como para olvidarlo! Era un tío grandote con pinta de bruto, calvo como una bola de billar. O más bien lampiño. ¡Ni siquiera tenía cejas! —explicó el periodista—. El caso es que insistí en mi negativa, ya que las piezas robadas no tenían nada que ver con la Biblioteca israelí, y él desveló sus cartas: dejó a un lado el cuento de la aseguradora y me dijo que era agente del Mosad. ¡Nada menos! Y que en la agenda robada había información sensible, datos sobre no sé qué arma... No me acuerdo de los detalles. Como te dije, ha pasado el tiempo. El caso es que el tipo se largó y... Bueno, ahí acabó todo. ¿Y sabes lo mejor?

—¿Qué?

—¡Que nadie se dio cuenta, ni siquiera ese espía de pacotilla, de que era imposible que fuera una Moleskine! La compañía se fundó en 1997. Simplemente no existían esas agendas en tiempos de Einstein. Fuera lo que fuera lo que robó Pol, sería otra cosa: una agenda de otro tipo o algo por el estilo.

La inspiración viene a veces por los caminos más inesperados. Ahora las cosas empezaban a tener sentido. Pol había dado aquel golpe por orden de Carla. La misma Carla que le había encargado otros trabajos en el pasado. Pero, por alguna razón, Pol se negó a entregarle lo que más le interesaba: las notas manuscritas de Einstein que, según sospechaba la italiana o el Gobierno israelí, ya no sabía qué pensar, podían guardar el secreto del arma de ondas gravitatorias.

Cómo pudo llegar Carla a semejante conclusión resultaba algo enigmático. Tal vez influyera la polémica despertada por el proyecto LIGO, según había leído Laura, un carísimo detector de ondas gravitatorias que empezó a construirse en 2002 y cuyas capacidades fueron puestas en entredicho por algunos miembros de la comunidad científica. En tal caso no habría sido Carla, sino alguien con mayores conocimientos. Ese alguien, visto lo visto, solo podía ser algún especialista del Mosad que, tras atar algunos cabos, decidió encargar a la multimillonaria de lejana ascendencia judía la *adquisición* de esas notas inéditas de Einstein. Un plan que, a pesar de ser bastante intrincado, podría funcionar de no ser por la injerencia de Pol, que había dado al traste con todo. ¿Reparos morales de Pol, que no quería dejar en manos de un Gobierno tan agresivo como el de Israel un conocimiento peligroso? No sabía qué pensar y, para colmo, ¡la famosa Moleskine ni siquiera era tal!

—Todo lo relacionado con aquel golpe fue muy raro, Laura —continuó Quique sacándola de sus cavilaciones—. Siempre tuve la impresión de que había algo distinto en aquella acción, una motivación oculta.

«Por supuesto que la había», pensó ella. Pol quería, como siempre con la mejor intención, conseguir el dinero suficiente para acabar con la deuda de Loire. ¿Por qué si no iba a negarse a entregar a Carla aquello que esta tanto deseaba conseguir? Pol no se habría buscado gratuitamente la enemistad de una persona tan vengativa. Una venganza que se concretó en Nueva York y, tal vez... ¿Y si el accidente aéreo no había sido en verdad tal accidente?

Laura se despidió del periodista con esta idea siniestra en la cabeza. Suspiró profundamente al quedarse sola, pensando si podría Carla llegar a semejante extremo. Un sentimiento mezclado de miedo, rabia e ira la invadió de pies a cabeza, como una corriente eléctrica.

Más tarde, de regreso a casa, encendió su ordenador y abrió su servidor de correo. Propaganda no deseada, información sobre libros... Nada fuera de lo habitual salvo un mensaje procedente de una famosa casa de subastas.

Le anunciaba que habían aceptado la solicitud de Loire para subastar un antiguo cuaderno con notas autógrafas de Albert Einstein y la instaban a depositar dicho lote en su sucursal de Madrid para proceder a su valoración. Una dirección y un horario de oficina. Eso era todo. Laura vio en esto la mano de Pol y comprendió lo que le había querido decir Tatiana.

De hecho, ahora lo comprendía todo.

Capítulo 18

LA CARTA ROBADA

> Quizá sea precisamente la simplicidad lo que le desconcierta a usted.
>
> EDGAR ALLAN POE, *La carta robada*

1 de septiembre de 2009

En el relato de Poe un ladrón roba al rey de Francia una carta íntima enviada por una dama. El jefe de la Policía sospecha de un hombre, pero necesita pruebas para poder acusarlo. No obstante, conoce un detalle fundamental: el ladrón guarda la carta comprometedora en su propia casa. Aprovechando una ausencia del sospechoso, el sabueso y sus agentes registran de arriba abajo la vivienda: buscan bajo las tablas del entarimado y rastrean incluso las patas de los muebles, por si hubieran sido perforadas. Sin embargo, no encuentran nada. Desalentado, el jefe recurre a la ayuda de la persona a la que más odia: Auguste Dupin, un detective que siempre deja en ridículo a la Policía. Sabedor de la escasa perspicacia del comisario y sus hombres, Dupin deduce que el ladrón ha tenido que esconder la carta donde nadie la buscaría: bien a la vista. Y así descubre sin demasiados problemas que se encuentra en el clasificador donde el ladrón suele guardar su correo habitual. Un lugar al que los policías, convencidos de que la carta debía de haber sido ocultada a conciencia, ni siquiera habían echado un vistazo. Tras un complejo plan, el astuto detective consigue hacerse con la carta, que acaba vendiendo al jefe de Policía por una considerable suma de dinero.

Laura terminó de leer por enésima vez *La carta robada* que había encontrado en la biblioteca del museo, convencida de que Pol le estaba hablando desde más allá de la muerte. El mejor escondite es el más evidente. Y no hay que juzgar un libro por su cubierta. Le parecía estar oyendo la voz de su padre, y el ambiente de Loire, cerrado y con las luces apagadas, invitaba a pensar que tal vez no era del todo imposible que los muertos nos echen una mano de vez en cuando.

No había ninguna Moleskine. Nunca la había habido. Era un juego de despistes, una manera de echar balones fuera para alejar a ciertas personas de su objetivo. Estaba claro: Carla, el Mosad o quien diablos fuera podría buscar durante los próximos mil años esa agenda inexistente. A Pol le gustaba jugar y esta vez lo había hecho a conciencia. Solo le había proporcionado la clave definitiva a ella. La tenía entre las manos. Siempre había estado con ella, desde el primer momento.

Laura contempló el gastado color amarillo de las tapas del cuaderno donde la hija de Ortega había anotado tantas cosas. Ahora, analizando su contenido con más atención, se dio cuenta de que no solo la niña había escrito en él. Casi al final, un par de hojas mostraban una secuencia de fórmulas, una de ellas encerrada en un círculo rojo. «Deberes escolares», pensó Laura cuando ojeó el cuaderno por primera vez. Pero no, aquello no eran deberes. No hacía falta saber mucho de ciencias para darse cuenta de que aquellas ecuaciones eran más complejas que el álgebra elemental que se enseña en primaria. Laura no podía entender el resultado de aquellos signos trazados sobre el papel casi un siglo antes, pero sí captaba sus implicaciones. Para empezar, que no era la letra de una niña pequeña. Sintió un estremecimiento al pensar que... Sí, era una posibilidad. Tal vez. Pero antes debía comprobar sus sospechas.

Laura buscó en Internet algún ejemplo de la escritura de Einstein y, cuando la encontró, ya no le cupo la menor duda. Allí estaba, allí había estado siempre. Había tenido en su poder, desde el principio, lo que todos buscaban. Pol le había regalado, tal vez sin saberlo cuando lo hizo, el secreto del arma de ondas gravitatorias que con tanto afán estaba persiguiendo un grupo de personas sin escrúpulos, dispuestas a todo por satisfacer su afán de poder. A Laura le pareció mentira que una simple colección de fórmulas pudiera albergar semejante potencial, pero no estaba dispuesta a consentir que siguieran manipulándola.

Miró una vez más las fórmulas. Le dio un poco de vértigo pensar que aquel inocente cuaderno había estado en manos del científico más famoso de todos los tiempos. A simple vista parecían inofensivas, sí, pero cuántas veces la palabra escrita se ha revelado como la fuerza más arrolladora de la historia humana. Si esas anotaciones escondían uno de los más terribles secretos de la naturaleza, era su deber impedir que cayeran en malas manos. ¿Debería destruir ese cuaderno sin más demora? Pero, de hacerlo, ¿en qué situación se pondría ella? Era su única baza. Una baza fuerte, aunque solitaria.

Tecleó en el buscador: «Teoría de la relatividad». De

inmediato apareció una lista interminable de referencias, artículos, opiniones y hasta hipótesis conspiranoicas. Algunos textos eran muy técnicos y casi incomprensibles para un profano. Pero al fin logró dar con un artículo sobre la teoría de Einstein en el que, tras una serie de explicaciones más o menos sencillas, el autor ofrecía a quien quisiera echarle un vistazo el razonamiento matemático en el que se sustenta la relatividad. A Laura aquella amalgama de números y signos le parecía escrita en un idioma extraterrestre. No le extrañó leer que incluso algunos físicos profesionales habían tenido problemas para comprender en toda su extensión el alcance de la revolucionaria teoría de Einstein. Página tras página, le parecían todas iguales hasta que, de pronto, encontró algo que le llamó la atención. Una serie de ecuaciones, números, signos... Lo miró todo con más detenimiento, echó un vistazo al cuaderno y no pudo evitar una sonrisa:

—De acuerdo. Si hay que jugar..., juguemos.

A continuación apagó el ordenador, metió el cuaderno de la hija de Ortega en un sobre y salió a la calle. Tenía, por primera vez en mucho tiempo, un objetivo claro.

Aunque se adivinaban ya los primeros signos del otoño, el calor seguía siendo intenso en Madrid. La casa de subastas no se encontraba demasiado lejos, así que decidió ir andando. Se sentía, por primera vez en los últimos días, ligera, casi libre, como si se hubiera quitado un gran peso de encima o estuviera a punto de hacerlo.

No tardó en llegar a su destino. La casa de subastas ocupaba un edificio señorial del centro. La blanca fachada neoclásica escondía un interior lujoso, decorado en tonos blancos y negros. Todo anunciaba la calidad de los tesoros que constantemente cambiaban de manos en aquel lugar. Esperaba que el suyo estuviera a la altura.

Con paso firme se dirigió al mostrador, donde la atendió una muchacha joven, vestida de manera muy elegante, aunque discreta.

—Buenas tardes. Vengo a depositar este cuaderno, como me solicitaron en su correo de ayer.

—¿Me permite el número de lote, por favor? —indicó la joven con una sonrisa deslumbrante.

Laura sacó la copia que había imprimido del correo electrónico y se la entregó a la empleada. Mientras esta consultaba la base de datos, Laura se dio cuenta de que el destino de Loire, quizá el suyo propio, descansaba ahora en una simple clave numérica, una serie de dígitos, como un número de lotería. Y no le pareció inadecuada la comparación.

—La subasta tendrá lugar el próximo día 5 de septiembre en horario de tarde. El cuaderno quedará aquí en custodia hasta entonces. Si es tan amable de aguardar un momento, mientras preparo el justificante de entrega y el recibo.

Laura no tenía ningún problema por esperar un poco más. El plazo para devolver el dinero a los prestamistas concluía en pocas jornadas. Si esta coincidencia era de buen o mal agüero, no estaba segura. Pero ahora ya no le cabía duda de que la diosa Fortuna es una bromista.

Capítulo 19

JUEGO DE MENTIRAS

> Lo que no he podido dejar de sentir es que se me note de viejo y de manco, como si hubiera sido en mi mano haber detenido el tiempo, que no pasase por mí.
>
> MIGUEL DE CERVANTES, *El ingenioso hidalgo don Quijote de la Mancha*, segunda parte, prólogo al lector

Madrid, 3 de septiembre de 2009

La suerte va de un lado para otro, a su aire, y cambia de sentido en un instante. Las cosas estaban marchando bien, demasiado bien. Las piezas comenzaban a encajar y Laura veía, si no la solución, al menos algo de luz al final del túnel. No podía ser tan sencillo: era necesario sufrir un último golpe que, no por esperado, sería menos doloroso.

Marcos había perdido la vista. De manera definitiva, según el dictamen de los médicos. El médico del turno de noche que la llamó proporcionó muchos otros datos, aunque Laura, agobiada, solo prestó atención al hecho de que el viejo erudito había consumido los últimos recursos de su ya deteriorado sentido de la vista en el análisis de «unos viejos papelotes» escritos en «una lengua incomprensible».

Siempre según la narración que el propio Marcos había dado a los servicios de urgencia que lo atendieron, justificó las horas dedicadas a ese trabajo porque «lo tenía». «Tenía la clave», fueron las palabras que, de acuerdo al relato del médico, Marcos no dejaba de pronunciar mientras lo trasladaban, en un lamentable estado de nervios, a las urgencias hospitalarias.

Laura no perdió un instante. Se vistió a toda prisa y pidió un taxi para llegar al centro médico cuanto antes. Por el camino no podía dejar de pensar en la zozobra que estaría viviendo Marcos tras el primer diagnóstico. Ciego, definitivamente ciego. Ahora que «tenía la clave». Laura sabía muy bien a qué se refería con esas palabras, algo que el doctor ignoraba cuando le comentó, como de pasada, que en un primer momento se había valorado la posibilidad de ingresar a Marcos en el ala psiquiátrica debido a su nerviosismo. Sin embargo, tras comprobar que se calmaba con la medicación, decidieron trasladarlo a una cama en el área de medicina general.

Los hospitales rara vez resultan acogedores, pero mucho menos de madrugada, cuando el dolor y el sufrimiento se manifiestan en toda su intensidad. No hay visitas, no hay pacientes que acuden a consultas menores, no hay cafeterías abiertas. Durante la noche, el hospital se puebla de rostros agotados. Los de los enfermos que pasean, incapaces de dormir. O los del personal sanitario, agotado por las largas guardias. Pero la noche no da tregua en un entorno así y el silencio relativo de los pasillos deja escuchar con demasiada viveza los lamentos de los pacientes más graves.

Laura se presentó en la recepción como la sobrina

de Marcos Vera. Cuando el médico le dijo por teléfono que Marcos había pedido que la llamaran a ella porque era su único pariente cercano, solo se sorprendió durante un segundo. Todos en la extraña tragedia que habían venido representando se encontraban solos: Marcos, Pol, ella misma. Una familia de circunstancias reunida en torno a una situación adversa que ninguno había buscado. Pero a los problemas no hace falta llamarlos, por supuesto, vienen solos.

La recepcionista indicó a Laura un número de habitación: la 39. Recordó de inmediato la nota: «Alto entre la numismática, 3, 9». Bueno, una simple casualidad que no habría llamado su atención en otro contexto. O que la fortuna, en efecto, se divierte con nuestros problemas. La habitación 39 se encontraba al final de un corredor. Como la mayoría de las ubicadas en aquella zona, contaba con dos camas, pero solo estaba ocupada la de Marcos. Lo encontró despierto, al menos eso indicaban sus ojos, abiertos como platos. Laura tardó unos segundos en comprender que esa mirada, que tan vivaz le había parecido siempre, se abría ahora a la más completa oscuridad.

—Marcos —dijo en voz baja, como si entrara en un lugar sagrado.

—¡Laura! ¿Eres tú? Por fin —exclamó Marcos con claro tono de alivio—. La espera se me hacía interminable. Lo tenía, Laura, lo tenía. Estaba a punto de... Y de pronto, nada. Las letras griegas, apenas arañazos sobre el suave pergamino. —Laura pensó que Marcos desvariaba, pero le dejó seguir hablando—: Las tres transcripciones eran correctas, pero no la interpretación. El centón, Laura, el centón... Lo tenía, estaba a punto de dar con su sentido. Si estos ojos hubieran aguantado un día más... ¡Un miserable día más!

—Cálmese, Marcos, por favor. No le viene bien excitarse.

—A estas alturas... Lo sentía cerca, Laura. Era como si en cualquier momento todo fuera a cobrar sentido, como si la solución acechara tras la esquina más cercana. O como si las letras fueran a ordenarse por sí solas, de repente, para revelar su secreto tanto tiempo escondido.

—Sí... Conozco la sensación —dijo Laura con una sonrisa desganada que Marcos no era capaz de ver.

—Y luego el telón, el telón que cae —se lamentó como si no pudiera escuchar nada más allá de las voces en su cabeza—. Pero tú podrás terminar lo que yo empecé, Laura. Solo tú tienes el conocimiento necesario. Es importante. Mis notas te ayudarán, si es que estos zoquetes de las urgencias no lo desparramaron todo al entrar en mi casa. Pero podrás poner orden, estoy seguro. Y darás con la clave.

—Me encantará hacerlo, Marcos, pero ahora debe descansar un poco.

—Sí... Descansar. Estaría bien.

—¿Quiere que llame a la enfermera?

—¡Escúchame, Laura! ¡Niccoli mentía! Odiaba a Dante, a Petrarca, a Boccaccio, ¡a todos! Él decía que era por escribir en toscano y no en latín, pero creo que simplemente era un envidioso sin talento. No hay que confiar en el dictamen de la autoridad, Laura, si no va acompañado de pruebas: solo conduce al error. ¡Mentía! Y lo sé porque... —Marcos dejó de hablar, los ojos ciegos contemplando el infinito.

—Marcos, Marcos... ¿Qué le pasa?

El viejo erudito no respondió. Parecía haber caído en una suerte de estupor. Llena de preocupación, Laura salió de la habitación en busca de ayuda. No había nadie en el control de planta, pero encontró a una enfermera que salía de otro cuarto.

—Por favor, ayúdeme —explicó Laura—. Mi..., mi tío, Marcos, en la habitación 39. No se encuentra bien. No sé si...

—Vamos a ver —contestó la enfermera siguiendo a Laura. No necesitaba mayores explicaciones tras años en un oficio en el que se llega a conocer todo lo relativo al sufrimiento humano.

En la habitación, Marcos permanecía inmóvil en su cama, con los ojos abiertos, fijos en un punto del infinito. Si respiraba, era imposible apreciarlo a simple vista. Laura se estremeció al pensar en la posibilidad de... No podía perder también a Marcos. Le había cogido cariño y, en cierto modo, era el único lazo que le quedaba con el universo de Pol, la única persona con la que compartía un secreto. Si Marcos moría, se llevaría con él su parte de esa vivencia. «Cuando mueren los demás, también nosotros morimos un poco», pensó Laura mientras contemplaba a la enfermera haciendo su trabajo.

—No se preocupe —dijo esta al fin, cerrando con cuidado los ojos de Marcos—. No le pasa nada. Simplemente le han hecho efecto los calmantes. Ahora está dormido. Le vendrá bien descansar. Y a usted también. Tiene mala cara.

—Si yo le contara...

—Puede quedarse con él si quiere. Para eso está el sillón...

La enfermera salió de la habitación sin despedirse. Laura contempló el sillón. Parecía bastante incómodo y valoró la posibilidad de acostarse en la otra cama, que seguía vacía. Sin embargo, se decidió por el sillón para evitar problemas y estar más cerca de Marcos. Al sentarse experimentó un dolor agudo que le recorrió todo el cuerpo de arriba abajo, fruto del cansancio acumulado. El dolor vino acompañado por una oleada de acontecimientos, todo lo que le había venido sucediendo en las últimas semanas. Le parecían años. Solo un segundo antes creía tener las cosas claras, pero ahora, contemplando al pobre Marcos, se vio inundada por un intenso sentimiento de fragilidad. El ser humano tiende a pensar en la enfermedad y la muerte como si fueran cosas ajenas cuando, por supuesto, no lo son. Solo cuando ambas atacan se cae en la cuenta de que cualquier otro problema palidece ante lo inevitable de los hechos biológicos. Y aun así, los problemas no desaparecen. Estaba agotada, sí, pero ¿cómo había podido pensar que era posible dormir en esas circunstancias?

Una multitud en medio de un paisaje absurdo, mezcla de cráter lunar y volcán recubierto de formas vegetales extrañas, lujuriantes, artificiosas como si fueran los motivos de un bordado medieval... o de una letra capital iluminada, como la de los códices antiguos.

Sí, eso era: letras capitales, multicolores, cubiertas de pan de oro, desfilaban en procesión al interior del cráter, en cuyo centro se abría una inmensa sima de la que brotaba un chorro de luz rojiza. Había banderas en el borde de la sima, de colores extraños. Las letras se iban arrojando a la sima y, con ellas, multitud de quimeras, esfinges y otras bestias que se enroscaban a las formas caligráficas. Cada vez que una letra se precipitaba, del fondo ascendía una llamarada azul.

¿Era aquello la entrada al infierno de Dante o al del Bosco? El cielo era negro, pero no era de noche. Y aquel lugar, como ocurre a menudo en los sueños y en las pesadillas, era varios sitios a la vez: el infierno de una librera, sin duda, pero también Madrid y Nueva York y el cuerpo de Pol.

Laura podía ver la escena a distancia y al mismo tiempo, sentirse desfilando entre el resto de aquel enloquecido maremágnum en el que había muestras de toda tipografía imaginable: capitales latinas adornadas, pero también tipos de plomo de la imprenta de Gutenberg o grupitos juguetones de vocales Times New Roman persiguiendo a consonantes Garamond. De vez en cuando, elegantes caracteres chinos de intenso color negro disputaban con los símbolos desconocidos del Disco de Festos. Al otro extremo del cráter se desarrollaba una inimaginable orgía de cursivas cirílicas, símbolos devanagari, runas vikingas y logogramas mayas, en una confusión demencial.

Letras de un millar de alfabetos y silabarios de todo tiempo, de toda civilización, pugnaban en aquel escenario enloquecido donde los símbolos del código visual africano adinkra se revolcaban con halcones egipcios y ojos de Horus, mientras la elegante y casi indescifrable caligrafía árabe cúfica trataba de dar un sentido a aquel caos.

Laura supo de pronto que ella era también una letra, pero no podía distinguir cuál. Entendía que era importante identificarla, pero cuanto más lo intentaba, más se acercaba al borde de la sima. Del interior brotaba una música que era una mezcla de todas las músicas que hayan existido, un pandemónium desconocido para la humanidad. Si aquel era el infierno de Dante, entonces debía abandonar toda esperanza, pero se resistía a este fatalismo.

Por último, la marea de caracteres la arrastró hasta la mismísima orilla del abismo. Una vez allí, Laura pudo ver la verdad, toda la verdad.

Y entonces, la voz de Marcos la despertó:

—¿Sabes que roncas un poco?

La voz de Marcos sonaba bromista, muy diferente del tono exaltado de unas horas antes. Laura miró a su alrededor desorientada. Tardó un poco en recordar dónde se encontraba. Se notó la boca pastosa. El pelo le caía desordenado sobre la cara. Y le dolía la espalda. Quizá no habría sido mala idea acostarse en la cama vacía. El sol apenas acababa de salir sobre la ciudad.

—Es por la postura —respondió al fin Laura, todavía sumida en las fantasmagorías de su pesadilla—. Veo que se encuentra mejor esta mañana.

—Sí, un poco más en mis cabales, supongo. Dale las gracias a lo que sea que esa simpática enfermera me lleva enchufando en la vena toda la noche. Sigo ciego, pero ya no me preocupa. Las drogas, para qué negarlo, hacen lo que quieren con nuestra mente.

Laura, aún aturdida por la mala noche, no quería continuar con esa conversación.

—Marcos, hay algo que...

—Espera, anoche, en mi delirio, no llegué a decirte una cosa importante: tengo la prueba de que la dedicatoria es de Dante. Sin lugar a dudas. —Laura abrió los ojos como platos, pero no dijo nada. Marcos continuó hablando—: Simplemente no analizamos el manuscrito con suficiente cuidado. Lo que falta en la dedicatoria no se debe al deterioro normal del tiempo: alguien borró a propósito el nombre y la fecha. O lo intentó.

—¿Quién pudo ser?

—Vete tú a saber. Tal vez Niccoli. Eso ya da igual. Fuera quien fuera, por la razón que sea no terminó el trabajo, o consideró que ya había hecho suficiente. Pero no contó con una cosa: al escribir sobre pergamino queda una impronta, la marca de la pluma. Puede verse con una luz especial.

—También puede hacerse un calco...

—Claro, poniendo encima un papel cebolla y ennegreciendo con un simple lápiz. Por eso podemos leer los palimpsestos. No era diferente en este caso, solo que no se nos ocurrió fijarnos en ese detalle. Allí estaba todo lo que necesitábamos saber.

—Teníamos demasiadas cosas en la cabeza para fijarnos en algo así. Los textos borrados no son fáciles de leer. Usted lo sabe mejor que nadie.

—Así es, y bien que me culpo por no haberme dado cuenta antes. En fin, por suerte disponía de muchas fotos del pergamino. La mayoría no resultaron útiles, pero en una de ellas la luz incidía de costado y, con un buen aumento, pude ver la luz. Por decirlo con una metáfora.

—Vamos, Marcos, no me haga esperar más: ¿qué ponía?

—¡Beatrice! ¡Para Beatriz! Y las letras que faltaban: «M-C-C». Lo que sumado al resto da 1321.

—Increíble —dijo Laura sin salir de su asombro.

—Más que increíble, fabuloso. Iba a avisarte, pero justo en ese momento el esfuerzo al que había sometido a mis ojos me pasó factura. Lo que ocurrió después ya lo sabes. Ahora los manuscritos valen una fortuna.

—Lástima que no los tengamos.

—Sí, eso sí... Es una pena. Pero, en fin, no deja de ser todo un hallazgo. Ya veremos qué sucede. Y tú, Laura, ¿qué querías decirme?

—Ah, sí... He encontrado la Moleskine.

El efecto de estas palabras sobre la psique de Marcos resultó incluso más eficaz que los calmantes. Todo sentimiento de autocompasión voló fuera de su cabeza mientras escuchaba con la boca abierta el relato de su amiga.

Así que había sido Pol, después de todo, quien desvalijó la exposición de Einstein. En cierto modo, siempre lo había sospechado, pero se reprochó no haber sido capaz de admitir esta pequeña traición de su amigo. Como se reprochó no haberse dado cuenta antes de que el texto autógrafo del científico alemán lo habían tenido todo el tiempo al alcance de la mano. Sí, a veces tiene uno delante todas las piezas pero no sabe cómo encajarlas, por más evidente que resulte luego, cuando se ve la solución. En el momento en que Laura terminó de hablar, Marcos estaba lleno de admiración por ella: por su inteligencia, pero sobre todo por su capacidad intuitiva, tan valiosa para un investigador, y también por su determinación en el enfrentamiento con Carla.

—Nunca he dudado de tus capacidades, Laura. Eres una mujer de enorme talento. Demasiado para malgastarlo en una pequeña librería. Sabía que antes o después darías con la clave.

—Más habría valido que fuera antes. Me temo que sea demasiado tarde. La subasta se celebra un día antes de que venza el plazo del préstamo.

—Si algo se aprende con la edad es que nunca puedes dar nada por seguro. ¡Pero eso es para bien y para mal! Laura, al menos has resuelto el misterio de la nota. Quizá aún quede esperanza. Aún puedes recuperar el *Inferno.*

A Laura le enterneció que fuera Marcos, el ciego Marcos, quien le diera ánimos a ella.

—Estoy segura de que sí, de que algo nos queda. Carla me llamó loca por teléfono cuando Tatiana le dijo que había rechazado su oferta. Sin embargo, creo que llevar el cuaderno a la subasta ha sido lo más cuerdo que he hecho en mi vida. ¿Quién sabe?

—Escucha... No quiero presumir de experiencia ni

nada parecido. He sido siempre un ratón de biblioteca, no un hombre de acción. Y eso de que más sabe el diablo por viejo... ¡es una solemne gilipollez! Solo por cumplir años no se aprende nada. Pero algo sé: en la existencia solo hay una catástrofe definitiva. El resto son accidentes, juegos, minucias. Todo lo acaba curando el tiempo. Pase lo que pase, lo acabarás superando, Laura. Estoy seguro.

Ella, de algún modo, también estaba segura de eso. Para bien o para mal, el problema acabaría pronto. Apenas unos pocos días más y lo que tuviera que pasar pasaría.

Cuando regresó a su piso era ya mediodía. Por el camino experimentó un par de veces la sensación de que la estaban siguiendo, pero al volverse no vio a nadie. «Paranoia», pensó, pero no se sintió a salvo del todo hasta que cerró la puerta de casa tras de sí.

No había comido nada desde la tarde anterior y se sentía hambrienta. Preparó el almuerzo y se dispuso a comer mientras leía en el periódico las últimas noticias. Nada particular: ola de calor tardía, últimos coletazos del retorno de las vacaciones, alguna guerra lejana, la eterna disputa política de los partidos. Se le ocurrió pensar que la vida puede ser una sucesión de novedades siempre iguales cuando, de pronto, recordó algo que le quedaba por hacer.

Se acercó al ordenador y, con la cuenta de Loire envió un correo a Carla di Modica. En él le advertía de la subasta inminente de un viejo cuaderno con notas manuscritas de Einstein. Laura estaba segura de que Carla ya conocía esta noticia, habida cuenta de sus contactos, que no sabía hasta dónde llegaban, así que no lo hizo tanto por avisarla como por advertirla: «Sé a qué estás jugando». Cumplido el trámite, continuó con su almuerzo.

«Niccolò Niccoli mentía.» Todo venía siendo, desde el

principio, un juego de mentirosos. Y ahora cada cual estaba situándose en el lugar que le correspondía. No le costó imaginar la rabia de Carla y no sintió ninguna pena por ella. La relatividad no domina solo el mundo de la física, sino cualquier aspecto de la realidad.

Ahora la suerte estaba echada.

Capítulo 20

LA SUBASTA

¿Cómo escribir sin ellas, sin su inspiración? No habría nada sin las musas.

SANTIAGO POSTEGUILLO,
El séptimo círculo del Infierno

Madrid, 5 de septiembre de 2009, por la tarde

Laura ya había participado antes en subastas. Incluso cuando era pequeña acompañaba a su padre a estos actos que a él le parecían a un tiempo fascinantes y profanos. «La esencia misma del capitalismo en una sola escena», comentaba Jean Loire. Laura no entendió qué quería decir con eso hasta que se hizo mayor. Y ahora, contemplando de nuevo la lujosa decoración de la sala y, sobre todo, la mezcla de personas que se habían reunido allí, lo comprendía mejor que nunca.

A alguien poco experimentado en tales ambientes podría parecerle que una mano caprichosa había mezclado público cogido de aquí y de allá, un poco por azar. Unos parecían recién salidos de una ópera celebrada en la Scala de Milán; otros se habían vestido como para asistir al hipódromo; algunos daban la sensación de haberse arreglado para juntarse en una taberna inglesa durante el Carnaval. Esto por lo que se refiere a los verdaderos participantes, el tipo de persona que suele pujar en una subasta de objetos artísticos y antigüedades. Porque, aparte, había también curiosos, gente ociosa que acudía por el gusto de ver hasta qué punto son capaces los ricos de gastar su dinero en caprichos. A estos advenedizos se los distinguía enseguida por su vestimenta endomingada y por el exceso de colonia.

Este detalle, la mezcla de aromas, era lo que más había llamado la atención de Laura desde su infancia. Y lo había encontrado en casas de subastas por todo el mundo. Una combinación de perfumes artificiales a la que se añadía el inconfundible olor que despiden los objetos antiguos y un matiz aún más sutil que a Laura le costó años identificar: el olor de la ansiedad del coleccionista. O de la ambición. Allí había un poco de todo eso.

Podría haber distinguido otro perfume: el del miedo. Apenas entró en la sala Laura vio sentado en primera fila al matón calvo. Pero ya no sentía temor alguno. Lo había sufrido en toda su intensidad los días precedentes y, como pasa a veces con otras formas de sufrimiento, el exceso había amortiguado la sensación hasta hacerla desaparecer. Por el contrario, pensó que su plan estaba yendo por el camino previsto: Carla había captado su mensaje. El cuaderno de Soledad Ortega, subastado de forma imprevista por Loire, era ese receptáculo de fórmulas de Einstein que estaba buscando con tanto ahínco.

Laura ocupó su asiento, también en primera fila, aunque en el lateral contrario de la sala, y miró al calvo con un gesto neutral. Este le devolvió la mirada con un rictus difícil de interpretar. ¿Amenaza? No, a esas alturas ya no. ¿Ironía, como diciendo: «Al final conseguiré el texto autógrafo de Einstein de todas formas»? No le pareció probable. Era un gesto de ofensa: aquel hombre acostumbrado a violentar a los demás se sentía ofendido por no haber logrado doblegar a Laura y tener que pasar, ahora, por el costoso trámite de la subasta.

Que pensara lo que le diera la gana. Laura tomó el catálogo y echó un vistazo a los lotes. El primero era una colección heterogénea de reliquias franco-normandas de la Edad Media: un puñal herrumbroso, una cruz de plata en la que se adivinaban influencias paganas, unas hebillas que representaban cabezas de caballo... El segundo lote, más interesante para Laura, consistía en varios manuscritos medievales que sin duda formaban el plato fuerte de la subasta. Al menos para algunos de los subasteros, que no ocultaban su admiración por una de las piezas: un manuscrito inglés de finales del siglo XVI con elementos de escritura japonesa, algo en verdad poco usual.

El tercer lote era un solitario cuaderno con textos autógrafos de Albert Einstein proporcionado por la librería Loire. Laura observó que el catálogo evitaba cualquier referencia directa a Ortega y tan solo indicaba que se trataba del cuaderno escolar de una niña, hija de «un célebre pensador español», en el que Einstein había hecho unas anotaciones sobre su famosísima teoría de la relatividad con ocasión de su visita a España casi un siglo antes.

Un murmullo creciente sorprendió a Laura. Al levantar la vista observó que un hombre muy bien trajeado, con corbata y un curioso flequillo accedía al estrado. Era el subastador. También lo conocía de otras ocasiones, y era un espectáculo verlo en acción. Tras encaramarse al púlpito (Laura no pudo evitar esa analogía religiosa), probó el micrófono y a continuación se dirigió a los congregados:

—Señoras y señores, muy buenas tardes. Vayan tomando asiento, por favor. La subasta va a comenzar.

El primer lote fue introducido en la sala sobre una vitrina con ruedas empujada por dos asistentes ataviados con negros trajes de chaqueta y guantes de un blanco inmaculado. El subastador fue describiendo las piezas una a una al tiempo que sus imágenes aparecían en la pantallas que había tras él. Una vez terminado ese trámite, comenzó la subasta del primer objeto: el puñal. Las primeras pujas fueron inmediatas. Con una elegante voz de barítono, el subastador fue anunciándolas a medida que los potenciales compradores alzaban sus manos o levantaban una cartulina en la que se podía ver un código de cifras y letras, como una matrícula. Cada puja hacía que el maestro de ceremonias volviera su cabeza a un lado y a otro, haciendo bailar su flequillo mientras iba cantando las ofertas:

—A mi izquierda, mil euros; al fondo, mil quinientos. ¿Alguien ofrece más?

El puñal fue adjudicado a un hombre corpulento que se sentaba en la tercera fila. El resto del lote se ofertó de manera parecida y pronto quedó claro que aquel personaje, vestido con un traje brillante, estaba dispuesto a llevarse el lote entero: cada vez que alguien pujaba, él volvía a levantar la mano de inmediato, como impulsada por un resorte.

Rematado el lote normando y cumplimentados los trámites de adquisición, los asistentes introdujeron la colección de manuscritos. Eran sin duda interesantes, aunque lo que de verdad atrajo la atención de Laura en aquel instante fue la llegada de Carla, que se acercó, sin vacilación alguna, al matón calvo. Este mostró una curiosa reverencia, casi sumisión, ante la recién llegada mientras le cedía el asiento y él quedaba de pie en el pasillo lateral. Laura no tuvo duda del tipo de relaciones profesionales y tal vez personales que mantenían. Las cartas iban quedando a la vista.

El gigantón calvo dijo algo al oído de la italiana y esta volvió la cabeza hacia Laura. Durante un instante mostró un gesto helado que poco a poco se convirtió en una sonrisa forzada. Incluso a distancia Laura pudo ver cómo se formaban estrías en la gruesa capa de maquillaje que cubría el rostro de su antagonista.

La voz del subastador volvió a resonar en la sala:

—¡Ofrecen quinientos! ¿Alguien da más?

Las pujas por el lote de manuscritos siguieron una pauta similar a la anterior. No le pareció a Laura inadecuada la comparación con una ceremonia pagana: había mucho de ritual en las subastas, adoración por objetos, un público creyente y un oficiante. Y el momento crucial, tal vez el del sacrificio definitivo, se acercaba para Laura.

—Tercer lote —anunció el subastador—. Cuaderno con anotaciones autógrafas, aunque aún sin certificar, del físico alemán Albert Einstein. Fechado circa 1923. Precio de salida: mil euros.

Muy poco dinero para empezar, le pareció a Laura. ¿Tantos afanes y disgustos para esto? Habría que ver cómo marchaban las pujas, pero, aparte de Carla, el Mosad o quien fuera, ¿a quién más podrían interesar esas viejas notas? Laura recordó la fórmula einsteniana que, en el cuaderno, aparecía envuelta en un círculo rojo. Aquellos símbolos encerraban la clave de todo. La clave de su futuro:

$$E=\sqrt{}p^2c^2+m^2c^4=\gamma mc^2$$

¿O la clave de un arma devastadora? Era posible. Pronto lo sabrían.

Carla levantó la mano para ofrecer esos mil euros. El subastador anunció la puja y miró a izquierda y derecha buscando un contrincante. Durante unos instantes reinó el silencio. ¿Sería posible que fuera a salirle la cosa tan barata a Carla?

—Dos mil euros.

La contrapuja provenía de un caballero anciano situado cuatro o cinco filas por detrás de Laura. Apenas podía distinguir su aspecto entre la trama de cabezas que se interponía entre ambos, pero su aspecto era distinguido a pesar de sus largas barbas blancas que le daban la apariencia de un patriarca bíblico.

—¡Ofrecen dos mil! —anunció el subastador—. ¿Alguien da más? ¡Tres mil para la señora Di Modica!

Un nuevo silencio y al poco:

—¡Cuatro mil! —volvió a resonar la voz del anciano, con un acento musical que a Laura le pareció de origen italiano.

—¡Ofrecen cuatro mil por este texto autógrafo único de Einstein! ¿Alguien da más? ¿Señora Di Modica?

—¡Diez mil!

La voz de Carla sonó cortante, pero aún no se habían apagado sus ecos cuando el anciano pujó de nuevo:

—¡Once mil!

Durante el minuto siguiente las pujas fueron subiendo por parte de Carla, mientras que su contrincante parecía decidido a sobrepujarla siempre por la mínima. Laura intuyó en esta actitud una intención burlona:

—¡Veinte mil! —tronó Carla.

—¡Veintiún mil euros! —fue la respuesta inmediata.

—Treinta mil.

Así una y otra vez, subiendo las pujas al mismo ritmo que la expectación del público y la satisfacción del subastador:

—¡Esto se anima, señoras y señores! ¡Vamos por noventa y un mil euros ofrecidos por el caballero de la barba blanca! ¿Alguien da más?

—¡Cien mil! —casi berreó Carla.

El aspecto de la italiana no paraba de empeorar a medida que las pujas subían. Laura imaginó por un instante que la costra de maquillaje se desprendería en cualquier momento y dejaría ver el auténtico rostro de la millonaria.

—Ciento un mil euros —respondió con toda tranquilidad el anciano.

El gesto de Carla se contrajo, pero no cayó ninguna máscara. Parte del público emitió un murmullo de admiración. Sin embargo, algunos espectadores no pudieron evitar la risa con la oferta del hombre de la barba. Ahora sí, estaba claro que sus pujas contenían un algo de ofensivo contra Carla.

—Ciento un mil... —El propio subastador parecía sorprendido—. ¿Señora Di Modica?

Carla no dudó un segundo:

—¡Doscientos mil! ¡Doscientos mil euros!

Un nuevo murmullo de admiración, ahora más elevado, recorrió la sala entera.

El anciano, sin inmutarse, respondió lo que todos esperaban:

—Doscientos un mil.

Esta vez las risas superaron cualquier otra respuesta admirada o no del público. El subastador miraba a Carla con gesto en parte sorprendido en parte divertido, como si nunca se hubiera visto en una situación así.

—Ofrecen doscientos un mil euros por el cuaderno.

La siguiente puja de Carla sonó como un rugido. La rabia le descomponía la cara:

—¡Trescientos mil!

El público guardó silencio, esperando la réplica del hombre, «trescientos un mil», cuando de pronto sucedió algo inesperado. Carla, visiblemente alterada, se contrapujó a sí misma:

—¡Cuatrocientos mil! ¡Quinientos mil!

—Cuatro... ¿Quinientos? —se extrañó el subastador, que no tardó, sin embargo, en recuperar la compostura—. Ofrecen quinientos mil euros por el cuaderno autógrafo de Einstein. ¿Alguien da más? Quinientos mil, quinientos mil... A la una, a las dos..., a las tres. ¡Adjudicado a la señora Di Modica por medio millón de euros!

La sala al completo estalló en un aplauso que duró un minuto entero. Medio millón de euros. Una cantidad fabulosa, más allá de cualquier fantasía que hubiera albergado Laura. Había dinero suficiente para cubrir todas las deudas y para... Para cualquier otra cosa que se pudiera comprar con dinero. Por desgracia, no todo se puede comprar.

Laura se levantó para marcharse. El subastero de la barba permanecía imperturbable observando cómo Carla cumplía los trámites de la adquisición al tiempo que ya preparaban la presentación del siguiente lote. En ese instante el anciano miró directamente hacia Laura y, con una media sonrisa irónica, se señaló el ojo derecho con el índice y, de inmediato, apuntó en dirección a la pantalla donde se mostraban los lotes. Laura se volvió intrigada.

—El siguiente lote —anunció el subastador echando un vistazo a su guion— es una villa italiana, un *palazzo* del siglo XIV situado en la localidad de Borgo alla Collina. El precio de salida es...

Carla, que ya se marchaba acompañada por el matón calvo, se detuvo como si se hubiera quedado pegada al suelo. Con rigidez, se dio media vuelta y clavó sus bellos ojos en la pantalla. Allí, como si tal cosa, el subastador iba comentando las imágenes: los decadentes jardines, la vieja torre medieval, los salones, la escalera monumental y, por supuesto, la fabulosa biblioteca del *palazzo* Pazzi. ¿Cómo era posible? ¿Quién se había atrevido a hacer algo así?

—¡Basta! ¡Detengan esta farsa! —gritó Carla—. Esa casa es mía y no está a la venta. ¿Quién ha sido el que...?

Carla se dirigía con determinación hacia el subastador, como si quisiera matarlo con su mirada. El matón calvo, muy nervioso, iba de un lado para otro sin tener claro qué hacer mientras el subastador, bajando de su estrado, intentaba aclarar las cosas. En ese instante, para sorpresa general, Carla se abalanzó sobre el hombre tratando de herirlo con sus uñas afiladas. Los guardias de seguridad de la sala redujeron a la enajenada heredera de la fortuna Pazzi tirándola al suelo. Una mala decisión, porque al verlo, el matón calvo se lanzó contra ellos hecho una furia. En cuestión de segundos la, por lo general, tranquila sala de subastas se vio convertida en escenario de una pelea barriobajera. Los guardias, viéndose atacados por aquel individuo, se concentraron en tratar de reducirlo mientras otros empleados procuraban calmar a Carla Di Modica. Ni uno ni otra resultaron presas fáciles, pero al fin se hizo valer la superioridad numérica, momento que el subastador aprovechó para llamar a la Policía.

Entre el público reinaba una animación poco corriente. No todos los días una subasta proporciona espectáculos así. Y, en el fondo, a casi nadie le importó ver a la arrogante Carla Di Modica con la cara pegada al suelo, inmovilizada. A Laura, desde luego, no le causaba ninguna pena.

Al cabo de unos minutos hizo su entrada una primera pareja de agentes de la Policía, seguida casi de inmediato por otras dos. Tras aclarar lo sucedido, procedieron a detener al matón como sospechoso de agresión. Cuando este quiso alegar inmunidad diplomática mostrando una credencial de la embajada israelí, los agentes se encogieron de hombros y, poniéndole las esposas, se limitaron a decirle:

—Ya aclararemos eso en comisaría.

A continuación pidieron a Carla que se identificara. La italiana, despeinada y con parte del maquillaje corrido, sacó su pasaporte del bolso y se lo presentó a los agentes.

—Carla Di Modica —murmuró uno de los policías mientras consultaba la filiación de la italiana por radio.

La respuesta no tardó en llegar.

—Señora Di Modica —indicó el agente—, me comunican que hay emitida contra usted una orden de busca y captura internacional por robo de libros antiguos. Me temo que queda usted también detenida.

—¡Pero, pero qué dice, *stronzo, coglione*! *Vaffanculo!*

—Señora, no falte. No ponga peor las cosas —le advirtió el otro agente mientras procedía a esposarla.

—¡Se arrepentirán de esto! —gritó la italiana mientras la sacaban de la sala—. Ustedes no saben quién soy yo.

La normalidad rota de forma tan inesperada dejó un extraño gusto en el ánimo. Durante varios minutos el público permaneció en la sala sin saber qué hacer, murmurando unos con otros. No era menor el desasosiego de los empleados hasta que, al cabo de unos instantes de incertidumbre, uno de los asistentes dijo algo al oído del subastador y este asintió con gesto de comprensión, tras lo cual subió al estrado para dirigirse al público:

—Señoras y señores, les ruego disculpen esta incidencia. El lote denominado «Palazzo Pazzi» no estaba previsto para la subasta de hoy. Al parecer, nuestro sistema ha sido... —el subastador vaciló, como buscando una excusa que sonara creíble— víctima de un ataque de piratas informáticos cuyo propósito desconocemos. En cuanto a la detención de la señora Pazzi, lamentamos decir que desconocemos los detalles, pero...

—Los detalles se van a saber muy pronto —dijo a Laura en voz muy baja el hombre de la barba blanca.

Se había acercado a ella por detrás de manera inadvertida. El subastador seguía dando explicaciones, pero ya no lo escuchaban. El anciano se acercó un poco más a Laura y siguió hablando:

—Sobre todo cuando se sepa que la Policía ha encontrado en el *palazzo* Pazzi dos valiosos libros robados cuya autoría pronto será atribuida al mismísimo Dante: el *Paradiso* expoliado de cierto libro facticio robado en una famosa biblioteca florentina, y el *Inferno* Loire, por supuesto. Estos ricos... No se puede juzgar un libro por su cubierta, ¿verdad, señorita?

Laura se quedó petrificada. Quería darse la vuelta, pero el cuerpo no le respondía. Su *Inferno*, al fin y al cabo, había sido robado por Carla. Pero, sobre todo, la voz de aquel hombre... Había perdido el acento italiano y ahora reconocía en ella un tono familiar. Familiar e imposible. Haciendo acopio de fuerzas, se volvió hacia él. Pelo canoso, larga barba blanca y unos ojos negros de profundidad inconfundible.

—¿Pol? De... ¿De verdad eres tú?

La respuesta no tuvo forma de palabras.

EPÍLOGO

... mas cual rueda que gira por sus huellas,
el mío y su querer movió igualmente,
el Amor que al sol mueve y sus estrellas.

DANTE, «Paraíso», *Divina comedia*

Madrid, 6 de septiembre de 2009

La suerte nos lleva de acá para allá a su gusto, pero al menos siempre cabe esperar que sus vaivenes cambien de rumbo y, cuando se ha tocado fondo, el regreso a la superficie es una opción. La subasta del cuaderno de Ortega había acabado con los problemas de Laura en una medida que superaba a la más optimista de las previsiones. Una previsión que, por cierto, no había tenido cabida en el pesimismo de las agitadas semanas previas. La astronómica cifra pagada por aquellas anotaciones de Einstein había cubierto de sobra la deuda de Loire y permitía albergar buenas esperanzas sobre el futuro de la librería, cuyo prestigio había quedado restaurado, entre otros motivos, por el descubrimiento del año para la comunidad bibliófila internacional: nada menos que una versión al completo de la

Divina comedia salida, más allá de toda duda razonable, de la mano del propio Dante.

A esa satisfacción había que añadir otras. Por ejemplo, la retirada de la circulación de Carla Di Modica, a la que, si bien se había librado de una condena de cárcel gracias a la habilidad de sus abogados (sí, la Justicia no es igual para todos), se le habían quitado las ganas de seguir tratando con Pol, Laura y Marcos. Y hablando del viejo erudito, expoliador, ladrón aficionado, coleccionista y bibliófilo, la gran noticia tras recibir el alta hospitalaria había sido el anuncio de un nuevo tratamiento para su enfermedad. La única pega, habían advertido los médicos, era su elevado coste. Pero eso ya no era un problema y, de hecho, Laura y Pol estaban preparando el viaje a Canadá, donde se realizaría la intervención que devolvería la vista a su amigo.

Por supuesto, tanto para Laura como para Marcos, la mayor alegría de todas había sido la inesperada resurrección de Pol. Alegría no exenta de reproches, por el enorme disgusto que había supuesto para ambos darlo por muerto durante un par de intensas semanas. Las explicaciones de Pol, aunque estaban llenas de su lógica peculiar, no acabaron de borrar del todo el dolor de los días previos, pero... En fin, se supone que el tiempo cura las heridas:

—No tuve más remedio que hacerlo así —explicó Pol a sus amigos—. Carla y su gorila judío me tenían arrinconado. Amenazaban con mataros a los dos si no les entregaba la maldita Moleskine. Bueno, el cuaderno de Ortega. Ellos se tragaron siempre el cuento de la agenda. Cuando se produjo el accidente de la avioneta, lo tuve claro. Fue una desgracia, pero para mí resultó una oportunidad para desaparecer de escena sin levantar sospechas. Con la ayuda de Tony, falsificamos el manifiesto del vuelo de forma que figurara mi nombre entre los pasajeros. Mi amigo el periodista, por su parte, incluyó una nota de prensa con un pequeño error en la información sobre el suceso, que por otra parte pasó bastante desapercibido. Organizar el falso funeral no supuso mayor problema. Así, una vez muerto, pude llevar a cabo el resto de mi plan.

Un plan que incluía, en primer lugar, la enigmática nota.

—Podías haber sido más claro —se quejó Laura mientras caminaba a su lado rumbo al piso de Marcos.

—Sabía que entre Marcos y tú desvelaríais su significado. Y también sabía que de algún modo Carla acabaría enterándose del contenido de la nota, lo que solo serviría para despistarla aún más.

—En efecto, dejé la nota al alcance de Tatiana, quien sin duda le pasó su contenido a Carla. Seguro que Carla incluso pensó en viajar en persona a Escocia para revolver de arriba abajo la biblioteca de Walter Scott.

—Típico de ella. Seguro que con su dinero no le habría costado conseguir un permiso... También esperaba que sospecharas de mí.

—Y así fue —asintió Laura con un gesto de suficiencia—. No me dirás que no tenía motivos. Aunque al final, cuando comprendí tu plan, pude ver lo que había ocurrido de verdad. Pero no fue tanto la nota como los libros, el botín que habías dejado en tu piso.

—Ah, sí... Tendré que hacerme cargo de eso.

—Sí, ya... Lo imagino. Fue en ese momento cuando tuve la sospecha, aunque no quisiera admitirlo, de que en realidad estabas vivo.

—Vivo y escondido. Eres muy lista, Laura. Te envidio.

—Y déjate de vender libros robados. Devuélvelos. Ahora no tenemos problemas de dinero. Sería el momento de que sacaras partido a tu carrera y cambiaras de vida de una vez. No todos los muertos tienen esa oportunidad.

Pol no dijo ni que sí ni que no. No estaría mal cumplir por fin ese deseo de cambio, pero, por otro lado, siempre le había gustado el riesgo. Como a ella.

Quizá por eso de lo que más había disfrutado Pol fue de la parte final de su plan, y la más peligrosa con diferencia: entrar en el *palazzo* Pazzi para conseguir las pruebas de que tanto el *Paradiso* como el *Inferno* robados se encontraban en poder de Carla. Este último, por supuesto, había sido sustraído previamente en Loire por un enviado de la italiana. Su ambición por completar la terna de manuscritos había sido el detonador principal de una cadena de acontecimientos que desembocaron en la estrambótica subasta donde la italiana fue detenida por la Policía.

El acceso al *palazzo* no fue tarea fácil, pero Pol dispuso de la ayuda de un aliado inestimable: Sandro Renzi, el líder del Circolo, que lo puso en contacto con uno de los más hábiles ladrones de casas antiguas de toda Italia.

—Para una tarea difícil hay que contar con especialistas —sentenció Pol—. Había que sortear alarmas y otras barreras de vigilancia. No era tan sencillo como llevarse bajo el brazo un códice de una vieja iglesia de pueblo. Pero salió bien. Entramos, tomamos fotos...

—¿Y lo de la subasta del *palazzo*?

—Eso... tiene su gracia, pero es largo de contar. Te lo explicaré otro día.

—¿Ah, sí?

—Bueno, en eso también me ayudó Sandro, ese viejo timador que conoce a tanta gente. También tuve un poco de suerte.

No había faltado suerte, sin duda, para que el plan de Pol surtiera efecto, pero siempre confió tanto en la inteligencia de Laura como en la ambición de Carla. Y también en el carácter vengativo de esta última. Así era: la italiana nunca había perdonado a Pol el pequeño incidente del cheque de la apuesta años atrás. Pero, sobre todo, no les había perdonado ni a él ni a Marcos que se negaran a robar para ella el *Inferno* Loire.

El manuscrito que Jean Loire compró cincuenta o sesenta años atrás, tal vez con no muy buenas artes, en una almoneda de Niza. Desde entonces, había sido la joya de su librería o, más bien, su tesoro personal, que se negó obstinadamente a vender incluso en los peores momentos para la economía familiar. Una joya que habría pasado desapercibida para cualquiera que no fuera un entendido; una encuadernación normal del siglo XIX en tamaño folio que escondía un precioso pergamino de calidad extraordinaria con una caligrafía admirable. Los estudiosos lo habían fechado en el siglo XVI, pero Marcos, durante su estudio de los tres manuscritos, había encargado un análisis más detallado tanto del pergamino como de la tinta utilizada. Y los resultados fueron concluyentes: el soporte era al menos dos siglos más antiguo de lo que se creía. En cuanto a la tinta, su composición química se correspondía con la de otros manuscritos italianos de los siglos XIII y XIV. Marcos se había guardado esta información durante mucho tiempo y solo se la había ofrecido, en fecha reciente, a Laura, durante uno de sus muchos encuentros. En principio, ninguno de los dos había prestado excesiva atención a ese detalle que luego se mostró muy relevante.

Marcos había demostrado que la elegante letra romana era la del propio Dante. Las críticas de Niccoli, un rabioso opositor a esa nueva tipografía, certificaban de manera indirecta una hipótesis que la química terminó de confirmar: el tipo de pergamino y la tinta eran coetáneos de Dante. Y el escudo de armas era también original, como se demostró tras cotejarlo con otros similares. Este detalle había sido fundamental para filiar la letra, además del hecho de que la dedicatoria estuviera dirigida a Beatrice.

Un hallazgo extraordinario que, no obstante, ahora palidecía frente a la consumación de un imposible: la vuelta a la vida de aquel a quien se creía muerto, perdido para siempre.

—De verdad que siento haberos preocupado tanto, pero no vi otra manera —se justificó Pol por enésima vez—. Si Carla, Tatiana o el matón me hubieran visto vivito y coleando, no habría habido manera de llevar a cabo el plan y habríamos tenido que entregarles el cuaderno a cambio de nada o casi nada.

Laura miró a Pol y valoró si merecía la pena mantener el reproche o regocijarse por el reencuentro. Tras pensarlo durante un segundo eligió la alegría: ya había sufrido bastante. Además, habían llegado a casa de Marcos.

El erudito reposaba sentado en un sofá frente a la ventana. La luz del sol lo bañaba de pies a cabeza con un calor agradable, nada que ver con el horno que había sido Madrid hasta pocos días antes. El otoño anunciaba su llegada y, aunque no podía disfrutar, aún no, de su luz dorada, Marcos parecía disfrutar del cálido contacto. El sonido de la cerradura lo sacó de su ensoñación. Con cuidado para no tropezar, se levantó a recibir a sus dos visitantes.

—Bienvenidos, amigos míos —los saludó con una amplia sonrisa—. Perdonad si está todo un poco desordenado. O si no lo está. La verdad es que, como no lo veo, no tengo ni idea.

Les agradó encontrarlo de buen humor. Tenía motivos, y no solo por sus expectativas de recuperar la vista. Había resuelto el secreto del centón y estaba a punto de convertirse en una celebridad... dentro del reducido mundo de los bibliófilos y, sobre todo, los historiadores. Su trabajo sobre el palimpsesto había dado, al fin, sus frutos. Y como ocurre a veces, la solución vino cuando menos se esperaba.

—¿Conocéis la historia de Dimitri Mendeleiev? —preguntó a sus dos amigos cuando les contó su hallazgo—. Según parece, mientras buscaba de forma insistente la manera correcta de ordenar los elementos químicos llegó a un estado tal de agotamiento que decidió tomarse unas vacaciones. Y una noche, mientras dormía, se le apareció en sueños una idea magistral: no era el peso, sino el número atómico el criterio por el que debían ordenarse. Ahora nos parece evidente, pero en su época ninguno de estos conceptos estaba claro. Bueno, pues en mi modesta medida me sucedió algo parecido. Una de esas noches de hospital, el calor me impedía dormir, pero, agotado, al fin conseguí entrar en una especie de duermevela casi al amanecer. Mi cabeza se llenó de sueños extraños mientras el sol de la mañana me pegaba en pleno rostro. No podía ver su luz, pero sentía el calor y, en mi sueño, hizo aparición una escena de la Antigüedad clásica: un célebre filósofo tomaba el sol en el ágora de Atenas cuando acertó a pasar por allí Alejandro, llamado el Magno, rey de Macedonia y conquistador de un gran imperio. Al reconocer al sabio, el joven Alejandro, admirado por sus conocimientos, le ofreció cualquier cosa que estuviera en su mano darle. El filósofo levantó la vista, miró al rey y le dijo: «Solo quiero que te apartes del sol». Ese hombre era Diógenes de Sinope, llamado el Perro, el máximo exponente de la escuela cínica. Entonces me desperté de golpe y comprendí lo que escondía el centón. ¡Por supuesto! Debidamente ordenados, los versos que pretenden describir la Pasión de Cristo dan lugar a una obra cumbre del cinismo: la *República* de Diógenes, en la que exponía su modelo de sociedad ideal. Muy alejada, por cierto, de la descrita en la obra homónima de Platón. Solo debo ordenar esos versos y...

—Lo que hará en cuanto recupere la vista, no hay prisa —se adelantó Laura.

—Vais a ser dos celebridades —añadió Pol—. Casi me dais envidia.

—Tú no te quejes, chaval, que has vuelto de entre los muertos —rio Marcos abrazando a su amigo.

Laura disfrutó la escena. Sí, en cierto modo tenía una nueva familia. Disfuncional, con tendencia al delito, pero... menos es nada. Y los quería. A los dos. Quizá su nueva fortuna les permitiera salir adelante sin tantas aventuras, pues aparte del medio millón de euros proporcionado por el cuaderno de Ortega, Laura había recibido por el *Inferno* una cantidad muy apreciable del Gobierno italiano. No lamentaba desprenderse así del libro tan querido por su padre: no podía encontrar mejor acomodo que reunirse con sus dos hermanos después de tanto tiempo. De esta manera, el libro quedaría a disposición de eruditos y estudiosos de todo el mundo, y podría ser contemplado en su nuevo hogar, un museo todavía sin especificar de la ciudad de Florencia, ciudad natal del poeta.

—Lo único que me preocupaba de este asunto —indicó Pol— fue que las fórmulas de Einstein fueran a parar a manos de esos desalmados. Pero mi empeño por librarte de la quiebra y del peligro fue superior a toda prudencia.

—Bueno, tu empeño estuvo a punto de arruinarme en el pasado —dijo Laura sonriendo—. Yo también tuve ese temor, pero al investigar sobre la teoría de la relatividad y las ondas gravitatorias descubrí un par de cosas. La primera es que según todos los expertos esas ondas nunca servirán para crear un arma: la cantidad de energía necesaria para producirlas sería tan grande que podría usarse directamente como elemento de destrucción, sin necesidad de alterar el espacio-tiempo. Por otra parte, parece casi seguro que nunca podremos manipular la inmensa cantidad de energía necesaria. Eso he leído, al menos.

—¿Y la segunda? —preguntó Marcos.

—Que el cuaderno de Soledad Ortega no contenía ningún secreto. No sé cómo Carla o el espía calvo llegaron a una conclusión diferente, pero está claro que necesitan mejores asesores científicos. La agenda no escondía nada nuevo, solo las fórmulas habituales de la teoría de la relatividad. Me imagino a Einstein tratando de explicarle su desarrollo matemático a un asombrado Ortega. Quizá por eso rodeó la fórmula principal de un círculo rojo.

—Pero esa fórmula no es la de Einstein —objetó Pol.

—No es la típica que sale en las camisetas —explicó Laura—. Me costó un poco encontrarlo, pero al final di con la explicación. $E=mc^2$ es la fórmula para la energía de un objeto en reposo. Es la más simple y la que se emplea habitualmente. Porque la otra, la que reza: $E=\sqrt{p^2c^2+m^2c^4}=\gamma mc^2$, es la que se aplica a objetos en movimiento y resulta sumamente compleja de utilizar, pues genera alteraciones relativistas... Así se explica en los libros.

Marcos y Pol se quedaron en silencio con cara de bobos, admirados por la capacidad de comprensión de Laura.

—En resumen: los árboles no nos dejaron ver el bosque —zanjó ella.

—Supongo que el cuaderno de Soledad acabará ahora en algún museo de Israel —indicó Pol.

—Y al matón de Carla lo van a poner a dirigir el tráfico en Tel-Aviv —bromeó Marcos.

Todos rieron con la broma mientras Marcos salía de la habitación, alegando que necesitaba descansar un poco en su cama. Laura y Pol se quedaron solos en el cuarto de estar. Se miraron. El dolor era ya cosa del pasado y ante ellos se abría un futuro lleno de luces. ¿O permanecía aún alguna sombra?

—No me has contado nada de Tatiana, Pol —dijo entonces Laura frunciendo el ceño.

—Ah, Tatiana. —Pol se rascó la cabeza, como si buscara una respuesta—. No hay mucho que contar. Era la agente de Carla con la que yo solía negociar. Muchos de mis botines los compraba Di Modica, pero no para su librería de Nueva York, sino para vendérselos a nuevos ricos exsoviéticos deseosos de aparentar. Lituania era un lugar excelente para hacer esos tratos. Y Tatiana era la intermediaria.

—¿Y lo de la boda? —preguntó Laura insistente mientras miraba a Pol con ansiedad.

—De boda nada. Eso es un cuento que se sacó de la manga Carla. Al saber de mi muerte, envió a Tatiana a mi piso para intentar encontrar la agenda. La mejor excusa, o la única posible, era presentarla como mi viuda con una documentación falsa. No habría tardado en saberse, pero no necesitaba demasiado tiempo para llevar a cabo su tarea. O eso pensó porque, por supuesto, podría haber estado buscando la Moleskine inexistente un millón de años.

Laura, satisfecha por la explicación, sonrió y contempló el paisaje urbano de Madrid por la ventana. Tejados, árboles, coches, nubes blancas encalladas en la capa de contaminación que cubre la ciudad.

—¿En qué piensas, Laura? —le preguntó Pol abrazándola por detrás.

—Voy a echar de menos el *Inferno*.

Pol la besó en el cuello y, en voz muy baja, casi un susurro, le dijo:

—Si quieres..., podría robarlo para ti.

Laura se volvió y miró fijamente a su amante, que sonreía.

ÍNDICE